La brute apprivoisée

Jude
DEVERAUX

La brute apprivoisée

ROMAN

*Traduit de l'américain
par Paul Bénita*

Titre original
THE TAMING

Éditeur original
This edition published by arrangement with the original publisher,
Pocket Books, New York

© by Deveraux Inc, 1989

Pour la traduction française
© Éditions J'ai lu, 1996

1

Angleterre, 1445

— Si ta fille ne part pas, c'est moi qui m'en irai, dit sèchement Helen Neville en foudroyant son mari du regard.

Mollement vautré dans un fauteuil capitonné près d'une fenêtre, Gilbert profitait du soleil qui ruisselait à travers les volets de bois tout en grattant l'oreille de son chien de chasse favori.

Comme d'habitude, il ne prit même pas la peine de lui répondre. Elle serra les poings. Il avait douze ans de plus qu'elle et était paresseux comme une couleuvre. En dépit du fait qu'il passait le plus clair de son temps à chasser au faucon, sa panse s'arrondissait de jour en jour. Helen, bien sûr, l'avait épousé pour son argent, pour sa vaisselle d'or, pour ses centaines d'hectares de terres, pour ses huit châteaux (elle n'en connaissait encore que six), pour ses chevaux, pour son armée et les beaux vêtements qu'il pourrait leur offrir, à elle et à ses deux filles. Un simple regard sur la liste des possessions de Gilbert Neville l'avait convaincue d'accepter de l'épouser sans même l'avoir vu.

A présent, au bout d'un an de mariage, Helen avait découvert que son mari était aussi fainéant au lit qu'ailleurs et elle savait désormais qui administrait en fait les terres et les biens des Neville.

Liana ! Cette douce jeune fille à l'air timide était le diable en personne. En digne rejeton de sa mère, elle dirigeait tout : elle prenait place à la table du jugement quand les paysans venaient payer leur taxe annuelle ; elle sillonnait le domaine pour surveiller les champs ou ordonner qu'on répare un toit abîmé, une grange délabrée. C'était elle encore qui décidait quand un château était trop sale, quand les provisions devenaient insuffisantes et qu'il était temps de déménager. A trois reprises au cours de l'année écoulée, Helen avait appris qu'ils partaient s'installer ailleurs en découvrant une de ses suivantes en train de préparer ses bagages.

Il n'avait servi à rien d'expliquer à Gilbert ou à Liana que c'était elle à présent la maîtresse du château et que sa belle-fille devait lui confier les rênes. Tous deux l'avaient contemplée avec curiosité, comme si l'une des têtes de gargouille des douves s'était soudain mise à parler. Puis Liana était retournée à ses tâches et Gilbert à son oisiveté.

Helen avait alors tenté de prendre les choses en main et, pendant un temps, elle avait même cru y être parvenue... jusqu'à ce qu'elle se rende compte que les serviteurs demandaient confirmation à Liana de chacun des ordres qu'elle donnait.

Au début, Helen avait mis une sourdine à ses récriminations et s'était montrée ensuite très gentille au lit avec Gilbert. Il ne s'était donc nullement alarmé.

— Laisse Liana faire ce qui lui plaît. De toute manière, elle ne t'écoutera pas. Elle est comme sa mère. Autant essayer d'arrêter la chute d'un rocher. Mieux vaut ne pas se trouver sur sa route.

Là-dessus, il s'était retourné et avait sombré dans le sommeil. Helen, bouillant de rage, était restée éveillée toute la nuit.

Au matin, elle se sentait de taille à affronter sa belle-fille. Elle était plus âgée qu'elle et saurait la rouler dans la farine si besoin était. Après la mort de son premier mari, le frère cadet de celui-ci avait hérité du domaine. Helen et ses filles avaient été mises à l'écart par sa belle-sœur. Helen avait dû céder ses charges et ses prérogatives à une femme beaucoup plus jeune et infiniment moins compétente. Quand Gilbert Neville lui avait demandé sa main, elle avait sauté sur l'occasion : elle allait enfin pouvoir administrer une demeure dont elle serait la maîtresse. Et voilà que sa place était déjà usurpée par une petite jeune fille au teint pâle qui aurait dû depuis longtemps être mariée et avoir quitté la maison de son père.

Helen avait tenté de convaincre Liana des plaisirs qu'elle connaîtrait à avoir un époux, à élever des enfants et à tenir un foyer.

L'air angélique, tel un des chérubins qui décoraient le plafond de la chapelle, Liana avait écarquillé ses grands yeux bleus.

— Mais qui s'occupera des domaines de mon père ?

Helen avait serré les dents.

— Je suis l'épouse de votre père. Je suis capable de m'en charger.

Une lueur amusée avait brillé dans les yeux de Liana tandis qu'elle contemplait la somptueuse robe de velours de Helen avec sa longue traîne et son profond décolleté qui dévoilait ses belles épaules.

— Le soleil vous brûlerait la peau.

— Je m'habillerai en conséquence. Je ne doute pas d'être une cavalière aussi émérite que vous. Liana, il n'est pas convenable que vous viviez encore sous le toit paternel. Vous avez presque vingt ans. Vous devriez avoir votre maison, votre...

— Oui, oui. Je suis certaine que vous avez raison, mais je dois vous quitter. Il y a eu un incendie au village cette nuit et je dois surveiller la remise en état.

Helen était restée plantée là, les joues rouges, l'humeur noire. A quoi bon être mariée à l'un des hommes les plus riches d'Angleterre et passer sans cesse d'un château à un autre plus somptueux encore ? D'une splendeur qu'elle n'aurait même pas crue possible. D'épaisses tapisseries recouvraient tous les murs. Tous les plafonds étaient ornés de fresques. Chaque lit, chaque table, chaque chaise était tapissé d'étoffe brodée. Liana entretenait une armada de femmes qui ne faisaient rien d'autre que coudre, broder et tisser. La nourriture était divine : Liana accordait des gages extravagants aux cuisiniers et offrait des robes bordées de fourrure à leurs épouses. Les latrines, les douves, les écuries, les jardins rutilaient, car Liana aimait la propreté.

Liana, Liana, Liana. Et avec les serviteurs, c'était toujours pareil : dame Liana voulait ceci, dame Liana avait ordonné cela. En fait, c'était comme si Helen n'existait pas.

Mais le pire était encore à venir. Un beau jour, les deux filles de Helen s'étaient mises à ne jurer que par Liana. Elisabeth désirait un poney : Helen avait souri avant de déclarer qu'on allait lui en trouver un. La fillette avait adressé un clin d'œil à sa mère.

— Je vais demander à Liana, avait-elle dit avant de partir à toutes jambes.

C'était ce dernier incident qui avait amené Helen à poser son ultimatum à Gilbert.

— Je suis moins que rien sous mon propre toit, tonna-t-elle sans se soucier de la présence des domestiques autour d'eux.

C'étaient les gens de Liana, des serviteurs zélés et obéissants qui connaissaient aussi bien la générosité de leur jeune maîtresse que son courroux. Tous étaient prêts à donner leur vie pour elle.

— Si ta fille ne s'en va pas, je m'en irai, répéta Helen.

— Et que veux-tu que je fasse d'elle ? s'enquit Gilbert d'un ton traînant.

Il n'y avait pas grand-chose sur terre qui excitât Gilbert Neville. Son confort, un bon faucon, un bon chien de chasse, de la bonne nourriture et la paix, voilà tout ce qu'il demandait à la vie. Il n'avait aucune idée de la façon dont sa première épouse s'y était prise pour accroître la fortune que son père lui avait léguée ainsi que la coquette dot qu'elle-même avait apportée. Il n'en savait pas davantage sur les activités de sa fille. Dans son esprit, ses domaines se géraient eux-mêmes. La vie était simple : les paysans labouraient, les nobles chassaient au faucon, les rois édictaient les lois... et les femmes se querellaient.

Il avait aperçu Helen Peverill tandis qu'elle chevauchait sur les terres de son défunt mari. Ses cheveux noirs flottaient telle une bannière, ses seins généreux menaçaient de bondir hors de son corsage et le vent plaquait sa robe sur ses cuisses robustes. Gilbert, transporté de désir, avait fait sa déclaration officielle au beau-frère de la belle. Après cela, il n'avait plus guère bougé jusqu'au jour où Liana lui avait annoncé que l'heure de la cérémonie avait sonné. Après une nuit de noces débridée, Gilbert, ses sens désormais rassasiés, s'était attendu que Helen s'en aille vaquer à ses occupations, quelles qu'elles soient. Au lieu de cela, elle s'était mise à le tarabuster à propos de Liana. Sa fille, pourtant, était une enfant si douce et si charmante, qui veillait toujours à ce que les musiciens jouent les chansons favorites de Gilbert, à ce que les servantes lui emplissent son assiette et qui, pendant les longues soirées d'hiver, le divertissait en lui racontant des histoires. Pourquoi Helen voulait-elle que Liana s'en aille ? La pauvrette était si discrète qu'on s'apercevait à peine de sa présence.

— Bah, je suppose que si Liana voulait un mari, elle en aurait un, dit Gilbert en bâillant.

Il croyait que les gens faisaient toujours ce qu'ils désiraient. Il s'imaginait que si les hommes s'échinaient dans les champs de l'aube au crépuscule, c'était parce qu'ils en avaient envie.

Helen essaya de garder son calme.

— Evidemment qu'elle n'en veut pas ! Pourquoi s'embarrasserait-elle d'un homme qui lui dicterait ses actes alors qu'elle dispose d'une liberté et d'un pouvoir absolus, ici ? Si j'avais eu les coudées aussi franches dans la demeure de feu mon mari, je n'en serais jamais partie. (Elle leva les bras au ciel dans un geste de colère impuissante.) Faire ce que bon lui semble sans devoir en rendre compte à un homme ! Liana vit le paradis sur terre. Elle ne partira *jamais* !

Même si Gilbert comprenait mal de quoi se plaignait Helen au juste, ses cris commençaient à l'irriter.

— Je parlerai à Liana pour savoir s'il y a un homme qu'elle désire épouser.

— Tu dois lui ordonner de prendre un mari. Choisis-le-lui et oblige-la à l'épouser.

Gilbert baissa les yeux vers son chien de chasse et sourit.

— J'ai contredit une fois la mère de Liana. Je ne suis pas près de commettre la même erreur avec sa fille.

— Si ta fille ne quitte pas ma maison, c'est moi que tu regretteras d'avoir contredite, lança Helen avant de tourner les talons.

Gilbert gratta les oreilles de son chien. Comparée à sa première épouse qui était une vraie lionne, Helen était un chaton. Mais quelle était la raison de sa colère ? Il n'avait jamais traversé l'esprit de Gilbert qu'on puisse vouloir des responsabilités. Vaguement, il se souvint que quelqu'un l'avait mis en garde contre le fait d'avoir deux femmes sous le même toit. Bah, il essaierait de parler à Liana de cette idée de mari. Si Helen mettait sa menace à exécution et partait s'installer ailleurs, elle lui manquerait au lit. Et si Liana se mariait, ce serait peut-être avec un homme qui posséderait des faucons de bonne race.

— Ainsi, dit doucement Liana, ma chère belle-mère veut me jeter hors de chez moi, hors de la maison que ma mère a fait prospérer et dont je m'occupe depuis trois ans.

Gilbert sentait venir la migraine. Helen l'avait harcelé pendant des heures la nuit dernière. Il semblait que Liana avait donné des ordres pour que de nouveaux cottages fussent construits dans l'enceinte de la petite ville au pied du château. Helen avait été horrifiée d'apprendre que sa belle-fille comptait financer ces demeures avec l'argent des Neville et non faire supporter la dépense aux paysans. Ecumant de fureur, elle s'était mise à pousser de tels hurlements que les six faucons de Gilbert avaient tous quitté leur perchoir pour aller se réfugier dans les combles. Ils étaient encapuchonnés et l'un d'eux, dans son vol paniqué, s'était brisé le cou. Gilbert avait alors compris qu'il était temps de faire quelque chose : il ne supporterait pas de perdre un autre de ses oiseaux adorés.

Sa première pensée avait été de faire revêtir une armure à Helen et à Liana et de les laisser jouter jusqu'au triomphe de l'une ou de l'autre. Mais les femmes avaient des armes plus trempées que l'acier : leurs langues acérées.

— Helen pense que tu seras plus heureuse dans ta propre maison, entourée d'un mari et de deux ou trois marmots.

Gilbert avait du mal à imaginer qu'on pût être

heureux ailleurs que sur les terres des Neville, mais les femmes étaient tellement imprévisibles...

Liana alla à la fenêtre et contempla la cour intérieure, les épais murs d'enceinte et la petite ville nichée sous les remparts. Ce domaine n'était qu'un parmi de nombreux autres qu'elle gérait. Sa mère avait passé de nombreuses années à la préparer à ses futures tâches : comment traiter les paysans, comment vérifier et tenir les registres, comment augmenter les profits chaque année afin d'acheter encore davantage de terres.

Liana avait été furieuse d'apprendre que son père allait épouser une jeune et jolie veuve. L'idée qu'une femme pût prendre la place de sa mère lui déplaisait et elle pressentait des ennuis. Mais Gilbert Neville était parfois très têtu et il croyait sincèrement pouvoir agir comme bon lui semblait en toute circonstance. D'une manière générale, Liana était soulagée qu'il ne soit pas de ces hommes obsédés par la guerre et par les armes. Il passait le plus clair de son temps avec ses chiens et ses faucons et laissait les tâches plus importantes à sa femme, autrefois, puis à sa fille.

Jusqu'à aujourd'hui. Jusqu'à ce qu'il épouse la vaniteuse Helen que motivait seul l'appât du gain. Elle adorait le luxe et les parures. Cinq femmes cousaient en permanence pour elle. L'une d'elles avait pour unique besogne de fixer des perles sur ses toilettes. Un mois plus tôt, Helen avait acheté deux douzaines de fourrures. Le mois d'avant encore, elle avait acheté un plein panier d'hermine, se souciant aussi peu de la dépense que s'il s'agissait de grain. Liana savait que si elle passait les rênes du domaine à Helen, celle-ci n'aurait de cesse qu'elle n'affame les paysans, ne les saigne à mort pour le simple plaisir de s'offrir une ceinture d'or incrustée de diamants.

— Eh bien ? s'impatienta Gilbert.

Liana se tourna vers lui.

— Dites à ma belle-mère que je me marierai si je trouve époux à ma convenance.

Gilbert parut soulagé.

— Cela me paraît équitable. Je vais lui transmettre ta décision.

Il fit mine de partir, puis hésita avant de poser la main sur l'épaule de sa fille. Pareil geste d'affection était très rare chez lui. Gilbert n'était pas homme à remâcher le passé. Mais, en cet instant, il se prit à regretter d'avoir rencontré Helen. Il ne s'était jamais rendu compte à quel point sa vie était agréable avant son remariage. Liana s'occupait de tout et il pouvait toujours trouver une fille pour satisfaire ses appétits de mâle. Il haussa les épaules. Inutile de regretter ce qui ne pouvait être changé.

— Nous allons te dénicher un garçon robuste qui te donnera une douzaine de marmots braillards.

Il s'en fut.

Liana se laissa tomber sur son lit et fit signe à sa dame de compagnie de la laisser seule. Levant les mains, elle constata qu'elles tremblaient. Elle avait une fois affronté une foule de paysans affamés armés de faux et de haches. Ses trois suivantes, terrifiées, s'étaient cachées derrière elle, mais elle avait gardé son sang-froid et repoussé la canaille en distribuant nourriture et travail sur ses terres. Elle avait tenu tête à des soldats ivres. Elle avait même échappé à la tentative de viol d'un soupirant trop empressé. Elle avait toujours su éviter le pire en faisant preuve de calme, d'assurance et de maîtrise de soi.

Mais la simple idée du mariage la terrorisait littéralement. Deux ans plus tôt, sa cousine Margaret avait épousé un homme choisi par son père. Avant les noces, le fiancé avait composé sonnets et élégies en hommage à sa beauté. Margaret répétait à l'envi qu'elle allait faire un mariage d'amour et qu'elle brûlait d'impatience de convoler avec l'aimé.

Après la cérémonie, le rustre s'était révélé sous son vrai jour. Il avait vendu l'essentiel de la dot pour régler ses dettes, abandonné son épouse dans un château glacé et en ruine aux mains de quelques serviteurs tandis qu'il se rendait à la cour pour dilapider le reste de sa fortune au profit des nombreuses courtisanes qu'il y entretenait.

Liana était consciente de la chance qui était la sienne. Ici, elle était quelqu'un et n'avait de comptes à rendre à personne. Ailleurs, les femmes ne disposaient d'une parcelle de liberté ou d'autorité que si un homme la leur accordait. Depuis l'âge de quatre ans, on la demandait en mariage. Elle avait même été promise à huit ans, mais son fiancé était mort peu après. Dès lors, son père ne s'était guère soucié d'accepter une offre et Liana avait pu échapper sans trop de peine à un mariage de convenance.

Mais voilà que sa belle-mère se mêlait de sa vie ! Liana envisagea une première solution : se retirer dans le château qu'ils possédaient aux confins du pays de Galles. Oui, c'était bien assez loin. Elle pourrait y vivre à sa guise, et bientôt,

Helen et son père l'auraient complètement oubliée.

Elle se leva, les poings serrés, tandis que sa robe de velours, de coupe sobre et dépourvue de tout ornement, balayait le sol. Helen ne la laisserait jamais mener une existence paisible. Elle la poursuivrait jusqu'au bout de la terre afin de s'assurer que sa belle-fille était aussi malheureuse en ménage que l'étaient apparemment les femmes mariées.

Prenant un petit miroir à main, Liana contempla son reflet. En dépit de tous les poèmes d'amour que des jeunes gens lui avaient adressés, en dépit des chansons que les troubadours itinérants lui avaient dédiées, elle ne se trouvait pas belle. Elle était trop pâle, trop blonde, trop... candide. Helen était superbe, avec ses yeux noirs comme la nuit qui semblaient receler mille et une promesses et sa façon sensuelle de regarder les hommes. Quand elle traversait la cour, tous s'arrêtaient pour l'admirer. Ils ne témoignaient que du respect à Liana. Ils ne restaient pas plantés là, la mâchoire pendante, à se flanquer des coups de coude sur son passage.

Un rire joyeux retentit dans la cour et Liana se pencha par la fenêtre. Une jolie laitière tentait d'échapper aux assiduités d'un valet d'écurie. Ils tournaient autour du puits et le garçon s'efforçait d'attraper des rondeurs appétissantes.

Liana se détourna. Cette vision était trop douloureuse pour elle. Jamais elle ne se ferait poursuivre ainsi autour d'un puits par un jeune homme, jamais elle ne connaîtrait le bonheur d'être désirée. Les gens de son père la traiteraient toujours avec le plus grand respect. Pour eux, elle resterait « milady » jusqu'à la fin des temps. Quant à ses galants, ils ne convoitaient que sa dot. Elle pourrait bien être bossue et affligée de trois yeux, ils continueraient à la couvrir de compliments fleuris. Une fois, l'un d'eux lui avait adressé un poème vantant la délicatesse de ses pieds. Comme s'il les avait jamais vus !

— Milady !

Liana leva les yeux pour découvrir Joice sur le seuil. Sa suivante était, pour elle, pratiquement une amie. De dix ans à peine son aînée, Joice était presque une sœur. Elle avait été engagée alors qu'elle n'était qu'une enfant, elle aussi. La mère de Liana avait enseigné à sa fille à diriger un domaine, mais quand elle faisait un cauchemar, c'était Joice qui la réconfortait, elle qui la veillait si elle était malade, elle encore qui lui avait parlé de ces choses qui n'ont que peu de rapport avec la gestion des domaines. Elle lui avait expliqué comment on faisait les bébés et ce qu'avait cherché l'homme qui avait tenté de la violer.

— Milady, répéta Joice avec déférence.

Liana pouvait se permettre de se montrer amicale, Joice restait toujours à sa place.

— Il y a une dispute à la cuisine et...

— Aimes-tu ton mari, Joice ?

La servante hésita avant de répondre. Tout le château était au courant des exigences de lady Helen et pensait que le domaine ne tarderait pas à péricliter si Liana s'en allait.

— Oui, milady, dit-elle finalement. Je l'aime.

— L'as-tu choisi ou bien a-t-il été choisi pour toi ?

— Votre mère l'a choisi pour moi, mais je crois qu'elle tenait à me satisfaire. Aussi ai-je été mariée à un robuste garçon que je suis venue à aimer.

— Vraiment ? insista Liana.

— Oh oui, milady, cela arrive souvent. (Joice se sentait en terrain connu, à présent : toutes les femmes redoutaient de sauter le pas.) Quand on passe de longues nuits d'hiver ensemble, l'amour finit souvent par arriver.

Liana détourna les yeux. A condition de pouvoir passer de longues soirées ensemble. A condition que votre mari ne vous envoie pas croupir dans un château abandonné. Elle regarda de nouveau sa suivante.

— Suis-je jolie, Joice ? Enfin, suffisamment pour qu'un homme s'intéresse vraiment à moi et non à tout ceci ?

D'un geste, elle engloba le ciel de lit en soie, la tapisserie sur le mur, l'aiguière en argent, le coffre en chêne sculpté.

— Oh oui, milady, vous êtes très jolie, répliqua Joice, volubile. Belle, en fait. Nul homme, qu'il soit manant ou roi, ne pourrait vous résister. Votre chevelure...

Liana leva la main pour l'interrompre.

— Allons voir ce qui se passe à la cuisine, dit-elle avec une tristesse qu'elle ne put dissimuler.

2

— Six mois ! hurla Helen. Voilà six mois que ta fille repousse tous les prétendants qu'on lui présente ! Aucun ne trouve grâce à ses yeux. Je te le dis, si dans un mois elle n'est pas partie, je m'en irai avec l'enfant que je porte dans mon ventre pour ne jamais revenir.

Gilbert observa la pluie qui tombait au-dehors et maudit le Seigneur pour avoir envoyé deux semaines de mauvais temps et créé les femmes. Il regarda Helen s'installer dans un fauteuil avec l'aide de deux servantes. A entendre ses jérémiades, on aurait pu croire qu'elle était la première femme à avoir conçu. Autre chose le stupéfiait davantage : cette nouvelle paternité l'enchantait. Il avait enfin l'occasion d'avoir un fils. Le ton et les paroles de Helen l'agaçaient prodigieusement, mais il était enclin à céder à tous ses caprices... au moins jusqu'à la naissance de son fils.

— Je lui parlerai, dit-il, redoutant déjà cette nouvelle entrevue avec sa fille.

Mais il comprenait à présent qu'une des deux femmes devait partir. Et puisque Helen était capable d'engendrer des fils, ce devait être Liana.

Un serviteur alla chercher la jeune fille et la conduisit auprès de Gilbert qui l'attendait dans une chambre d'amis à l'écart du solarium. Il espérait que la pluie allait cesser et qu'il pourrait aller chasser et oublier ses tracas domestiques.

— Oui, père ?

Gilbert se retourna pour la contempler et hésita un instant. Elle ressemblait tellement à sa mère !

Il ne voulait à aucun prix la blesser.

— Beaucoup de prétendants sont venus nous rendre visite depuis que ta mère...

— Ma belle-mère, corrigea Liana. Depuis que ma belle-mère a annoncé à la face de la terre que j'étais à vendre, beaucoup d'hommes, en effet,

19

sont venus regarder nos chevaux, nos terres, notre or et, aussi, parce qu'il le fallait bien, la terne fille de Neville.

Gilbert leva les yeux au ciel. Pourquoi les femmes existaient-elles ? Tout aurait été tellement plus simple sans elles. Oui, Dieu n'aurait dû créer que la femelle du faucon crécerelle. A Sa place, Gilbert n'aurait même pas permis les juments et les chiennes.

— Liana, dit-il avec lassitude, tu es aussi jolie que ta mère. Si je dois encore supporter un dîner pendant lequel ces malheureux nous abreuvent de compliments sur ta beauté, je préfère renoncer à manger... ou alors faire dresser ma table dans les écuries. Au moins les chevaux ne me rebattront pas les oreilles de ta peau de lis, de ta chevelure d'or, de l'émeraude de tes yeux ou de tes lèvres vermeilles...

— Il faudrait que je fasse mon choix parmi ces menteurs ? Dois-je donc vivre recluse comme ma cousine Margaret tandis que mon mari dilapidera ma dot ?

— Margaret a épousé un sot. J'aurais pu le lui dire. Il a annulé une chasse au faucon pour coucher avec la femme d'un autre.

— Ainsi, je dois épouser un homme qui me préférera la chasse au faucon ? C'est cela ? On devrait peut-être organiser un tournoi. L'homme dont le faucon aura tué le plus grand nombre de proies me gagnera comme trophée. Pourquoi pas ? Au point où on en est...

L'idée plut à Gilbert, mais il eut la sagesse de n'en rien dire.

— Allons, voyons, Liana ! J'ai apprécié certains de tes soupirants. Que penses-tu de William ? Plutôt bel homme, non ?

— Oui, c'est l'avis de mes femmes. Père, il est stupide. Il ignore tout de la généalogie de ses chevaux.

Gilbert en demeura interdit.

— Et sir Robert Fitzwaren ? Il m'a paru intelligent.

— C'est ce qu'il a répété à qui voulait l'entendre. Il a également dit qu'il était plein de vaillance et de courage. A l'en croire, il a remporté chaque tournoi auquel il a participé.

— Ah bon ? J'ai entendu dire qu'il avait été désarçonné quatre fois l'an dernier... Oh, je comprends ! Les vantards sont parfois fort ennuyeux. (Soudain, le regard de Gilbert s'éclaira.) Et lord Stephen, le fils des Whitington ? Voilà un homme pour toi ! De belle prestance, riche, vigoureux, intelligent... Et ce garçon sait s'y prendre avec un cheval ou un faucon. (Gilbert sourit.) Je suis certain qu'il sait aussi y faire avec les femmes. Je l'ai même surpris à te faire la lecture.

Dans l'esprit de Gilbert, lire était à peu près aussi utile que souffler pour chasser les nuages.

Liana repensa aux cheveux blond cendré de lord Stephen, à ses yeux bleus rieurs, à son habileté au luth, à la façon dont il maîtrisait un cheval piaffant, à la lecture de Platon qu'il lui avait faite. Il était charmant avec tout le monde, et tout le monde l'avait adoré. Il n'avait pas seulement dit à Liana qu'elle était ravissante — un soir, dans un couloir sombre, il l'avait embrassée jusqu'à lui en faire perdre haleine, puis il avait murmuré :

— J'aimerais vous emmener dormir avec moi.

Lord Stephen était parfait. Pourtant... Peut-être était-ce la façon dont il fixait la vaisselle en or, ou l'insistance avec laquelle il avait regardé le collier de diamants de Helen. Quelque chose en lui éveillait sa méfiance. Certes, il n'y avait rien de mal à ce qu'il remarque la fortune des Neville, mais elle aurait préféré voir dans son œil plus de désir pour elle que pour ses richesses.

— Eh bien ? insista Gilbert. Y a-t-il un seul défaut chez le jeune Stephen ?

— Non, pas vraiment. Il est un peu...

— Alors, l'affaire est réglée ! Je vais de ce pas l'annoncer à Helen de façon qu'elle s'occupe des préparatifs du mariage. Voilà une nouvelle qui devrait la rendre heureuse !

Il la planta là. Liana eut soudain l'impression que son corps venait de se transformer en plomb. C'était décidé. Elle allait épouser lord Stephen Whitington. Passer le restant de sa vie avec un homme dont elle ne connaissait rien et qui, pourtant, allait avoir droit de vie et de mort sur elle. Il pourrait la battre, l'emprisonner, la ruiner.

— Milady, dit Joice qui venait de surgir de nulle part, le bailli vous demande.

Liana la regarda sans la voir.

— Milady ?

— Qu'on fasse seller mon cheval !

Au diable le bailli et les affaires du domaine ! Elle avait surtout besoin d'une longue chevauchée. Si elle s'épuisait, elle pourrait peut-être oublier le sort qui l'attendait.

Rogan, l'aîné des Peregrine, se campa fermement sur ses talons pour contempler le château qui se dressait à l'horizon. Il aurait préféré se préparer au combat qu'affronter ce qui l'attendait.

— Retarder l'échéance ne rendra pas les choses plus faciles, déclara son frère Severn dans son dos.

Tous deux étaient grands et larges d'épaules comme leur père, mais Rogan avait dans sa chevelure des reflets brun-roux alors que Severn, qui n'était pas de la même mère, possédait des traits plus délicats et des cheveux blonds. Severn était aussi plus prompt à perdre patience, et l'indécision de son frère l'agaçait.

— Elle ne sera pas comme Jeanne, dit-il.

Derrière lui, vingt chevaliers retinrent leur souffle.

Severn lui-même se figea, redoutant d'être allé trop loin. Rogan avait bien entendu le nom de Jeanne, mais rien en lui ne trahit ses émotions. Il ne craignait ni la guerre, ni la charge d'un animal blessé, ni la mort, mais l'idée du mariage le faisait hésiter.

Là-bas, au creux du vallon, coulait une rivière profonde. Rogan crut sentir l'eau froide glisser sur son corps. Il rejoignit son cheval.

— Je reviens, dit-il à son frère.

— Une minute ! protesta Severn en attrapant les rênes. Faudra-t-il qu'on fasse le pied de grue jusqu'à ce que tu trouves le courage de rendre visite à une fillette ?

Sans répondre, Rogan lui lança un regard dur.

Severn lâcha les rênes. Parfois, il était persuadé que Rogan pouvait jeter bas un mur avec ce regard-là. Même s'il avait toujours vécu avec son aîné, Severn avait souvent l'impression de ne pas savoir grand-chose de lui. Rogan n'était pas homme à se livrer. Depuis le jour, dix ans plus tôt, où cette chienne de Jeanne l'avait trahi à la vue de tous, Rogan s'était protégé sous une carapace que personne n'avait pu entamer.

— Nous attendrons, dit Severn en s'effaçant pour laisser passer son frère.

Quand Rogan fut hors de portée, un des chevaliers grogna :

— Parfois, une femme change un homme.

— Une femme changer mon frère ? répliqua vivement Severn. Aucune n'est assez forte pour cela.

Après avoir descendu la colline, Rogan longea pensivement la rivière. Il ignorait ce qu'il cherchait, sinon retarder le moment où il se présenterait à l'héritière de Neville. Ce qu'un homme devait faire pour l'argent le dégoûtait. Quand il avait appris que la donzelle était en quelque sorte mise en vente, il avait dit à Severn d'aller la chercher et de la ramener avec des chariots bourrés d'or et des titres sur certaines terres de son père. Ou, mieux encore, de revenir avec l'argent et les parchemins et de laisser la fille. Severn avait répondu qu'un homme aussi riche que Gilbert Neville n'accepterait que l'aîné de leur famille, celui qui serait fait duc dès que les Peregrine auraient balayé les Howard de la surface de la terre.

Comme d'habitude, une haine féroce le saisit à la simple évocation de ce nom. Les Howard étaient la cause de tous les malheurs des siens depuis trois générations. Par leur faute, il ne vivait plus dans la demeure de ses ancêtres et allait devoir épouser une vieille fille fortunée. Ils avaient tué son père et ses frères. Ils l'avaient dépouillé de ses droits, de son foyer, de sa femme, même.

Mais, en épousant cette riche héritière, se rappela-t-il, il accomplirait le premier pas vers la reconquête de ce qui lui appartenait de par sa naissance.

Une clairière s'ouvrait devant lui, où la rivière se déversait dans un superbe étang bordé de rochers. Cédant à une impulsion, Rogan sauta à bas de sa selle et entreprit de se déshabiller, ne gardant qu'un linge noué autour de ses reins. Il se glissa dans l'eau glacée et se mit à fendre l'onde avec vigueur. Il aurait bien eu besoin d'une longue chasse épuisante pour éliminer son trop-plein d'énergie. A défaut, nager ferait l'affaire.

Il se dépensa pendant près d'une heure, puis sortit de l'étang, les muscles lourds, le souffle court. S'allongeant au soleil sur une bande d'herbe verte, il ne tarda pas à sombrer dans le sommeil.

Il dormait si profondément qu'il n'entendit pas la petite exclamation de stupeur que poussa une femme qui venait puiser de l'eau. Pas davantage qu'il ne la vit battre en retraite sous le couvert des arbres pour l'observer.

Liana lança son cheval au galop, distançant le chevalier qui essayait de la suivre. Les hommes de son père festoyaient plus qu'ils ne s'entraînaient et elle connaissait le domaine et ses pistes bien mieux que n'importe lequel d'entre eux. Elle n'avait jamais aucun mal à leur échapper. Une fois seule, elle se dirigea vers l'étang situé au nord du château. Là-bas, elle pourrait réfléchir à ce mariage.

Elle était encore à quelque distance de la clairière quand elle aperçut une tache rouge parmi les arbres. Quelqu'un se trouvait là. C'était bien sa chance, se dit-elle en maugréant. Puis elle regretta d'avoir semé son garde du corps. Elle immobilisa sa monture dont elle attacha la bride à un arbre avant de se diriger silencieusement vers l'étang.

La tache rouge était en fait la robe d'une fermière. Liana la connaissait vaguement : son mari labourait trois petits champs sous les remparts. Pour l'heure, la femme était si absorbée par le spectacle qu'elle contemplait qu'elle n'entendit même pas Liana s'approcher. Curieuse, celle-ci se montra.

— Milady ! s'étrangla la jeune femme. Je... je venais chercher de l'eau.

Sa nervosité ne fit qu'accroître la curiosité de Liana.

— Que regardais-tu ?

— Rien... Je dois partir. Mes enfants m'attendent.

— Tu veux partir sans avoir rempli ta cruche ?

Liana écarta la jeune femme et jeta un coup d'œil à travers les buissons. Elle vit immédiatement ce qui avait ainsi captivé son attention : un homme splendide, allongé sur l'herbe dans une flaque de soleil. Grand, les épaules larges, les hanches minces, le visage volontaire encadré de longs cheveux bruns parsemés de reflets roux. Liana le détailla des pieds à la tête, s'émerveillant de sa peau couleur de miel. Jamais elle n'aurait imaginé qu'un homme puisse être aussi beau.

— Qui est-ce ? chuchota-t-elle.
— Un étranger, murmura la fermière.
Des vêtements en laine grossière étaient jetés en tas près de lui. Cet homme ne possédait aucune fourrure, pas même une veste en lapin. Il n'avait pas non plus d'instrument de musique, ce n'était donc pas un troubadour.
— C'est peut-être un chasseur, ajouta la fermière. Parfois ils viennent piéger du gibier pour votre père. Avec votre mariage, il va falloir prévoir large.
Liana lança un vif regard à la femme. Sa vie appartenait-elle à tout le monde ? Elle était justement venue ici pour réfléchir à ce mariage. Malgré elle, ses yeux revinrent se fixer sur l'homme endormi. On aurait dit un jeune Hercule. Il dégageait une formidable impression de puissance. Si seulement lord Stephen ressemblait à cet inconnu... Même plongé dans un profond sommeil, il avait l'air dix fois plus fort que Stephen en armure. Soudain, une idée saugrenue la fit sourire : quelle tête ferait Helen si elle lui disait qu'elle avait finalement décidé d'épouser un vulgaire chasseur ? Puis son sourire s'évanouit : sans ses chariots chargés d'or et de richesses, il était probable que cet homme ne voudrait même pas d'elle. Oh, comme elle aimerait être un jour, un jour seulement, une simple paysanne, pour voir si elle était réellement capable d'éveiller l'intérêt d'un bel homme !
Elle se tourna vers la fermière.
— Déshabille-toi !
— Milady !
— Donne-moi ta robe et retourne au château.

Tu iras trouver ma suivante, Joice, et tu lui diras que personne ne doit venir me chercher.

La femme pâlit.

— Quelqu'un comme moi ne sera jamais reçu par votre suivante.

Liana ôta une grosse émeraude de son doigt et la lui tendit.

— Il doit y avoir un chevalier qui me cherche dans les parages. Donne-lui cette bague et il te conduira à Joice.

Toute crainte abandonna la fermière qui prit un air matois.

— C'est un très bel homme, pas vrai ?

Les paupières de Liana se plissèrent.

— Si j'entends un mot à propos de ceci au village, tu le regretteras. Va, à présent.

La robe qu'enfila Liana était très différente de ses toilettes au corsage court et à la jupe ample. Le haut l'enserrait du cou aux cuisses, révélant ses courbes graciles. Elle roula les manches, raidies par la crasse, au-dessus de ses coudes. Le bas, qui lui arrivait à peine aux chevilles, lui donna l'impression de pouvoir marcher et courir en toute liberté.

Ainsi vêtue, Liana se sentit prête à affronter l'inconnu. Elle risqua un nouveau coup d'œil à travers le feuillage. Si l'homme lui souriait ou la complimentait, ce serait pour elle et non pour la fortune de son père.

Après avoir dissimulé son hennin dans les fourrés, Liana s'avança, ses longs cheveux blonds flottant au vent. Le dormeur ne se réveilla pas quand elle trébucha sur une pierre.

Elle s'approcha plus près encore ; il ne bougeait toujours pas. C'était assurément un très bel homme, un homme qui faisait honneur à son Créateur. Elle était impatiente qu'il la voie enfin. Certains lui avaient assuré que sa chevelure était semblable à une cascade d'or. Partagerait-il cet avis ?

Elle se dirigea vers les vêtements qui gisaient en tas près de lui et ramassa sa tunique qu'elle tint à bout de bras, s'émerveillant de la largeur des épaules. La laine était grossièrement tissée et elle ne put s'empêcher de penser que ses femmes auraient fait un bien meilleur ouvrage.

Soudain, elle fronça les sourcils et examina l'habit de plus près. Des poux ! La tunique était infestée de poux !

Avec un petit cri de dégoût, elle la jeta au loin.

En un instant, l'homme se dressa devant elle, dans toute la gloire de sa nudité. Il était vraiment magnifique : grand, musclé, sans une once de graisse. Ses cheveux bruns, qui lui arrivaient aux épaules, étaient parsemés de reflets roux, ainsi que la barbe naissante qui couvrait sa mâchoire carrée. Ses yeux d'un vert sombre brillaient d'un éclat formidable.

— Comment allez-vous ? dit Liana en lui tendant le dos de sa main.

Allait-il mettre un genou en terre ?

Il toisa la jolie blonde aux yeux bleus.

— Tu as jeté ma tunique dans la boue ! fit-il avec colère.

Liana retira sa main.

— Elle grouillait de poux !

Comment les manants se parlaient-ils entre eux ? Que se disaient-ils ? « Bonjour. Tu ne voudrais pas aller remplir ma cruche pour moi ? » Oui, quelque chose comme ça...

Il lui lança un drôle de regard.

— Tu n'as qu'à la laver. J'ai une visite à faire.

Quelle voix mélodieuse ! Toutefois, si Liana goûta la musique, elle apprécia moins les paroles.

— Laissons cette tunique là où elle est. Je vous répète qu'elle est pleine de vermine. Vous plairait-il d'aller cueillir des myrtilles ? Il y en...

L'homme la saisit aux épaules, la fit pivoter et la poussa vers l'étang.

— Va laver ma tunique !

Comment osait-il la toucher ? Et lui ordonner de laver sa tunique ! Et puis quoi encore ? Elle allait récupérer ses habits, son cheval et regagner la sécurité du château. Elle tourna les talons. L'homme l'empoigna par le bras.

— Tu es sourde, ma fille ? fit-il en la secouant comme un prunier. Si tu ne vas pas chercher cette tunique, je te flanque dans la fondrière.

— Dans la fondrière ? s'étrangla-t-elle.

Elle était sur le point de lui révéler sa véritable identité pour le remettre à sa place quand elle vit ses yeux. Ils étaient beaux, certes, mais emplis d'orage. Si elle lui apprenait qu'elle était dame Liana, fille de l'un des hommes les plus riches du royaume, n'allait-il pas la séquestrer pour obtenir une rançon ?

— Je... je dois aller retrouver mon mari et... mes nombreux enfants, bafouilla-t-elle.

La force de cet homme, qui l'avait séduite quand il dormait, avait perdu de son attrait à présent qu'il lui broyait les bras.

— Parfait, dit-il. Avec une telle marmaille, tu dois savoir laver une tunique.

Liana jeta un coup d'œil vers la fondrière

emplie d'une boue noirâtre d'où seule une manche émergeait. Elle n'avait aucun talent de lavandière et l'idée de toucher cette chose infestée de poux lui répugnait.

— C'est... c'est ma belle-sœur qui se charge de la lessive, dit-elle, se félicitant de sa trouvaille. Je vais aller la chercher et vous l'envoyer. Elle le fera avec joie.

L'homme, sans un mot, désigna la fondrière.

Liana comprit qu'elle n'aurait pas gain de cause. Faisant la grimace, elle se dirigea vers la fondrière et se pencha pour attraper le bout de la manche, se pencha encore... et tomba, tête la première, dans la boue épaisse, s'y enfonçant jusqu'aux coudes.

Pendant un instant, elle se débattit pour s'en extraire, mais elle ne trouva aucune prise. Enfin, un bras vigoureux la souleva et la posa sur le sol sec. Elle resta là un moment à crachouiller et à s'étrangler, puis l'homme la poussa dans l'eau glacée.

Elle parvint à se redresser sans aide et s'apprêta à sortir de l'étang.

— Je rentre chez moi, marmonna-t-elle, au bord des larmes. Joice va me préparer un bon grog et allumer un feu dans ma chambre et je...

L'homme la saisit par le bras.

— Où crois-tu aller ? Ma tunique n'est toujours pas lavée.

Liana plongea les yeux dans les siens et, soudain, toute peur s'évanouit. Pour qui se prenait-il ? Il n'avait pas d'ordre à lui donner, même s'il la tenait pour la plus humble des serves.

Elle était trempée et frigorifiée, mais la colère

la réchauffait. Elle lui adressa ce qu'elle espérait être un sourire servile.

— Vos désirs sont des ordres, murmura-t-elle.

Il grogna de satisfaction, comme si c'était là la réponse qu'il attendait.

Tournant les talons, elle alla ramasser une branche morte et se dirigea de nouveau vers la fondrière. Elle en extirpa la tunique qu'elle brandit un moment au bout de son bâton comme un trophée puis, de toutes ses forces, elle la lança sur l'homme.

Tandis qu'il se dépêtrait du vêtement boueux, Liana prit ses jambes à son cou. Elle connaissait les bois comme sa poche. Se dirigeant droit sur un arbre creux, elle disparut à l'intérieur.

Elle entendit l'homme se frayer un chemin dans les fourrés, écrasant tout sur son passage. Elle sourit : il ne la retrouverait jamais. Elle attendrait qu'il soit parti pour rejoindre son cheval attaché sur l'autre berge. Si c'était un chasseur, elle l'accueillerait le lendemain dans la demeure de son père et lui ferait regretter sa conduite.

— Tu ferais mieux de sortir de là, dit-il, à deux pas de l'arbre mort.

Liana retint son souffle.

— Tu veux que je vienne te chercher ? Ou faut-il que je taille cet arbre en pièces autour de toi ?

Comment pouvait-il savoir où elle se cachait ? Non, il bluffait sûrement. Elle ne bougea pas.

Un bras musclé pénétra dans l'arbre et la saisit par la taille. Elle se sentit arrachée à son abri et se retrouva plaquée contre un torse puissant. Les yeux verts de l'inconnu brillaient, non... brûlaient, dans son visage maculé de boue. Pendant un bref instant, Liana eut la certitude qu'il allait l'embrasser. Son cœur se mit à battre la chamade.

— Tu en veux, hein ? s'esclaffa-t-il. Hélas, le temps me presse ! Une autre fille m'attend.

Il la repoussa et la ramena à l'étang.

Liana se ravisa — des excuses ne suffiraient pas.

— Je le ferai ramper, marmonna-t-elle.

Il l'entendit.

— Ah oui ?

Elle lui fit face.

— Oui, dit-elle entre ses dents serrées. Je vous ferai ramper. Vous regretterez de m'avoir traitée ainsi.

Il resta de marbre, mais une lueur espiègle étincelait dans ses prunelles.

— Tu vas devoir attendre un peu, parce que, pour le moment, tu vas laver ma tunique.

— Plutôt...

— Oui ?

Liana se détourna. Mieux valait obtempérer et partir. Aujourd'hui, il était le maître du jeu, mais demain elle tiendrait les rênes... et le fouet. Elle sourit.

Elle s'immobilisa au bord de l'étang, refusant de se rendre sans combattre. Son attitude parut accroître la bonne humeur de l'inconnu. Il ramassa sa tunique boueuse et, à son tour, la lui lança. Par réflexe, elle la saisit.

— Tant que tu y es, lave aussi ça, dit-il en lui fourrant dans les bras ses autres vêtements grouillant de poux.

Puis il s'agenouilla pour se nettoyer le torse et le visage.

Liana poussa un cri étranglé et lâcha son fardeau.

— Dépêche-toi, dit-il. J'ai besoin de ces habits pour faire ma cour.

Autant en finir au plus vite. Liana attrapa la tunique, la plongea dans l'eau, puis la battit contre une pierre.

— Elle ne voudra pas de vous, dit-elle. Peut-être lui plairez-vous, mais si elle a le moindre bon sens, elle se jettera du haut des remparts plutôt que de vous prendre pour époux.

Il s'était recouché dans l'herbe, l'observant.

— Oh, elle acceptera ! Reste à savoir si moi je voudrai d'elle. Je ne veux pas d'une mégère. Je ne l'épouserai que si elle est amène et docile.

— Et stupide.

Dans le but d'éliminer les poux, Liana martela le tissu avec un silex. En retournant la tunique, elle aperçut une myriade de petits trous. Horrifiée, elle écarquilla les yeux, puis sourit. Oh oui, elle allait lui nettoyer ses hardes, mais quand elle en aurait fini, elles auraient l'aspect d'un filet de pêche.

— Seule une femme stupide vous prendrait pour époux, dit-elle d'une voix forte, afin de détourner son attention.

— Les femmes stupides font les meilleures épouses. Je ne veux pas d'une petite futée. Elle ne serait qu'une source d'embarras. Tu as fini ?

— Non. Vos habits sont très sales, répliqua-t-elle d'une voix suave, ravie à l'idée qu'il aille frapper à la porte d'une jeune fille avec des vêtements troués. J'imagine que les femmes ont déjà dû vous causer beaucoup de problèmes, pas vrai ?

— Aucun.

Il l'observait.

Liana n'aima pas la façon qu'il avait de la regarder. En dépit de ses vêtements trempés, elle eut subitement très chaud.

— Combien d'enfants as-tu dit que tu avais ? demanda-t-il avec douceur.

— Neuf. Neuf garçons, tous aussi costauds que leur père. Et que leurs oncles, ajouta-t-elle nerveusement. Mon mari a six frères, forts comme des bœufs. Et pas commodes, avec ça... Tenez, la semaine dernière...

— Quelle fieffée menteuse, déclara-t-il paisiblement, sans plus la regarder. Tu n'as jamais eu d'homme.

Elle cessa de battre les vêtements.

— J'en ai eu des centaines... Je veux dire, j'ai eu mon mari des centaines de fois et... (Elle se tut. Elle ne faisait que se ridiculiser davantage.) Voilà vos vêtements. J'espère que vous vous gratterez jusqu'au sang. Vous méritez d'être dévoré par les poux !

Elle laissa tomber les habits trempés sur son ventre plat. Il ne tressaillit même pas, se contentant de la fixer. Il avait des yeux si verts, si chauds, si attirants. Elle était libre de partir, désormais. Pourtant, elle restait là, le regard rivé au sien.

— Toute peine mérite salaire. Penche-toi, femme.

Liana s'agenouilla malgré elle tandis qu'il se redressait. Il plaqua la main contre sa nuque et attira ses lèvres contre les siennes.

Deux ou trois hommes avaient essayé d'embrasser Liana, mais aucun n'avait été aussi habile. Contrairement à ses manières, ses lèvres étaient douces et chaudes. Elle ferma les yeux.

Elle avait maintes fois espéré un tel baiser. Ses bras se nouèrent autour du cou de l'inconnu tandis qu'elle se pressait contre lui, se délectant de la chaleur de sa peau. Il se montra plus entreprenant, forçant sa bouche entrouverte avec un art consommé.

Quand il se détacha d'elle, elle se tendit vers lui, paupières closes, en redemandant.

— Ça suffit, dit-il d'un ton amusé. Un baiser virginal pour une vierge. Maintenant, retourne vers celui qui devrait mieux te protéger et cesse de courir après les hommes.

Elle ouvrit les yeux d'un coup.

— Courir après les hommes ? Mais...

Il l'embrassa rapidement, le regard espiègle, puis se leva.

— Tu m'espionnais, cachée dans les fourrés. Apprends ce qu'est le désir avant d'essayer de le provoquer. Maintenant, va-t'en avant que je ne me ravise et te donne ce que tu es venue chercher. J'ai mieux à faire qu'apaiser l'appétit d'une pucelle.

Liana bondit sur ses pieds.

— Quand je me donnerai à un rustre de votre espèce, les poules auront des dents !

S'apprêtant à enfiler ses braies humides, il s'immobilisa.

— Ne me provoque pas. J'ai bien envie de te faire ravaler ces mots. Non, poursuivit-il, j'ai autre chose à faire. Peut-être plus tard, après mon mariage, tu pourras venir me trouver. Je verrai alors si j'ai du temps à te consacrer.

Il n'existait pas d'injures assez viles pour exprimer ce qu'éprouvait Liana.

— Tu me reverras, dit-elle, le tutoyant pour la première fois. Oh oui, tu me reverras, et je ne pense pas que tu seras aussi arrogant ce jour-là. Prie pour ta vie, manant !

Et elle le planta là.

— C'est ce que je fais chaque jour, cria-t-il alors qu'elle était déjà loin. Et je ne suis pas un...

Elle n'en entendit pas davantage. S'enfonçant sous les arbres, elle récupéra sa robe et son hennin et s'élança vers son cheval. Elle arracha la robe de bure et la jeta sur le sol. Puis elle la piétina, l'enfonçant dans la poussière. Et dire qu'elle avait cru la vie des paysans si romantique ! Ils semblaient si libres !

— Pourriture ! gronda-t-elle. Racaille ! Ils n'ont personne pour les protéger, dit-elle à son cheval. Si mon garde avait été là, il aurait étripé ce porc. Si lord Stephen avait été là, il l'aurait fait ramper. Et j'aurais ri de voir ce diable aux cheveux rouges baiser la semelle de ses bottes. Que vais-je lui faire ? Le rouer ? L'attacher au chevalet ? L'écarteler ? L'empaler ? L'envoyer au bûcher ? Oui, c'est ça. Le bûcher. Pendant que nous dînerons, nous le regarderons se consumer.

Après avoir enfilé ses vêtements, elle monta en selle et lança un dernier regard plein de haine en direction de l'étang. Elle essaya d'imaginer la mort violente de l'inconnu, puis elle se souvint de son baiser. Elle essaya de l'imaginer brûlant sur le bûcher, mais elle ne parvint qu'à évoquer son beau corps attaché au piquet.

— Maudit soit-il ! s'écria-t-elle en lançant son cheval au galop.

3

Rogan regarda la fille partir en regrettant de ne pas avoir eu le temps de s'occuper d'elle. Comme il aurait aimé cette peau si pâle... et cette chevelure ! Elle était de la même couleur que la crinière d'un cheval qu'il avait monté dans son enfance.

Un cheval tué sur le champ de bataille par les Howard, se rappela-t-il avec amertume. Il tira avec force sur ses braies.

Son gros orteil émergea juste au-dessous du genou. Sans y faire attention, il tira la laine par-dessus. Une seconde plus tard, ses doigts de pieds apparurent à la cheville. Cette fois, il examina son vêtement. Levant les braies dans le soleil, il découvrit des centaines de petits trous. En fait, les mailles tenaient encore ensemble mais, d'ici à quelques jours, sa culotte tomberait en lambeaux. Il s'empara de sa tunique et de son pourpoint : ils étaient eux aussi pleins de trous.

Maudite fille ! pensa-t-il avec colère. Il devait épouser l'héritière de Gilbert Neville et voilà que ses vêtements étaient en pièces. Si jamais il mettait la main sur elle...

Il examina de nouveau sa chemise. La coquine ne voulait pas laver ses affaires. Non, ce qu'elle voulait, c'était batifoler dans l'herbe avec lui. N'ayant pas obtenu ce qu'elle désirait, elle s'était vengée. Et la vengeance était une chose que Rogan comprenait parfaitement.

Malgré sa colère, malgré le fait qu'il allait devoir effectuer une dépense inutile pour se payer de nouveaux habits, il contempla les éclats de soleil qui filtraient par les trous dans sa tunique et sourit, ce qui lui arrivait très rarement. La petite sorcière n'avait pas eu peur de lui. Elle avait risqué une rossée bien méritée car si jamais il s'était rendu compte de... Bah, il aurait sûrement roulé avec elle dans l'herbe...

Il s'habilla. L'idée d'épouser l'héritière de Neville ne le gênait plus trop. Après son mariage, il reviendrait peut-être par ici en quête de cette beauté blonde pour lui donner ce qu'elle désirait. Peut-être même qu'il lui ferait les neuf marmots qu'elle prétendait avoir.

Il se mit en route et rejoignit ses hommes et son frère.

— Nous avons assez attendu, dit Severn. As-tu trouvé un peu de courage ? Es-tu prêt à faire face à cette fille ?

La bonne humeur de Rogan s'envola.

— Tu veux que je t'arrache la langue ? Alors, tais-toi et en selle. Je vais me marier.

— Milady, répéta Joice.

Mais Liana ne répondait toujours pas.

— Milady !

Liana fixait le vide au-delà de sa fenêtre, perdue dans ses pensées. Elle était ainsi depuis la veille, depuis qu'elle était revenue de sa promenade. Cela était-il dû à l'imminence de son mariage (on avait envoyé un messager à lord Stephen le matin...) ou y avait-il autre chose ? Quoi qu'il en soit, Liana ne se confiait à personne.

Joice se glissa hors de la chambre et referma la lourde porte en chêne derrière elle.

Liana n'avait pas dormi de la nuit et elle n'avait même pas fait semblant de travailler aujourd'hui, se contentant de rester assise à sa fenêtre. Elle contemplait les gens du village, qui s'affairaient, riaient et juraient.

La porte se rouvrit brutalement.

— Liana !

Impossible d'ignorer la voix colérique de sa belle-mère. Liana fixa sur elle des yeux glacés.

— Que voulez-vous ?

Elle ne pouvait contempler la beauté de Helen sans penser au visage souriant de Stephen, à son regard glissant vers les plats d'or sur la cheminée.

— Votre père désire votre présence dans le grand hall. Il a des invités.

L'amertume dans sa voix piqua la curiosité de Liana.

— Des invités ?

Helen se détourna.

— Liana, je ne pense pas que vous devriez descendre. Votre père vous pardonnera — il vous pardonne toujours tout. Dites-lui que vous avez vu cet homme et que vous ne voulez pas de lui. Dites-lui que vous avez donné votre cœur à Stephen et à personne d'autre.

La curiosité de Liana en fut piquée.

— Quel homme ?

Helen lui fit de nouveau face.

— L'aîné de ces horribles Peregrine. Vous ne les connaissez sans doute pas, mais mon premier mari possédait des terres voisines des leurs. Malgré leur très ancienne lignée, ils sont fort pauvres... et fort malpropres.

— En quoi ces Peregrine me concernent-ils ?
— Deux d'entre eux sont arrivés au château hier soir et l'aîné dit qu'il est venu vous épouser. (Helen leva les bras au ciel.) Cela leur ressemble bien. Ils ne demandent même pas votre main... Ils annoncent simplement que l'une de ces bêtes puantes va vous épouser.

Liana se souvint d'un autre étranger peu ragoûtant qui l'avait embrassée.

— Je suis promise à lord Stephen. Sa demande a été agréée.

Helen se laissa tomber sur le bord du lit, comme si elle était extrêmement lasse.

— C'est ce que j'ai dit à votre père, mais il refuse de m'écouter. Ces hommes lui ont offert deux énormes faucons, deux de ces faucons pèlerins[1] qui leur ressemblent tant. Et Gilbert a passé la nuit avec eux à ressasser des histoires de chasse. Il est convaincu que ce sont les meilleurs des hommes. Il refuse de sentir leur puanteur, de voir leur pauvreté, de reconnaître leur brutalité. Leur père est venu à bout de quatre épouses.

Liana jeta un regard impassible à sa belle-mère.

— Que vous importe l'homme que j'épouse ? Ne se valent-ils pas tous à vos yeux ? Votre but est de me chasser de chez moi. Alors quelle différence pour vous que j'épouse une brute ou un agneau ?

Helen croisa les mains sur son ventre rond.

— Vous ne comprendrez donc jamais ? fit-elle avec une lassitude accrue. Je désire simplement tenir le rang qui est le mien dans ma maison.

1. *Peregrine :* « pèlerin ». *(N.d.T.)*

— Et pour cela, je dois disparaître et épouser le premier...

Helen l'arrêta d'un geste.

— C'était une erreur de ma part d'essayer de vous parler. Allez donc rejoindre votre père. Laissez-le vous marier à cet homme qui vous battra probablement, qui vous dépouillera jusqu'à votre dernier sou et ne vous laissera que les habits que vous avez sur le dos. Et encore ! Les habits ne signifient rien pour ces porcs. L'aîné s'habille comme un garçon de cuisine. Il vient demander une jeune femme en mariage et il porte des vêtements troués. (Elle se leva avec difficulté.) Haïssez-moi si vous le devez, mais je fais des vœux pour que vous ne gâchiez pas votre vie dans le seul but de me contrarier.

Elle s'en fut.

— Des vêtements troués ? répéta Liana à haute voix, les yeux écarquillés. Des vêtements troués ?

Joice pénétra dans la chambre.

— Milady, votre père...

Liana bouscula sa suivante et se rua dans l'abrupt escalier en colimaçon. Elle devait voir cet homme à son insu. Elle traversa la cour à toutes jambes sans prêter la moindre attention aux chevaliers qui s'y trouvaient, aux montures qui attendaient leurs cavaliers, aux écuyers qui lézardaient au soleil. Elle entra aux cuisines. Les énormes cheminées répandaient une chaleur étouffante mais elle ne ralentit pas sa course. Elle franchit une petite porte et escalada un deuxième escalier très étroit qui menait à la galerie des musiciens. Posant un doigt sur ses lèvres, elle réduisit au silence un joueur de viole qui allait la saluer.

Le balcon surplombait le grand hall. Une rambarde de bois sculpté dissimulait les musiciens à la vue des invités. Liana s'aplatit dans un coin et baissa les yeux.

C'était *lui*.

L'homme qu'elle avait vu la veille, l'homme qui l'avait embrassée était assis à la droite de son père. Un énorme faucon sur un perchoir les séparait. Le soleil ruisselant par les fenêtres embrasait sa chevelure.

Liana recula, le cœur battant. Ce n'était pas un paysan. Il avait dit qu'il était là pour faire sa cour et c'était d'elle qu'il parlait. Il était venu se marier avec elle.

— Milady, vous allez bien ?

Liana répondit au harpiste d'un geste vague, puis s'approcha de nouveau de la rambarde. Elle n'avait d'yeux que pour un seul des hommes qui se trouvaient avec son père. Il dominait l'immense salle : assis, il possédait la majesté d'un faucon perché au sommet d'un arbre. Il parlait et écoutait avec une intensité formidable. Son père et l'autre inconnu blond riaient, mais pas lui. Pas son mari.

Son mari ?

— Comment s'appelle-t-il ? chuchota-t-elle au harpiste.

— Qui donc, milady ?

— L'homme avec mon père, dit-elle impatiemment. Celui qui a les cheveux rouges.

— Lord Rogan. Et son frère s'ap...

— Rogan, murmura-t-elle sans se soucier de

ce frère blond. Rogan. Cela lui va bien. (Elle redressa le menton.) Helen...

Elle se remit à courir, retraversa les cuisines, la cour, dépassa un cercle d'hommes faisant des paris sur un combat de chiens, grimpa un nouvel escalier, faillit renverser deux servantes et pénétra sans frapper dans la chambre. Helen, assise devant un cadre de tapisserie, leva à peine les yeux vers elle.

— Parlez-moi de lui, demanda Liana, haletante.

— Qui suis-je pour savoir quoi que ce soit ? Une simple servante dans ma propre maison.

Liana attrapa un tabouret et vint s'asseoir devant Helen.

— Parlez-moi de ce Rogan. Est-ce lui qui a demandé ma main ? Le grand avec une chevelure aux reflets rouges ? Et des yeux verts ?

Helen étudia sa belle-fille avec inquiétude.

— Oui, c'est un bel homme, mais ne voyez-vous pas ce que cache cette apparence ?

— Oui, oui, je sais, ses vêtements sont infestés de poux. Enfin, ils l'étaient jusqu'à ce que... Dites-moi ce que vous savez de lui !

Décidément, Helen ne comprenait pas cette jeune femme, mais elle ne l'avait jamais vue si vivante, si frémissante, si... jolie. La panique l'envahit. Une fille mature, intelligente et sensée comme Liana ne pouvait tomber amoureuse d'un homme uniquement pour sa beauté. Des centaines d'hommes séduisants avaient fréquenté le château ces derniers mois et pas un seul d'entre eux...

— Je vous écoute !

Helen soupira.

— Je ne sais pas grand-chose. Leur famille est très ancienne. On dit que leurs ancêtres ont combattu aux côtés du roi Arthur mais, voilà quelques générations, l'aîné des Peregrine a transmis son duché, le rang et l'argent de la famille à sa seconde épouse. Du coup, les enfants de son premier lit sont devenus des enfants illégitimes. Après sa mort, sa deuxième femme a épousé un cousin et le fils de Peregrine est devenu un Howard. A présent, les Howard possèdent le titre et les terres qui appartenaient autrefois aux Peregrine. Voilà tout ce que je sais. Le roi a déclaré que tous les Peregrine étaient des bâtards et il ne leur reste que deux vieux châteaux en ruine, un comté mineur et rien d'autre.

Avant de poursuivre, Helen se pencha vers Liana :

— J'ai vu où ils vivent. Une véritable porcherie... Le toit est à demi effondré. Ces Peregrine se moquent de la crasse, des poux ou des asticots qui grouillent dans leur viande. Une seule chose compte à leurs yeux : se venger des Howard. Cet homme, ce Rogan, ne veut pas d'une épouse. Il veut l'argent des Neville afin de pouvoir financer sa guerre contre les Howard.

» Les Peregrine sont des hommes horribles, qui ne songent qu'à la guerre et à la mort. Autrefois, ils étaient six fils, mais quatre d'entre eux ont été tués. Il ne doit plus en rester que deux. Mais il est probable que leur père a semé d'autres bâtards. Ces gens-là se reproduisent comme des lapins.

Soudain, Helen saisit la main de Liana.

— Je vous en prie, oubliez cet individu ! Il vous dévorerait toute crue au petit déjeuner.

Liana libéra sa main.

— Je suis faite d'une étoffe plus solide que vous ne semblez le croire, fit-elle, impressionnée malgré elle.

A son tour, Helen eut un geste de recul.

— Non, murmura-t-elle. N'y pensez même pas. Vous ne pouvez envisager d'épouser cet homme.

Liana pinça les lèvres. Et si Helen avait une autre raison de la détourner de Rogan ? Peut-être avait-elle des vues sur lui ? Peut-être avaient-ils été amants quand elle vivait si près de lui, du temps de son premier mari ?

Liana était près de formuler ces accusations quand Joice survint.

— Milady ! dit-elle à Liana. Messire Robert Butler est arrivé. Il vous demande en mariage.

— Acceptez, dit aussitôt Helen. Je connais son père. Une excellente famille.

Liana dévisagea alternativement Helen et Joice. C'en était assez ! Repoussant les deux femmes, elle se rua hors de la chambre. Helen et Joice se lancèrent à ses trousses.

Dans la cour, se tenaient onze nouveaux chevaliers tous magnifiquement armés et vêtus. Leurs tuniques de velours étaient brodées de fils d'or, leurs coiffes coupées de façon extravagante et des joyaux brillaient à leurs doigts.

Liana les contourna pour gagner les écuries. Une chevauchée au triple galop lui éclaircirait peut-être les idées. Mais Helen l'arrêta en la saisissant par le coude.

A regret, Liana se retourna. Robert Butler, jeune, beau, l'œil et le cheveu sombres, superbement vêtu, lui souriait avec douceur.

Elle le détesta au premier coup d'œil.

— Voici ma belle-fille, dame Liana, dit Helen. Comment va votre père ?

Rigide, Liana les écouta échanger saluts et plaisanteries. Elle n'avait qu'une envie : décamper au plus vite. Elle devait réfléchir. Et prendre la décision la plus importante de sa vie. Devait-elle épouser un homme qui se moquait d'elle, qui la forçait à laver son linge crasseux ?

— Je suis sûre que Liana va en être enchantée. N'est-ce pas, Liana ? s'enquit Helen.

— Quoi ?

— Messire Robert est prêt à vous accompagner. Il vous escortera et vous protégera aussi bien que votre propre père. N'est-ce pas, messire Robert ?

— Et qui me protégera de lui ? demanda Liana d'un ton doucereux. Il est vrai que je ne porte aucun bijou. Je ne cours donc aucun risque.

Helen lui lança un regard meurtrier.

— Ma belle-fille a un humour bien à elle... (Helen poussa Liana vers Robert.) Allez-y, murmura-t-elle d'un ton sifflant.

Hésitante, Liana partit vers les écuries.

— J'espérais obtenir votre main en raison de la fortune de votre père, annonça Robert d'une voix aimable, mais maintenant que je vous ai vue, vous êtes vous-même la plus belle des récompenses.

Elle s'immobilisa pour lui faire face.

— Oh ? Mes yeux sont-ils comme des émeraudes ou des saphirs ?

Il parut déconcerté.

— Je dirais des saphirs.

— Et ma peau est semblable à l'ivoire ou au satin le plus fin ?

Il eut un petit sourire.

— Aux pétales de la plus délicate des roses.

— Et mes cheveux ?

Il sourit de plus belle.

— Je ne puis les voir.

Elle enleva sa coiffe.

— De l'or ? demanda-t-elle avec colère.

— De l'or illuminé de soleil.

Elle lui tourna le dos et ne le vit donc pas retenir un éclat de rire.

— Me permettez-vous de vous escorter lors de votre promenade ? demanda-t-il galamment. Je jure sur le repos de ma mère de ne plus vous adresser le moindre compliment. Je suis même prêt à vous traiter de laideron si vous le souhaitez.

Sans le regarder, elle se dirigea vers son cheval qu'un garçon d'écurie sortait déjà. Bien sûr qu'il la traiterait de laideron : il était prêt à dire n'importe quoi pour la séduire.

Ils franchirent le pont-levis de la porte Nord. Sans même s'en rendre compte, elle mit le cap sur l'étang. Elle devina que messire Robert éprouvait quelques difficultés à la suivre, mais ne ralentit pas l'allure.

Elle arrêta sa monture au bord de l'étang, songeant à la scène de la veille, quand elle avait aperçu Rogan pour la première fois. Elle sourit en se rappelant la tête qu'il avait faite quand elle lui avait lancé sa tunique boueuse à la figure.

— Vous êtes aussi bonne cavalière que belle, dame Liana, annonça Robert en la rejoignant.

Quand elle voulut descendre de selle, il protesta, affirmant qu'il devait l'aider.

Elle passa deux heures avec lui au bord de l'étang et découvrit qu'il était tout simplement parfait. Il était gentil, attentif, agréable et instruit... et il la traitait comme si elle était une fleur fragile. Il lui parla de chansons d'amour et des dernières tenues à la mode à la cour du roi Henri. A trois reprises, Liana essaya d'orienter la conversation sur le prix de la laine et le métayage des terres, mais messire Robert refusa d'en entendre parler.

Durant ces deux heures, elle ne cessa de penser à lord Rogan. C'était un homme abominable, bien sûr, sale, arrogant, autoritaire. Il lui avait donné des ordres comme si elle était sa serve. Certes, elle était déguisée en paysanne et il était comte... duc, peut-être, si Helen avait dit la vérité. Mais il y avait quelque chose en lui d'incroyablement attirant. Comme si elle était tombée sous l'effet d'un charme qui l'empêchait de penser à nul autre que lui.

— Je pourrais peut-être vous apprendre la nouvelle danse. Dame Liana ?

— Oui... Oh, certainement.

Ils marchaient côte à côte sur un large chemin forestier. Deux fois déjà, il avait proposé de prendre son bras mais elle le lui avait refusé.

— Qu'attend un homme de son épouse ? demanda-t-elle soudain.

La question redonna espoir à Robert.

— Qu'elle lui apporte réconfort et soutien, qu'elle lui offre un foyer et porte ses enfants. Une épouse doit donner de l'amour à son mari.

Elle haussa un sourcil.

— Et des terres ?

Robert gloussa.

— Oui, cela compte aussi.

Liana fronça les sourcils tandis qu'elle se souvenait des paroles de Rogan : « Je n'épouserai pas une mégère. Je ne la prendrai que si elle est docile et aimable. »

— J'imagine que les hommes aiment avoir une épouse douce et obéissante.

En fait, messire Robert appréciait le caractère difficile de cette belle et riche jeune fille mais il n'était pas question de le lui avouer : elle pourrait en prendre avantage.

Ils poursuivirent leur promenade en silence. L'esprit de Liana était en ébullition. Pourquoi envisagerait-elle d'épouser un homme comme lord Rogan ? Même s'il l'avait prise pour une paysanne, il l'avait traitée d'une façon très discourtoise. S'il avait connu sa réelle identité, il lui aurait sans doute baisé la main et murmuré mille et un compliments. Et comment aurait-il fait pour cacher ses poux ? se demanda-t-elle.

Elle adressa un pâle sourire à Robert. Il était tiré à quatre épingles, agréable et ennuyeux... tellement ennuyeux !

— Voulez-vous m'embrasser ? demanda-t-elle subitement.

Robert ne se le fit pas dire deux fois. Gentiment, il la prit dans ses bras et pressa ses lèvres contre les siennes.

Ah, l'insipide baiser ! Liana recula pour le regarder avec surprise. Ainsi, voilà pourquoi elle envisageait d'épouser lord Rogan : elle le désirait. Quand il l'embrassait, elle en avait des fourmis jusque dans les doigts de pieds. Quand il se tenait devant elle, elle avait chaud partout.

Elle se détourna vivement.

— Il faut que je rentre. Je dois dire à mon père que j'accepte le mariage.

Robert se pétrifia, comme frappé par la foudre. Puis il s'élança à la poursuite de Liana, l'attira dans ses bras et se mit à lui embrasser le cou et la gorge.

— Oh, mon amour, vous faites de moi l'homme le plus heureux de la terre ! Vous ne savez pas ce que cela signifie pour moi. Nos domaines ont été dévastés par des incendies l'an dernier. Je commençais à perdre espoir de pouvoir reconstruire un jour.

Elle le repoussa.

— Je croyais que mes yeux de saphir et mes cheveux d'or étaient la plus belle des récompenses ?

— Cela aussi, bien sûr.

Il lui prit les mains et les baisa avec fougue. Elle les lui arracha pour courir à sa monture.

— Vous devrez trouver quelqu'un d'autre pour reconstruire vos châteaux. J'ai décidé d'épouser l'aîné des Peregrine.

Robert laissa échapper un cri horrifié et se précipita vers elle.

— Vous ne pouvez sincèrement envisager de vous lier à ces... ces... Ce sont de véritables...

Elle leva la main.

— Cette décision ne vous appartient pas. A présent, je dois retourner chez moi. Vous pouvez m'accompagner ou rester ici. Mais si vous revenez, je vous suggère de rassembler vos hommes, de quitter les terres des Neville et de vous mettre en quête d'une autre héritière. Et, la prochaine fois, tâchez d'être plus prudent : prenez des dispositions pour empêcher ces incendies d'éclater.

Elle sauta en selle.

Messire Robert la suivit des yeux. A mesure qu'elle s'éloignait, sa déception s'amenuisait. Après tout, mieux valait ne pas lier sa vie à une telle mégère. Le mariage avec une femme pareille risquait d'être un véritable enfer.

Maudits soient ces Peregrine ! Les femmes leur couraient après malgré leur crasse et leurs sempiternelles batailles pour retrouver des titres et des terres qui ne leur appartenaient plus depuis des générations. Si Liana épousait l'un d'entre eux, dans trois ans, elle serait vieille et épuisée d'avoir été utilisée comme un cheval de trait. Cette pensée lui procura une certaine satisfaction.

Il monta en selle à son tour pour la suivre. Oui, mieux valait rassembler ses hommes et décamper sur-le-champ. Il ne supporterait pas d'assister à la cérémonie de fiançailles entre la belle lady Liana et l'un de ces barbares. Il haussa les épaules. Cela ne le concernait plus.

Liana annonça à son père et à sa belle-mère qu'elle avait fixé son choix et qu'il se portait sur lord Rogan.

— Bonne décision, ma fille, dit Gilbert. C'est le meilleur fauconnier de toute l'Angleterre.

Le visage de Helen virait lentement au pourpre.

— Ne faites pas une erreur pareille ! s'écria-t-elle d'une voix étranglée. Ne faites pas ce choix contre moi !

— J'ai agi selon vos propres désirs, rétorqua Liana. J'ai choisi un mari. Je pensais que cela vous ferait plaisir.

Helen essaya de garder son calme, puis elle se laissa lourdement retomber en arrière sur sa chaise. Elle leva les bras dans un geste de reddition.

— Vous avez gagné. Vous pouvez rester ici. Vous pouvez diriger les domaines et les serviteurs. Vous pouvez tout gouverner à votre guise. Quand je me retrouverai face au Seigneur, je ne veux pas que cette calamité pèse sur ma conscience. Qu'on puisse m'accuser d'avoir forcé la fille de mon mari à connaître la mort sur cette terre. Vous avez gagné, Liana. Cela vous satisfait-il ? Allez-vous-en, maintenant. Disparaissez de ma vue ! Laissez-moi au moins mes appartements... ni vous ni votre défunte mère n'y édictez vos règles.

Ce discours laissa Liana perplexe. Machinalement, elle se dirigea vers la porte. Elle allait sortir quand elle comprit la signification de ces paroles. Elle se retourna vivement.

— Non ! s'exclama-t-elle. Je *veux* épouser cet homme. Vous comprenez, je l'ai déjà rencontré. Hier. Nous sommes restés seuls ensemble un moment et...

Elle baissa les yeux, le visage congestionné.

— Dieu tout-puissant, il l'a violée ! gémit Helen. Gilbert, tu dois le faire pendre !

— Non ! se récrièrent Gilbert et Liana à l'unisson.

— Ses faucons... commença Gilbert.

— Il n'a pas... commença Liana.

Helen leva les mains pour réclamer le silence avant de se tenir le ventre. Son enfant allait sûrement naître avec des pieds fourchus après tous les tourments que sa belle-fille lui infligeait durant sa grossesse.

— Liana, que vous a fait cette bête ?

Il m'a obligée à laver ses affaires. Il m'a embrassée.

— Rien, dit Liana. Il ne m'a pas touchée. (Elle dirait une messe pour pénitence de ce péché, se promit-elle.) Je l'ai rencontré hier par hasard en me promenant et je... (Elle hésita.) Et j'ai décidé d'accepter sa proposition.

— Un excellent choix, dit Gilbert. Ce garçon est un homme, un vrai, tu peux me croire.

— Vous êtes folle, Liana, murmura Helen, pâlissant. Rarement fille a été autant gâtée par son père, rarement il a été permis à une jeune femme de choisir son époux, et je comprends pourquoi à présent. Vous avez l'esprit malade, Liana. (Elle soupira.) Très bien. Cette décision est la vôtre. Quand il vous frappera — et si vous y survivez —, vous pourrez revenir ici panser vos blessures. Partez, maintenant. Je ne supporte plus votre vue.

Liana ne bougea pas d'un pouce.

— Je ne veux pas le rencontrer avant la cérémonie, annonça-t-elle.

— Enfin, un peu de sagesse, fit Helen, sarcastique. Évitez-le aussi longtemps qu'il vous sera possible.

Gilbert était aux anges.

— Il n'a pas demandé à te voir. Hier lui a suffi,

hein ? fit-il d'un ton égrillard en adressant un clin d'œil à sa fille.

Il ne se rappelait plus quand, pour la dernière fois, une femme lui avait procuré autant de plaisir. Les Peregrine étaient peut-être un peu rudes mais cela s'expliquait parce qu'ils étaient des hommes et non des freluquets commandés par des femmes.

— Sans doute, dit Liana sans se compromettre.

Elle avait peur qu'en reconnaissant la femme qui avait jeté ses vêtements dans la boue il ne refuse cette union. Il n'aimait pas les mégères, avait-il dit. Il voulait une femme docile. Eh bien, elle *serait* une femme docile.

— Voilà qui est facile à arranger, reprit Gilbert. Je dirai que tu as la variole et que l'échange des anneaux doit se faire par un intermédiaire. Nous fixerons le mariage... (il consulta Helen du regard mais celle-ci resta de marbre)... à dans trois mois. Cela te convient-il, ma fille ?

Liana dévisagea Helen et, au lieu de la haïr, elle se souvint que celle-ci avait été prête à renoncer à son rang pour elle. Peut-être que Helen ne la détestait pas, après tout.

— Il va me falloir des robes, dit-elle avec douceur. Et un trousseau. Pensez-vous pouvoir m'aider à choisir tout ce dont j'aurai besoin ?

Helen resta stoïque.

— Je ne pourrai pas vous faire changer d'avis ?
— Non.
— Alors, je vous aiderai, dit Helen. Si vous mouriez, c'est moi qui préparerais votre corps pour les funérailles. Je peux donc m'occuper de cela aussi.

— Merci, dit Liana en souriant.

Heureuse comme elle ne l'avait jamais été, elle quitta la chambre. Elle avait des tas de choses à faire au cours des trois mois à venir.

La bannière des Peregrine — un faucon blanc sur fond rouge avec trois crânes de chevaux noirs disposés en diagonale sur le ventre du faucon — flottait sur le camp. Les hommes dormaient dans des tentes ou sous les chariots ; Rogan et Severn étaient allongés sur une couverture posée à même le sol, environnés d'armes.

— Je ne comprends pas pourquoi elle a accepté de t'épouser, répétait Severn.

Cette énigme le torturait depuis que Gilbert Neville avait annoncé la décision de sa fille. Rogan avait simplement haussé les épaules avant d'entamer les négociations sur le montant de la dot. Ni Rogan ni Gilbert ne semblaient trouver bizarre que la jeune femme, après avoir repoussé toute la noblesse d'Angleterre, se décide pour Rogan qu'elle n'avait même jamais vu.

— Elle a rejeté tous les autres, reprit-il. Oh, je n'approuve pas le fait qu'on laisse une fille choisir son époux, mais pourquoi a-t-elle dit non à Stephen Whitington ?

Rogan tourna le dos à son frère et grommela :

— Elle a la tête sur les épaules. Elle a fait le meilleur choix.

Ce fut au tour de Severn de grogner.

— Tu me caches quelque chose... N'aurais-tu pas séduit cette fille à l'abri des regards ?

— Je ne l'ai même jamais vue. J'étais trop

occupé à soutirer son or à Neville. Peut-être l'a-t-il battue pour lui forcer la main.

— N'empêche...

Irrité, Rogan se tourna vers son frère.

— Je n'ai jamais vu cette fille ! Je suis resté avec Neville du matin au soir.

— Sauf quand tu es parti seul avant que nous n'arrivions au château.

— Je n'ai... commença Rogan avant de s'interrompre.

Pour la première fois depuis leur rencontre, il se souvint de la paysanne. Il l'avait complètement oubliée. Il faudrait qu'il songe à la rechercher quand il reviendrait dans trois mois pour son mariage.

— Je n'ai pas vu cette héritière, dit-il doucement. Son père a dû la contraindre. Cet homme est un fou : il vendrait son âme pour un faucon.

— Et toi ? N'étais-tu pas curieux de rencontrer ta future épouse ? J'aimerais au moins apercevoir celle avec qui je vais me marier. Et si elle était vieille et grasse ?

— Que m'importe ! C'est l'or que je convoite. Maintenant, dors, petit frère. Car demain c'est Mercredi, et Mercredi réclame beaucoup d'énergie.

Severn sourit dans l'obscurité. Demain, il retrouverait Iolanthe et l'ordre normal des choses. Et si, dans trois mois, lady Liana Neville entrait dans leurs vies, rien ne changerait pour autant. Car si cette enfant ressemblait tant soit peu à son père, ce ne devait être qu'une pauvre petite chose apeurée.

4

— Non, non, non, milady, une bonne épouse ne crie pas. Une bonne épouse obéit à son mari, assura Joice.

Elle était fatiguée et exaspérée. Lady Liana lui avait demandé de lui enseigner l'art et la manière d'être une bonne épouse, mais Liana n'en avait trop longtemps fait qu'à sa tête. Il semblait impossible de lui faire comprendre les obligations liées à l'état de femme mariée.

— Même quand il a tort ? s'enquit Liana.

— Surtout quand il a tort ! Les hommes aiment croire qu'ils savent tout, qu'ils ont toujours raison et ils exigent de leurs épouses une loyauté sans faille. Même s'il proclame la pire absurdité, votre mari s'attendra que vous soyez de son avis.

Liana écoutait attentivement. Ce n'était pas ce que sa mère pensait du mariage, pas plus que Helen. Mais ni l'une ni l'autre n'avaient fait un mariage d'amour, songea-t-elle en grimaçant. Depuis quelques semaines, elle en était venue à se dire qu'elle ne tenait pas du tout à ce que son mariage ressemble aux deux qu'elle avait connus. Elle ne voulait pas vivre dans la haine pour le restant de ses jours. Sa mère n'avait pas paru gênée par le fait qu'elle méprisait son mari, pas plus que Helen. Mais Liana désirait une vie bien différente.

— Et il préférera l'obéissance à l'honnêteté ?

demanda-t-elle. S'il a tort, je ne devrai pas le lui dire ?

— Certainement pas. Aux yeux de leurs épouses, les hommes tiennent à passer pour des demi-dieux. Prenez soin de sa maison, élevez ses fils et quand il vous demandera votre opinion, dites-lui qu'il en sait sûrement plus que vous sur ces problèmes, que vous n'êtes qu'une simple femme.

— Qu'une simple... dit Liana, essayant de comprendre.

Le seul homme qu'elle connaissait vraiment était son père et elle se demanda dans quel état de décrépitude se trouveraient les domaines des Neville si sa mère ne les avait pas gérés.

— Mais mon père... reprit-elle.

Joice avait été stupéfaite de la requête de Liana mais elle pensait aussi qu'il était grand temps de lui expliquer deux ou trois vérités à propos des hommes. Mieux valait pour elle savoir certaines choses avant de se retrouver liée à tout jamais avec ces Peregrine.

— Votre père est différent des autres hommes, dit-elle avec tact. Lord Rogan ne vous laissera pas une si grande liberté.

— Non, j'imagine que non, murmura Liana. Il a dit qu'il ne voulait pas épouser une mégère.

— Aucun homme ne veut d'une mégère. Tous veulent des femmes qui chantent leurs louanges, qui veillent à leur confort et qui se montrent ardentes au lit.

Liana pensait pouvoir satisfaire facilement à deux de ces exigences.

— Je ne suis pas certaine que lord Rogan tienne tant que cela au confort. Ses vêtements sont sales et je ne crois pas qu'il se lave très souvent.

— Ah, voilà un domaine où une femme peut avoir quelque pouvoir ! Tous les hommes aiment leurs aises. Ils aiment manger dans certains plats, boire leur vin dans leur coupe préférée et, qu'il le sache ou pas, votre lord Rogan appréciera que sa demeure soit propre et ordonnée. Son épouse devra s'occuper des querelles entre serviteurs, veiller à ce que sa table soit toujours pourvue de mets délicieux. A la place de ses vêtements vieux et sales, vous pourrez lui procurer des habits neufs et doux. Ce ne sont pas les moyens qui manquent d'atteindre le cœur d'un homme.

— Et si ses terres sont mal administrées, je pourrai...

— Une femme ne doit pas se mêler de ces choses-là, déclara Joice avec fermeté.

Liana se dit qu'il serait sans doute plus facile de gérer une centaine de domaines que de plaire à un seul homme. Pourrait-elle se souvenir de tout ce qu'il fallait faire ou ne pas faire pour contenter son époux ?

— Tu es certaine de tout cela ? Si je reste dans mes appartements, que je ne m'occupe que de la maison, je gagnerai son cœur ?

— J'en suis sûre et certaine, milady. Maintenant, voulez-vous passer cette nouvelle robe ?

Liana essaya des toilettes neuves pendant trois mois. Elle commanda des fourrures, des brocarts italiens, des bijoux... et ordonna à chaque femme qui pouvait tenir une aiguille de se mettre à la broderie. Elle fit également exécuter une somptueuse garde-robe pour lord Rogan. La seule fois où son père s'en rendit compte, ce fut pour remarquer que le fiancé était assez grand pour s'habiller tout seul. Liana ne lui prêta aucune attention.

Entre deux essayages, elle supervisait le chargement de sa dot dans des chariots : plats et aiguières en or, vaisselle en verre précieux, tapisseries, broderies, meubles en chêne sculpté, chandeliers, matelas et oreillers de plume, tissus, fourrures, un gros coffre rempli de joyaux et un autre de pièces d'argent.

— Vous aurez besoin de tout cela, prévint Helen. Ces rustres ignorent ce que signifie le mot confort.

Liana sourit. C'est ainsi qu'elle gagnerait le cœur de son époux.

Helen poussa un gémissement, mais se tut. Elle avait renoncé à la raisonner. Elle se contentait de l'aider à dépouiller le château des Neville de ses richesses.

Pour le mariage, on avait prévu une cérémonie très simple. Les Neville ne jouissaient pas d'un grand prestige : le père de Gilbert avait acheté son titre de comte quelques années seulement avant sa mort. Beaucoup de gens se souvenaient encore du temps où les Neville n'étaient que de riches marchands sans scrupules qui revendaient n'importe quoi au quintuple de sa valeur. Liana s'en réjouissait : elle s'épargnait ainsi une dépense inutile et cela lui permettait d'augmenter sa dot d'autant.

Elle ne dormit pas beaucoup la veille du grand jour. Mille pensées se bousculaient dans sa tête : comment allait-elle satisfaire son mari ? A quoi ressemblerait sa nouvelle vie ? Quel effet cela lui ferait-il d'être couchée auprès du beau Rogan ? Elle l'imaginait la touchant, la caressant, lui murmurant des mots tendres. Elle avait décidé de porter un diadème de pierres précieuses lors de la cérémonie car elle savait que sa longue chevelure blonde impressionnait les hommes. Elle voulait la partager avec lui, et lui seul, tout au long de leur nuit de noces. Elle imagina de longues promenades à ses côtés, au cours desquelles ils riaient et se tenaient par la main. Elle se vit devant une cheminée au cours des longues soirées d'hiver, lui faisant la lecture ou bien jouant aux dés avec lui. Peut-être aussi joueraient-ils à s'embrasser.

Elle sourit dans l'obscurité en pensant à sa réaction quand il découvrirait qu'il avait épousé la fille de l'étang. Cette femme-là, certes, était une mégère mais son épouse serait la douce, la docile, la paisible dame Liana. Elle imagina sa gratitude quand elle lui offrirait d'élégants habits de soie à la place de ses guenilles pouilleuses. Elle ferma les yeux pour se le représenter vêtu de velours noir ou vert, avec une chaîne de joyaux tendue d'une épaule à l'autre. Oui, il serait irrésistible.

Elle lui ferait connaître le plaisir de se baigner dans de l'huile aux senteurs de rose. Peut-être qu'après cela il accepterait de la masser, songeat-elle avec un frisson de plaisir. Elle se vit à ses côtés dans un lit de plume, tous deux plaisantant à propos de leur première rencontre...

Elle finit par s'endormir juste avant l'aube, un sourire aux lèvres... pour être réveillée quelques instants plus tard par un vacarme assourdissant dans la cour. A en juger par les cris des hommes, par le fracas du fer, ils étaient attaqués. Qui avait laissé le pont-levis baissé ?

— Seigneur, ne me fais pas mourir avant de l'avoir épousé ! pria-t-elle en bondissant hors du lit.

Dans le couloir, elle vit Helen qui courait elle aussi, comme tout le monde dans le château.

— Qu'y a-t-il ? Que se passe-t-il ? s'écria-t-elle.

— Votre promis est enfin arrivé, annonça Helen avec colère. Et lui et ses hommes sont tous ivres. Maintenant, il va falloir que quelqu'un qui ne tient pas trop à la vie aide votre Faucon Rouge à descendre de selle, à se baigner, à s'habiller et à dessoûler suffisamment pour être capable de prononcer ses vœux. (Elle s'arrêta pour lancer un regard plein de compassion à Liana.) Vous abandonnez votre vie, aujourd'hui, Liana, dit-elle doucement. Que Dieu ait pitié de vous !

Elle tourna les talons et se dirigea vers l'escalier.

— Milady, dit Joice qui arrivait derrière sa maîtresse. Vous devez retourner dans votre chambre. Nul ne doit vous voir le jour de vos noces.

Docile, Liana se laissa reconduire dans sa chambre et accepta même de se remettre au lit. Mais elle ne put dormir. Rogan se trouvait sous le même toit qu'elle et bientôt... bientôt, il partagerait ce lit avec elle. Ils ne seraient que tous les deux. De quoi parleraient-ils ? Peut-être du château des Peregrine qui allait devenir la nouvelle demeure de Liana. Elle se languissait de le connaître. Et puis, elle devait réfléchir pour savoir où accrocher les tapisseries de sa mère, où mettre les plats d'or.

Ces pensées la rendirent si heureuse qu'elle se rendormit jusqu'à ce que Joice vienne la réveiller. Quatre servantes gloussantes l'aidèrent à passer sa robe de brocart rouge et son voile doré. Son diadème de fils d'or, en forme de double corne, était entièrement recouvert de perles. Un long voile de soie transparente pendait sur sa chevelure.

— Vous êtes resplendissante, milady ! s'écria Joice, les larmes aux yeux.

Liana se rendit à l'église montée en amazone sur un cheval blanc. Sa nervosité était telle qu'elle vit à peine les gens qui se pressaient le long du trajet pour lui crier leurs vœux et lui souhaiter une nombreuse progéniture. Son regard était fixé droit devant elle, vers la porte de l'église où l'attendait Rogan. A mesure qu'elle approchait, ses paumes devenaient moites. Et si, découvrant qu'elle était celle qui l'avait frappé avec une tunique maculée de boue, il refusait de l'épouser ?

Quand elle fut enfin assez près pour le voir, elle sourit avec fierté en constatant qu'il paraissait aussi beau qu'elle l'avait imaginé dans la tunique de velours vert qu'elle avait cousue pour lui. Le pourpoint atteignait à peine le haut de ses cuisses et des chausses sombres gainaient ses jambes musclées. Sa tête était coiffée d'une toque en fourrure dont le ruban s'ornait d'un gros rubis.

Elle en frémit de fierté. Puis elle retint son souffle car il descendait les marches et se dirigeait droit vers elle. Allait-il la soulever de sa selle sans même attendre, comme c'était la coutume, que son père qui chevauchait derrière elle s'en charge ?

Sa monture avançait avec une lenteur exaspérante. Peut-être la reconnaissait-il maintenant ? Peut-être allait-il...

Mais Rogan ne venait pas vers elle et ne lui adressa pas même un regard. Il se dirigea droit vers le cheval de son père dont il saisit la bride. La procession s'immobilisa. Liana se retourna pour voir Rogan discuter avec son père. Etonnée, elle regarda Helen qui éperonna sa monture pour la rejoindre.

— Qu'a-t-il encore inventé ? cracha sa belle-mère. Ces deux-là se trompent s'ils croient pouvoir parler de faucons dans un moment pareil !

— Dans la mesure où il s'agit de mon futur mari, je suggère que nous attendions, déclara froidement Liana qui commençait à en avoir assez des éternelles plaintes de Helen à propos de Rogan.

Celle-ci frappa les flancs de son cheval et revint se poster aux côtés de son mari. Dans la clameur de la foule, Liana ne pouvait entendre ce que les deux hommes se disaient. Mais elle remarqua la colère grandissante de Helen. Gilbert restait impassible et même recula un peu sur sa selle tandis que sa femme se penchait d'un air agressif vers Rogan.

C'était un regard terrible. Liana espéra que jamais il ne la regarderait ainsi. Au bout d'un moment, il parut enfin prendre conscience de la foule pour la première fois. Puis, comme si l'idée en découlait, il contempla la mariée sur sa monture. Elle retint son souffle tandis que ses yeux froids la parcouraient des pieds à la tête. Il ne parut pas la reconnaître et elle en fut heureuse. Au moment où leurs regards allaient se croiser, elle baissa chastement les paupières.

Quand elle les releva, ce fut pour constater que Rogan regagnait les marches de l'église et que Helen l'avait de nouveau rejointe.

— Cet homme que vous comptez épouser, dit-elle, la voix pleine de sarcasme, a exigé douze rentes de chevaliers supplémentaires. Il dit qu'il s'en ira sur-le-champ et vous abandonnera au pied de l'autel si on n'accède pas à sa demande.

Alarmée, Liana ouvrit de grands yeux.

— Mon père a-t-il accepté ?

Helen poussa un soupir à fendre l'âme.

— Hélas... Eh bien, finissons-en.

Gilbert aida sa fille à descendre de selle puis elle grimpa les marches à la rencontre de son mari. La cérémonie fut brève. Liana gardait les yeux baissés, mais quand elle promit d'être une « épouse douce et obéissante », la foule l'encouragea de ses cris. A deux reprises, elle risqua un coup d'œil vers Rogan. Il semblait surtout impatient d'en finir... comme elle, pensa-t-elle avec un sourire.

Quand le prêtre les déclara mari et femme, la foule poussa de nouveau des acclamations enthousiastes. Liana resta paisiblement assise aux côtés de son époux tout neuf, écoutant les incantations en latin pendant ce qui lui parut être des heures. Rogan ne la regardait pas, ne la touchait pas. Il bâilla à plusieurs reprises, se gratta et finit par étaler ses longues jambes devant lui. A un certain moment, Liana crut même l'entendre ronfler, mais son frère lui flanqua un coup de coude et il se redressa.

Après la messe, ils regagnèrent le château à pied tandis que les paysans leur lançaient du grain. Une fois passé le pont-levis, dans la cour intérieure, Liana remonta en selle et attendit que son mari la soulève dans ses bras. Au lieu de cela, elle vit Rogan et Severn se diriger vers les chariots contenant sa dot.

— Il se soucie plus de vos biens que de vous, fit Helen tandis qu'un écuyer l'aidait à mettre pied à terre.

— Il suffit ! aboya Liana. Vous ne savez pas tout. Il a peut-être des raisons d'agir comme il le fait.

— J'en vois au moins une : il n'est pas humain. Mais il est inutile de vous rappeler ce que vous avez fait. Il est trop tard maintenant. Rentrons manger, voulez-vous ? En général, la faim fait sortir les loups du bois.

Mais Helen se trompait — ni Rogan ni ses hommes n'assistèrent au festin que Liana avait mis des semaines à préparer. Ils s'affairèrent à dresser l'inventaire de chaque chariot. Liana, assise à la droite de son père, la place du marié à ses côtés désespérément vide, entendit les petits rires nerveux des invités qui la considéraient avec sympathie. Le menton haut, elle refusa de montrer sa peine. Elle se dit qu'il était bon qu'il s'intéresse autant aux choses matérielles. Un homme aussi concerné par ses biens n'allait pas les dissiper au jeu.

Au bout de deux heures, alors que la plupart des invités avaient fini de manger, Rogan et ses hommes surgirent dans le hall. Liana sourit. A présent, il allait venir s'excuser auprès d'elle et lui expliquer ce qui l'avait retenu. Au lieu de cela, il s'arrêta derrière le siège de Gilbert et tendit le bras entre Helen et lui pour s'emparer d'une énorme pièce de bœuf qu'il se mit à mâcher.

— Trois chariots sont pleins de matelas de plume et de vêtements. Je veux qu'on les remplace par de l'or, annonça-t-il, la bouche pleine.

— Ces matelas sont pour ma belle-fille, riposta aigrement Helen. Il m'étonnerait fort que votre repaire dispose du moindre confort.

Rogan lui lança un regard glacial.

— Quand je voudrai l'opinion d'une femme, je la demanderai. (Il se tourna vers Gilbert.) Je fais faire un inventaire en ce moment même. Si vous m'avez trompé, vous le regretterez.

Il essuya ses mains graisseuses sur la belle tunique de velours que Liana lui avait fait confectionner et ajouta :

— Gardez vos plumes.

Helen se dressa aussitôt devant lui, refusant de se laisser impressionner.

— Votre propre épouse, l'épouse que vous avez choisi d'ignorer, a supervisé elle-même le chargement de ces chariots et elle ne vous a pas trompé. Quant à ces plumes, comme vous dites, et à ces vêtements, ils partiront avec elle ou bien c'est elle qui restera ici, sous le toit de son père. Faites votre choix maintenant, Peregrine, ou je fais annuler ce mariage. Aucune de mes filles ne quittera son foyer dépourvue de tout.

Un silence pesant s'abattit sur la salle. Invités, acrobates, troubadours, musiciens, tous étaient figés et contemplaient ce formidable seigneur et l'élégante dame qui l'affrontait.

Pendant un instant, Rogan parut déconcerté.

— Le mariage a été prononcé.

— Mais pas consommé, rétorqua Helen. Il sera facile de le faire annuler.

Une flamme de colère dansa dans le regard de Rogan.

— Femme, ne me menace pas ! Les biens de la fille m'appartiennent et je prends ce que je veux. (Il fit un pas en arrière pour saisir Liana par le bras, l'extirpant de force de sa chaise.) Si sa virginité pose un problème, je vais le résoudre sur-le-champ.

Cette déclaration déclencha quelques rires dans la foule à moitié ivre. Rires qui s'accrurent quand Rogan entraîna Liana dans l'escalier.

— Ma chambre... commença Liana, nerveuse.

Elle ne comprenait pas très bien ce qui se passait, mais elle se rendait compte qu'elle allait enfin se retrouver seule avec cet homme magnifique.

A l'étage, Rogan ouvrit la première porte qui se présenta. C'était une chambre d'invités, occupée par le comte d'Arundel et son épouse. La dame de compagnie de la comtesse était en train de ranger des vêtements.

— Dehors ! lui ordonna Rogan.

La fille ne se le fit pas dire deux fois.

— Mais ma chambre... fit Liana.

Ce n'était pas ainsi que les choses devaient se passer. Ses servantes devaient la déshabiller et la glisser nue dans son lit. Puis il devait venir l'embrasser et la caresser.

— Cette chambre-ci me suffit, la coupa-t-il.

Il la jeta sur le lit et rabattit le bas de sa jupe sur sa tête. Empêtrée dans plusieurs couches d'étoffe, Liana poussa un cri étranglé quand Rogan l'écrasa sous son poids. L'instant d'après, elle hurlait tandis qu'il la pénétrait. Insensible à sa douleur, il entama un puissant mouvement de va-et-vient. Liana serra les dents et les poings pour ne pas hurler davantage.

Bientôt, il s'effondra sur elle. Liana, d'abord choquée, se remit peu à peu. En ouvrant les yeux, elle vit les cheveux sombres de Rogan et sentit leur douceur sur sa joue. Ils étaient épais et propres. C'était étrange : il était si lourd et pourtant il lui paraissait si léger. Elle toucha ses cheveux, enfouit ses doigts dans la masse soyeuse avant de respirer son odeur.

Lentement, il se redressa, les paupières lourdes.

— J'ai dormi un instant, murmura-t-il.

Elle sourit, les yeux mi-clos, et caressa une mèche sur sa tempe. Il avait de longs cils, le nez délicatement ciselé, la peau lisse et chaude. Une barbe de plusieurs jours hérissait ses joues mais ne parvenait pas à faire oublier la douceur de sa bouche.

De l'index, Liana effleura sa lèvre inférieure. Il ouvrit brusquement les paupières. Liana eut un frémissement, surprise par le vert intense de ses yeux. Maintenant, il va m'embrasser, pensa-t-elle. Elle retint son souffle tandis qu'il la contemplait.

— Une blonde, chuchota-t-il.

Elle sourit et eut la coquetterie de jouer avec une de ses longues mèches.

— Je voulais que vous les voyiez, dit-elle. J'espérais qu'ils vous plairaient.

Il enroula la mèche avec laquelle elle jouait autour de son doigt.

— Ils sont...

Il n'acheva pas sa phrase. Toute douceur disparut de son regard. Il se dressa de toute sa hauteur.

— Rajustez votre toilette et allez dire à cette mégère qui vous sert de belle-mère que le mariage est consommé. Dites-lui qu'il n'y aura pas d'annulation. Et préparez-vous. Nous partons ce soir.

Liana repoussa ses jupes pour couvrir ses jambes nues avant de s'asseoir dans le lit.

— Ce soir ? Mais la célébration du mariage doit encore durer deux jours. Demain, j'avais prévu un bal et...

Rogan s'était déjà rhabillé.

— Je n'ai pas de temps à perdre avec un bal, et encore moins avec une épouse qui ose me répondre. Si c'est ainsi que vous envisagez la vie conjugale, alors vous feriez aussi bien de rester avec votre père. Je me contenterai d'emporter la dot. Je pars avec mes hommes dans trois heures. Que vous veniez ou non m'indiffère.

Il tourna les talons et quitta la chambre en claquant violemment la porte derrière lui.

Trop hébétée pour réagir, Liana resta bouche bée.

Un petit coup frappé à la porte précéda l'entrée de Joice.

— Milady ?

Encore éberluée, Liana fixa sa suivante.

— Il part dans trois heures, dit-elle sans s'adresser à personne en particulier, et il dit qu'il se moque que je l'accompagne ou pas.

S'asseyant à ses côtés, Joice lui prit la main.

— Il pense qu'il n'a pas besoin d'une femme. Tous les hommes sont ainsi. C'est à vous de lui prouver le contraire.

Liana s'écarta de sa suivante. En bougeant les jambes, elle sentit la douleur entre ses cuisses.

— Il m'a fait mal.

— C'est toujours ainsi la première fois.

Liana se dressa et, pour la première fois, la colère la gagna.

— Personne ne m'a jamais traitée ainsi. Il n'a même pas pris la peine d'assister à son propre festin de mariage. J'ai dû rester assise là à supporter les sourires et les grimaces des gens. Et ensuite, cela ! (Elle baissa les yeux vers sa jupe.) Il m'a quasiment violée. Oh, mais je vais lui apprendre à qui il a affaire !

Elle était déjà à la porte quand la voix de Joice l'arrêta.

— Et il n'aura pour vous que de la haine. Souvenez-vous du regard qu'il a lancé à lady Helen.

Liana se retourna.

— Vous avez vu comme il la déteste, poursuivit Joice qui, soudain, se sentait très puissante.

Sa jeune maîtresse était peut-être très belle et très riche mais, pour une fois, elle l'écoutait... et lui obéissait.

— Croyez-moi, reprit-elle, je sais ce que désirent les hommes comme lord Rogan. Si vous le défiez, il vous haïra autant qu'elle.

Liana se tordit les doigts. Elle se souvenait du contact des cheveux sur sa peau et de la douceur qui était apparue dans ses yeux pendant un — très — bref moment.

— Que dois-je faire ? chuchota-t-elle.

— Lui obéir, déclara Joice avec fermeté. Soyez prête dans trois heures. Lady Helen s'élèvera sans doute contre votre départ mais soutenez votre mari contre elle. Je vous l'ai déjà dit : les hommes veulent que leurs femmes leur soient loyales.

— Aveuglément ? Même quand il a tort, comme maintenant...

— Particulièrement quand il a tort.

Liana entendait mais ne comprenait toujours pas le sens de cette phrase.

Voyant la confusion de sa jeune maîtresse, Joice enchaîna :

— Ravalez votre rage. Toutes les femmes mariées connaissent cela. C'est même ce qui les aide à supporter leur condition d'épouses. Vous verrez. Bientôt, vous ne vous rendrez même plus compte que vous dominez votre colère.

Liana voulut intervenir mais Joice l'en empêcha.

— Allez, préparez-vous ou bien il partira sans vous.

En proie à la plus extrême confusion, Liana quitta la pièce. Elle était prête à faire tout ce qu'il fallait pour montrer à cet homme qu'elle pouvait être une bonne épouse. Même si, pour cela, elle devait réprimer sa colère. Elle lui montrerait qu'elle pouvait être la plus loyale des femmes.

La première personne que rencontra lord Rogan dans le hall fut lady Helen.

— C'est fait, lui dit-il sobrement. Il n'y aura pas d'annulation. S'il manque quoi que ce soit dans ces chariots, vous feriez bien de l'ajouter. Nous partons dans trois heures.

Il fit mine de partir, mais Helen se planta devant lui.

— Vous comptez priver ma belle-fille du banquet de ses noces ?

Rogan ne comprenait pas pourquoi ces femmes faisaient autant de bruit pour rien.

— Si c'est de la nourriture qu'elle veut, nous en prendrons suffisamment, dit-il. Je ne la priverai pas.

Il faisait un effort louable pour amadouer Helen. Il n'avait pas l'habitude qu'une femme le haïsse. En général, elles étaient comme cette fille qu'il venait d'épouser : soumises et adoratrices.

— Vous la priverez, répliqua Helen, comme votre père a privé ses épouses de chaleur et de tendresse. (Elle baissa la voix.) Comme vous avez privé Jeanne Howard.

La transformation de Rogan fut saisissante, à tel point que Helen se mit à trembler.

— Ne croise plus jamais mon chemin, femme ! dit-il, glacial.

Puis il la planta là, ignorant les appels des invités qui l'enjoignaient à venir boire avec eux. Il sortit dans la cour.

— Tu sembles prêt à tuer quelqu'un ! s'exclama jovialement Severn, le visage congestionné d'avoir trop bu et trop mangé.

— Tu es prêt à partir ? gronda Rogan. Ou bien as-tu été trop occupé à courir les gueuses pour accomplir ta tâche ?

Severn était habitué à l'éternelle mauvaise humeur de son frère et il avait consommé trop de vin pour se laisser impressionner.

— J'ai une coudée d'avance sur toi, mon frère, et j'ai fait remplir un chariot de nourriture. Que fait-on de toutes ces plumes ? On les emporte ou on les laisse ?

Rogan hésita. Les paroles de Helen Neville résonnèrent de nouveau dans sa tête et il eut l'impression qu'un couteau lui fouaillait les entrailles. Cette fille qu'il venait d'épouser — comment s'appelait-elle, déjà ? — semblait assez facile à satisfaire.

— Qu'elle prenne son matelas de plume, si elle y tient tant.

5

Liana se dépêcha de s'habiller et de s'assurer qu'on chargeait bien sa nouvelle garde-robe ainsi que ses objets personnels. Elle n'avait que trois heures pour se préparer à sa nouvelle vie.

Trois heures durant lesquelles Joice ne cessa de la sermonner.

— Ne vous plaignez jamais. Les hommes détestent les femmes qui se plaignent. Vous devez acceptez tout ce qu'il vous fait sans jamais protester. Dites-lui que vous êtes *heureuse* de ne pas assister au banquet, heureuse de n'avoir eu que trois heures pour vous préparer. Les hommes aiment les femmes souriantes et enthousiastes.

— Pour l'instant, il n'a rien aimé du tout, répondit Liana. Il ne m'a même pas remarquée...

sinon pour abolir tout risque d'annulation du mariage, conclut-elle avec amertume.

— Cela prendra des années. Les hommes ne donnent pas leur cœur facilement. Mais si vous persévérez, l'amour viendra.

Et c'était bien ce qu'elle voulait, pensa Liana : se faire aimer et désirer de ce beau mari. Si, pour cela, elle devait ravaler quelques colères, le jeu en valait la chandelle.

Elle fut prête avant le terme fixé par Rogan et descendit faire ses adieux à son père et à sa belle-mère. Gilbert, ivre, parlait de faucons avec quelques-uns de ses invités et n'accorda que deux ou trois mots distraits à son unique enfant, mais Helen la serra dans ses bras et lui souhaita tout le bonheur du monde.

Dans la cour, tous les chevaliers des Peregrine étaient déjà en selle. La bannière du faucon blanc flottait devant eux. Liana fut saisie de panique. Elle quittait tout ce qu'elle connaissait pour confier son destin à ces étrangers. Pétrifiée, elle chercha son mari du regard.

Rogan, juché sur un grand étalon rouan, se lança au galop vers elle et s'arrêta si près qu'elle dut se protéger le visage des projections de gravier.

— En selle, femme ! dit-il avant de se diriger vers la tête de la colonne.

Liana cacha ses poings serrés dans les replis de sa jupe. Ravale ta colère, se dit-elle. Ne montre pas ce que tu penses de sa grossièreté.

Du nuage de poussière surgit le frère de Rogan, Severn, qui lui sourit.

— Puis-je vous aider à monter, milady ? demanda-t-il.

Liana se détendit et sourit à cet homme séduisant. Il était fagoté comme l'as de pique et ses cheveux d'or sombre étaient trop longs mais, au moins, il se montrait aimable. Elle accepta son bras tendu.

— J'en serai honorée.

Elle était à peine installée en selle que Rogan était déjà revenu vers eux. Il ne lui accorda pas un regard.

— Si tu as fini de jouer les damoiseaux, viens avec moi, commanda-t-il à son frère.

— Ton épouse aimerait peut-être chevaucher en tête avec nous, remarqua Severn.

— Je ne veux pas d'une femme dans mes basques.

— Je pense... commença Severn.

— Je préfère rester ici, annonça Liana d'une voix claire, dans l'espoir d'éviter toute querelle entre eux à cause d'elle. Je me sentirai plus en sécurité entourée de tous ces chevaliers. Et vous, messire, dit-elle à Severn, votre place est aux côtés de... de mon mari.

Celui-ci fronça les sourcils avant d'acquiescer.

— Si tel est votre souhait, fit-il avant de s'incliner.

Quelques secondes plus tard, il rejoignait son frère en tête.

— Oh, excellent, milady, commenta Joice. Voilà qui a dû lui plaire. Lord Rogan appréciera que son épouse se montre docile et obéissante.

Ils franchirent le pont-levis avant de s'engager sur la piste dans un nuage de poussière. Liana toussa.

— Et voilà la récompense de mon obéissance !

Avaler des tonnes de poussière à chevaucher derrière une dizaine de cavaliers et des chariots !

— Mais, au bout du compte, vous y gagnerez, assura Joice. Vous verrez. Quand il se rendra compte de votre docilité et de votre loyauté, il vous aimera.

Liana toussa de plus belle et se frotta le nez. Difficile de penser à l'amour et à l'obéissance quand on a la bouche et les narines pleines de poussière.

Ils chevauchèrent pendant des heures. Liana demeura isolée au milieu de la procession ; aucun des hommes de son mari ne lui adressa la parole. Seule Joice, infatigable, ne cessait de lui rebattre les oreilles de ses devoirs d'épouse. Ainsi, quand Severn vint lui demander si elle supportait bien le voyage, Joice répondit-elle à sa place, assurant que lady Liana était assurément très heureuse de respecter les directives de lord Rogan.

Liana adressa un pâle sourire à Severn et ravala une nouvelle gorgée de poussière.

— Celui-ci vous témoigne trop d'intérêt, annonça Joice après le départ de Severn. Vous feriez mieux de le remettre à sa place le plus tôt possible.

— Il essaie simplement d'être gentil.

— Si vous acceptez cette gentillesse, vous allez provoquer des problèmes entre les frères. Votre mari s'interrogera sur votre loyauté.

— Je me demande si mon mari m'a simplement remarquée, marmonna Liana.

Joice sourit. A chaque heure qui passait, elle sentait s'accroître son ascendant. Enfant, lady Liana ne l'avait jamais écoutée. Maintes fois,

Joice avait été punie à cause des frasques de Liana. Et voilà enfin qu'elle détenait une réelle influence sur sa maîtresse car elle savait quelque chose que celle-ci ignorait.

Ils continuèrent à voyager une bonne partie de la nuit. Liana savait que Joice et ses six autres suivantes étaient à bout de forces mais elle n'osa pas intercéder auprès de son mari. D'ailleurs, elle était trop excitée pour se reposer. C'était sa nuit de noces. Elle la passerait dans les bras de son mari. Il allait enfin la caresser, toucher ses cheveux, l'embrasser. Une nuit pareille valait bien quelques heures de cheval et un peu de poussière.

Quand ils s'arrêtèrent enfin pour dresser le camp, elle frémit d'impatience. Un cavalier l'aida à mettre pied à terre et Liana ordonna à Joice de s'occuper des autres femmes. Puis elle chercha son mari et le vit disparaître dans la forêt.

Derrière elle, elle entendit vaguement les femmes se plaindre de cette marche forcée, mais elle ne leur prêta aucune attention. Affectant un air calme et dégagé, elle se lança à la poursuite de son mari parmi les arbres.

S'enfonçant dans l'obscurité, Rogan retrouva le petit ruisseau. A chaque pas, ses muscles se raidissaient un peu plus. Avec ce convoi et ces chariots chargés, ils avaient mis plus de temps que prévu pour arriver jusqu'ici. A présent, il avait du mal à retrouver son chemin dans les ténèbres.

Il finit cependant par trouver le tumulus haut de près de deux mètres qu'il avait érigé pour marquer l'endroit où son frère aîné, Rowland, avait été assassiné par l'épée d'un Howard. De nouveau, le vacarme de la guerre emplit son crâne. C'était une partie de chasse. Rowland, se sentant en sécurité puisqu'ils se trouvaient à plus de deux jours de cheval des terres des Howard — des terres des Peregrine —, s'était éloigné du campement et de la protection de ses hommes pour boire une gourde de bière près du ruisseau.

Rogan avait vu le frère aimé disparaître parmi les arbres mais n'avait pas essayé de l'arrêter. D'un signe, il avait d'ordonné à un homme de le suivre discrètement pour veiller sur lui quand il s'effondrerait ivre mort.

Les yeux posés sur les pierres, Rogan se maudit une nouvelle fois : pourquoi s'était-il endormi cette nuit-là ? Un faible bruit, ou une prémonition, l'avait soudain réveillé. Il avait bondi et, empoignant son épée, s'était mis à courir. Mais il était arrivé trop tard. Rowland gisait sans vie près du cours d'eau. Le garde était mort, lui aussi, la gorge tranchée. En entendant son hurlement, Severn et ses hommes avaient aussitôt accouru.

Ils avaient passé la forêt au peigne fin et fini par débusquer deux des assaillants : des cousins éloignés des Howard. Rogan leur avait réservé une mort très lente, achevant le second quand celui-ci avait prononcé le nom de Jeanne.

Mais cette vengeance n'avait pas ramené son frère parmi les vivants ni atténué le sentiment de responsabilité de Rogan : il était désormais l'aîné des Peregrine. Il avait pour devoir de veiller sur Severn et Zared. Il devait les protéger, les nourrir et, par-dessus tout, reprendre les terres des Peregrine, ces terres que les Howard avaient volées à son grand-père.

Abîmé dans ses souvenirs, il n'en perçut pas moins le craquement d'une brindille brisée. Dégainant son épée, il fit volte-face, prêt à pourfendre l'intrus. La surprise l'arrêta. Une jeune fille. Il ne la reconnut pas tout de suite. Puis il se rappela qu'il l'avait épousée le matin même.

— Que faites-vous ici ? aboya-t-il.

Liana baissa les yeux sur la pointe de l'épée figée à deux centimètres de sa gorge et déglutit péniblement.

— Est-ce une tombe ? demanda-t-elle d'une voix hésitante.

Elle se remémora l'avertissement de Helen : ces hommes étaient violents, d'une violence effarante. Celui-ci pouvait la tuer séance tenante à présent qu'il avait sa dot et s'en tirer impunément — il lui suffirait de prétendre qu'il l'avait surprise avec un autre.

— Non, répondit sèchement Rogan. Retournez au camp et restez-y.

Liana allait rétorquer vertement quand les sermons de Joice lui revinrent en mémoire.

— Vos désirs sont des ordres, acquiesça-t-elle avec humilité. Revenez-vous avec moi ?

Rogan n'en avait aucune envie, mais il ne tenait pas non plus à ce qu'elle se promène seule dans les bois. Même s'il ne se rappelait pas son nom, elle était désormais une Peregrine et, de ce fait, une ennemie des Howard. Ceux-ci seraient assurément bien aises de mettre la main sur elle.

— Oui, fit-il à regret.

Ravie, Liana attendit qu'il lui offre le bras. Elle en fut pour ses frais. Lui tournant le dos, il partit d'un bon pas. Elle s'élança à sa suite, mais sa jupe s'empêtra dans une souche.

— Attendez ! cria-t-elle. Je suis coincée.

Il fit demi-tour. Comme chaque fois qu'il s'approchait d'elle, Liana sentit son cœur s'emballer.

— Otez vos mains ! ordonna-t-il.

Liana croisa ses yeux étincelants et le monde disparut... jusqu'à ce que l'épée s'abatte et déchire le vêtement en deux. Bouche bée, elle constata les dégâts. Cette soie brodée lui avait coûté les revenus trimestriels de six fermes !

— Dépêchez-vous ! commanda-t-il en lui tournant de nouveau le dos.

Calme-toi ! s'ordonna-t-elle. Ne te rebiffe pas ! Une femme doit toujours se montrer gentille et douce. Une femme ne doit pas critiquer les défauts de son mari... Elle lui emboîta le pas.

— Comment est votre château ? demanda-t-elle quelques secondes plus tard. J'aimerais savoir où je vais suspendre mes tapisseries.

Pas de réponse.

Elle fit un nouvel essai.

— Est-il grand ?

— Non, grogna-t-il, il est minuscule.

Ils étaient parvenus au bord de la clairière où était dressé le campement et la vue qui s'offrit à Rogan le mit en rage. Devant lui, s'étalait une mer de matelas de plume posés sur le sol. Ils auraient aussi bien pu allumer des torches ou souffler du cor pour annoncer leur présence aux Howard.

Furieux, il traversa le camp à grandes enjambées en direction de son frère qui roucoulait avec une des suivantes des Neville. Il lui flanqua un solide coup de poing dans l'épaule pour attirer son attention.

— Aurais-tu perdu l'esprit ? Pourquoi ne pas inviter les Howard à nous trancher la tête ?

Severn le bouscula à son tour.

— J'ai fait poster des gardes partout et ce ne sont que quelques matelas pour ces femmes.

Rogan le frappa à la poitrine.

— Je veux qu'ils disparaissent. Si elles refusent de dormir par terre, les femmes n'ont qu'à retourner chez les Neville.

Les poings noués, Severn cogna à son tour, mais son frère ne broncha pas.

— Certains hommes veulent dormir avec les femmes.

— Mieux vaut qu'ils ne dorment pas trop bien. Si un Howard surgit, sous serons prêts... pas comme la nuit où Rowland a été assassiné.

Hochant la tête, Severn alla ordonner aux hommes de remiser les matelas.

Depuis le bord de la clairière, Liana avait vu son mari et son beau-frère se taper dessus comme deux ennemis mortels. Elle retint son souffle de peur que cette bagarre ne dégénère en bain de sang. Mais, après quelques brèves paroles, ils s'étaient séparés. Respirant enfin, Liana s'aperçut que si cette scène avait étonné ses suivantes, les chevaliers n'avaient pas paru la remarquer. Pourtant Liana savait qu'un seul de ces coups aurait envoyé au sol la plupart d'entre eux.

Soudain, Joice surgit devant elle, l'air affolé.

— Milady, ils n'ont pas de tentes. Et nous devons dormir *à même le sol* ! s'exclama-t-elle, au comble de l'horreur.

En général, lors de leurs voyages, Liana, son

père, sa belle-mère, la plupart des suivantes et leurs invités occasionnels dormaient dans de somptueuses tentes, meublées de lits, de tables et de fauteuils.

— Et les feux sont interdits, poursuivit Joice. Il n'y aura pas de repas chaud. Nous devrons nous contenter des restes de viande froide qu'ils ont volés à votre banquet. Deux de nos femmes sont en larmes.

— Eh bien, qu'elles les sèchent ! répliqua Liana. Tu m'as seriné qu'une bonne épouse ne se plaignait jamais. Le précepte vaut aussi pour ses servantes.

A vrai dire, la conversation lui avait mis d'autres idées en tête. C'était sa nuit de noces, bon sang ! Peu lui importait la viande froide et les tentes.

Un bruit les fit se retourner. Les hommes étaient en train de recharger les matelas dans les chariots.

— Non ! s'étrangla Joice en se précipitant vers eux.

Pendant l'heure et le chaos qui suivirent, Liana fit placer d'épaisses fourrures sur le sol et les suivantes ravalèrent leur rancœur, bientôt réconfortées par quelques chevaliers.

Liana avait fait disposer sa fourrure au bord de la clairière, sous un chêne. Joice l'aida à quitter sa robe lacérée et à enfiler une chemise de nuit en lin puis Liana s'allongea et attendit... attendit... Et attendit. Mais Rogan ne vint pas. Elle n'avait pas dormi la veille et le voyage avait été long et fatigant. Si bien que, malgré ses efforts pour rester éveillée afin d'accueillir son mari, elle ne tarda pas à plonger dans un profond sommeil. Ce qu'elle fit avec un large sourire aux lèvres car elle savait qu'il n'allait pas tarder à la réveiller.

Rogan se laissa tomber sur les rudes couvertures de laine.

Somnolent, Severn se tourna vers lui.

— Je croyais que tu avais une femme, à présent.

— Les Howard attaquent et moi je serais dans les bras d'une fille ?

— C'est une jolie petite chose.

— Un vrai lapin apeuré. Je ne la reconnais que par la couleur de sa robe. C'est jeudi, aujourd'hui ?

— Oui. Nous serons chez nous samedi soir.

— Ah, soupira doucement Rogan. Alors, j'aurai bien mieux qu'un lapin à me mettre sous la dent.

Severn se retourna pour s'endormir tandis que Rogan restait éveillé. Cet endroit était trop chargé de souvenirs pour qu'il y repose en paix. Et, maintenant qu'il disposait de l'or des Neville, il devait songer à l'usage qu'il allait en faire. Il fallait construire des machines de guerre, engager des chevaliers et les équiper, acheter des vivres pour les longs sièges à venir car il savait que pour récupérer les terres des Peregrine, la guerre serait longue et dure.

Pas une fois il ne pensa à sa nouvelle épouse qui l'attendait à l'autre bout du camp.

Le lendemain matin, quand elle se réveilla, Liana n'était pas dans les meilleures dispositions d'esprit. Joice vint la trouver avec un flot de doléances de la part de ses suivantes. Les hommes des Peregrine s'étaient montrés brutaux dans leurs étreintes et deux des femmes étaient couvertes de bleus et de contusions.

— Elles ont eu ce qu'elles voulaient, répliqua Liana. Apporte-moi la robe bleue et sa coiffe et dis aux femmes de cesser de geindre ou je leur donnerai un bon motif pour se plaindre.

Liana aperçut son mari à travers un rideau d'arbres et, une fois encore, ravala sa colère. Tous les mariages étaient-ils ainsi ? Les femmes devaient-elles subir injustice sur injustice et ne jamais protester ? Etait-ce vraiment ainsi qu'on aimait ?

Elle mit une robe de satin bleu avec une ceinture d'or sertie de diamants. D'autres diamants rehaussaient sa haute coiffe. Aujourd'hui peut-être, il allait enfin la regarder avec désir. La nuit précédente, peut-être n'avait-il pas osé venir la rejoindre devant ses hommes. Oui, c'était sûrement cela.

Il ne la salua pas. En fait, il passa devant elle sans même la regarder. Comme s'il ne la reconnaissait pas.

Une fois encore, elle chevaucha au milieu des hommes, dans la poussière.

Vers midi, elle en eut assez. Elle apercevait Rogan et Severn en tête de colonne qui bavardaient avec animation et elle voulait savoir ce qui les passionnait autant. Elle tira sur la bride de sa monture.

— Milady ! s'alarma Joice. Où allez-vous ?

— Puisque mon mari ne vient pas à moi, c'est moi qui irai à lui.

— Ne faites pas cela ! dit Joice en roulant de gros yeux. Les hommes n'aiment pas les femmes qui prennent des initiatives. Vous *devez* attendre son bon plaisir.

Liana hésita, mais l'ennui triompha.

— C'est ce qu'on va voir ! s'écria-t-elle en éperonnant son cheval.

Elle remonta la colonne. Severn lui jeta un coup d'œil, mais pas Rogan. Ni l'un ni l'autre ne lui adressèrent le moindre mot.

— Nous aurons besoin de tout le grain que nous pourrons trouver, disait Rogan. Et nous tenir prêts.

— Que faire à propos de ces cinquante hectares le long de la route du nord ? Les paysans prétendent que les champs ne donnent plus rien et que les moutons crèvent.

— Tu parles ! Ces gredins les vendent sûrement aux marchands de passage. Envoie des hommes brûler cinq ou six chaumières et fouetter quelques fermiers, et on verra si les moutons meurent encore.

Enfin un sujet dans les cordes de Liana ! Les discussions sur les moutons et les paysans occupaient sa vie depuis des années.

— Terroriser les paysans ne fera qu'envenimer les choses, déclara-t-elle d'une voix ferme en fixant la piste droit devant elle. En premier lieu, nous devons découvrir s'ils disent la vérité. Il peut y avoir plusieurs raisons : les terres peuvent être épuisées, ou l'eau mauvaise, ou encore une épidémie peut décimer les ovins. Mais si les paysans nous trompent vraiment, alors nous devrons les bannir. D'expérience, je sais que le banissement est aussi efficace que la torture tout en étant beaucoup moins... déplaisant. Ainsi, nous devrions obtenir des résultats.

Elle se tourna pour sourire aux deux hommes. Tous deux la fixaient, bouche bée et les yeux ronds.

— C'est peut-être aussi les graines, ajouta-t-elle. Une année, une maladie a attaqué toutes nos graines et...

— Hors de ma vue ! explosa Rogan. Retournez avec les autres femmes.

— J'essayais simplement...

— Un mot de plus, et je vous fais bâillonner, répliqua Rogan, le regard dur.

Liana ravala une nouvelle fois sa colère et obtempéra.

— L'eau ? s'étonna Severn. Comment l'eau peut-elle être mauvaise ? Et une épidémie ? Tu crois que les Howard auraient jeté un sort sur nos moutons ? Comment nous en débarrasser ?

Maudite femme ! tempêta Rogan. Que cherchait-elle à se mêler ainsi des affaires des hommes ? Autrefois, il avait permis à une femme de se mêler de ses affaires. Il l'avait écoutée et, en récompense, elle l'avait trahi.

— Il n'y a pas d'épidémie. Rien que des coquins de paysans, affirma-t-il. Je leur montrerai qui possède leurs fermes.

Severn resta pensif. A la différence de son frère, il n'était pas habité par la haine des femmes. Il abordait de nombreux sujets avec Iolanthe et il trouvait souvent ses réponses sages et utiles. Cette petite Neville était peut-être moins terne qu'elle ne le paraissait au premier abord.

Il se retourna pour la contempler. Le dos droit, elle se tenait rigide sur sa selle, le regard étincelant de fureur. Severn sourit à son frère.

— Ah, tu viens de l'offenser ! annonça-t-il,

jovial. Rude soirée en perspective, mon vieux ! Tu vas devoir lui faire un cadeau. Avec un peu de chance, un compliment suffira. Dis-lui que sa chevelure est semblable à de l'or et que sa beauté transporte ton âme.

— La seule chose qui transporte mon âme, c'est l'or que contiennent ces chariots. Et, ce soir, tu ferais bien de prendre l'une de ses suivantes pour t'éviter de trop penser à la chevelure des femmes.

Severn garda le sourire.

— Pendant que tu seras en train de donner un fils à ta charmante épouse ?

Un fils, pensa Rogan. Des fils, pour l'aider à combattre les Howard. Des fils pour diriger les terres des Peregrine quand il les aurait reconquises. Des fils pour chevaucher à ses côtés. Des fils à qui apprendre à se battre et à chasser.

— Oui, je lui donnerai des fils, dit-il enfin.

Liana ressassa son amertume et tira les fruits de la leçon : Joice avait raison. Elle allait avoir besoin de temps pour apprendre à être obéissante et à garder ses opinions pour elle.

Quand ils dressèrent le camp, Liana, de nouveau, installa ses fourrures à l'écart sous un arbre. Mais, pas plus que la veille, Rogan ne vint la rejoindre. Il ne lui adressa pas la parole ni même un regard.

Liana refoula ses larmes et chassa le souvenir des avertissements de Helen. Elle préféra songer à ce moment près de l'étang où il l'avait embrassée. Elle dormit très mal et se réveilla avant l'aube, bien avant les autres. Le cou endolori, elle se leva et s'enfonça parmi les arbres.

Elle ne tarda pas à trouver la petite source où elle comptait se rafraîchir quand elle se sentit surveillée. Faisant volte-face, elle discerna une ombre dans les fourrés. Elle poussa un cri étranglé et porta les mains à sa gorge.

— Ne quittez jamais le camp sans un garde, déclara Rogan d'une voix sourde.

Liana était atrocement consciente de sa nudité sous sa fine chemise de soie. Sa chevelure pendait librement dans son dos. Quant à Rogan, torse nu, il ne portait que ses braies qui le couvraient de la taille aux chevilles. Elle fit un pas vers lui.

— Je ne pouvais pas dormir. (Elle mourait d'envie qu'il vienne vers elle, qu'il la prenne dans ses bras.) Avez-vous bien dormi ?

Il fronça les sourcils. Bizarrement, elle lui semblait familière, comme s'il l'avait déjà vue. Il la trouva plutôt séduisante à la lueur du petit matin mais le moment était mal choisi.

— Retournez au camp, dit-il avant de la planter là.

— Par tous les... murmura-t-elle avant de se ressaisir.

Pour quelle raison cet homme l'ignorait-il ? Elle courut pour le rattraper.

— Arriverons-nous aujourd'hui au château des Peregrine ?

— C'est le château de Moray, déclara-t-il d'un ton sec. Les Howard occupent notre château.

Elle avait du mal à rester à ses côtés, sa longue chemise se prenant dans les fourrés.

— On m'a parlé d'eux. Ils vous ont volé vos terres et votre titre, n'est-ce pas ? Sans eux, vous seriez duc.

Il s'arrêta brusquement pour la dévisager avec colère.

— C'est donc cela votre espoir ? Vous comptiez épouser un duc ? C'est donc pour cela que vous m'avez préféré aux autres !

— Mais non, ce n'est pas pour cela, fit-elle, abasourdie. Je vous ai épousé parce que...

— Oui ?

Liana ne pouvait pas lui avouer qu'elle le désirait follement, que son cœur battait à tout rompre dès qu'il s'approchait d'elle et que rien ne lui ferait plus plaisir que de toucher sa peau nue.

— Ah, vous voilà ! fit Severn qui venait de surgir derrière eux, épargnant ainsi à Liana la peine de répondre. Les hommes sont prêts à partir. Milady, ajouta-t-il en hochant le menton vers Liana.

Il la scruta si attentivement qu'elle rougit. Rogan ne parut pas s'en apercevoir, constata-t-elle amèrement, car il était déjà reparti vers le camp. Elle emboîta le pas aux deux frères.

— Elle est beaucoup plus jolie que je ne le croyais, dit Severn à son frère tandis qu'ils chevauchaient côte à côte.

— Elle ne m'intéresse pas du tout. En dehors de sa dot, je n'ai que faire d'une épouse.

— Je te croyais pourtant prêt à te battre si on tentait de te l'enlever.

Severn voulait plaisanter mais à la seconde où ces mots franchirent ses lèvres, il les regretta. Dix ans auparavant, quelqu'un avait effectivement enlevé une épouse à Rogan et celui-ci s'était battu si durement pour la récupérer que deux de ses frères avaient trouvé la mort.

— Non, je ne me battrai pas pour elle, dit doucement Rogan. Si tu la veux, prends-la. Elle ne signifie rien pour moi. L'or qu'elle m'a apporté était tout ce que je demandais.

Severn fronça les sourcils mais jugea plus avisé de tenir sa langue.

6

Juché sur un promontoire, le château apparut vers midi. Liana n'avait jamais vu spectacle plus déprimant. C'était un château fort de l'ancien style, bâti pour la guerre, qui n'avait pas été transformé depuis près de deux siècles. Les fenêtres étaient d'étroites meurtrières ; la tour, massive et trapue, semblait imprenable. Des soldats gardaient les remparts par endroits brisés.

A mesure qu'ils s'approchaient, l'odeur remplaça la vision. Dominant l'effluve de leurs montures et des corps mal lavés des cavaliers, la puanteur du château descendait jusqu'à eux.

— Milady, chuchota Joice.

Liana, sans lui prêter attention, continua à fixer leur but droit devant elle. Helen lui avait parlé de l'état déplorable de la forteresse mais rien, dans son expérience, ne l'avait préparée à cela.

Ils arrivèrent d'abord aux douves. Toutes les latrines du château s'y déversaient et, aux excréments, se mêlaient les carcasses pourries des animaux débités dans les cuisines. Liana garda la tête haute tandis que ses femmes toussaient et s'étranglaient.

Ils s'engagèrent en file indienne dans un passage long et étroit. Au-dessus d'eux, elle aperçut trois ouvertures qui permettaient d'abaisser de lourdes herses en fer afin d'emprisonner tout intrus indésirable. Ils débouchèrent dans l'unique cour intérieure, deux fois plus petite que la plus minuscule des cours de tous les châteaux de son père. Celle-ci était pourtant incroyablement surpeuplée. Après son nez, ce fut au tour de ses oreilles d'être assaillies. Des hommes martelaient du fer chauffé à blanc, des chiens aboyaient, des charpentiers sciaient et cognaient et tout le monde hurlait.

Quant au vacarme et à la puanteur qui s'élevaient des écuries et de la porcherie, ils étaient tout simplement inimaginables. On aurait dit que ces endroits n'avaient pas été nettoyés depuis des années et que les bêtes s'y entre-tuaient.

Une de ses suivantes poussa un couinement aigu et sa monture heurta celle de Liana. Celle-ci tourna la tête pour voir ce qui l'avait effrayée : du sommet de la tour, un urinoir donnait directement dans la cour. Une cascade d'urine tombait et éclaboussait le mur. Le trou innommable dans lequel elle s'abîmait indiquait que cette pratique durait depuis des temps immémoriaux.

A droite s'élevaient deux escaliers, l'un menant à la tour, l'autre au corps de logis de deux étages. Ce château était si petit qu'il n'y avait aucune séparation entre la résidence du seigneur et celles de ses sujets. Tout le monde vivait ensemble dans cet espace exigu.

En haut des marches, Liana aperçut deux femmes qui observaient les nouveaux arrivants. Quand l'une d'entre elles repéra Liana, elle flanqua un coup de coude à sa voisine et les deux femmes s'esclaffèrent. A l'évidence, il s'agissait de deux servantes. Et, de façon tout aussi évidente, étant donné la saleté de l'endroit, elles n'accomplissaient pas leur travail. Mais bientôt, se promit Liana, elle leur apprendrait à ne pas rire à ses dépens.

Gloussant comme deux oies, elles descendirent l'escalier d'une démarche provocante. Toutes deux bien en chair, la taille étroite, les hanches larges, elles possédaient de longs cheveux bruns et gras qui tombaient en lourdes nattes. Leurs vêtements trop serrés révélaient la moindre de leurs courbes tandis qu'elles traversaient la cour en balançant exagérément les hanches. Elles se débrouillaient aussi pour que leurs gros seins ballottent sous leurs blouses et la plupart des hommes s'arrêtèrent pour les regarder.

Tandis qu'un chevalier l'aidait à descendre de selle, Liana vit que les deux maraudes se dirigeaient droit vers Rogan. Il hurlait quelque chose à ses hommes à propos des chariots, mais il baissa néanmoins les yeux vers les nouvelles venues. L'une d'elles adressa alors à Liana un tel regard triomphant qu'elle eut envie de la gifler.

— Si nous entrions, milady ? proposa Joice d'une petite voix. A l'intérieur, c'est peut-être...

Elle ne parvint pas à achever sa phrase.

Bien sûr, son mari n'avait nullement l'intention de lui faire visiter sa nouvelle demeure. Présumant que l'escalier emprunté par les deux insolentes menait aux quartiers du maître des lieux, elle souleva ses jupes et entreprit de le gravir, chassant à coups de pied quelques os et ce qui ressemblait à un oiseau mort.

La lourde porte, dont l'un des battants ne tenait plus que par un gond, s'ouvrait sur un grand panneau de bois. Autrefois, cela avait dû être un ouvrage superbement sculpté mais, à présent, des haches y étaient plantées et des masses ainsi que des lances étaient suspendues à d'énormes clous. Derrière se trouvait le grand hall : une pièce de dix mètres de largeur et de hauteur sur une quinzaine de longueur.

Liana et ses femmes se pétrifièrent sur le seuil ; la saleté était indicible. Sur le sol, pourrissaient les os de repas pris depuis un siècle. Des nuées de mouches tournoyaient au-dessus, de la vermine grouillait au-dessous.

Les toiles qui pendaient du plafond jusqu'au sol abritaient d'énormes araignées. Les deux immenses cheminées contenaient un bon mètre de cendres. Pour tout mobilier, une épaisse et lourde table en chêne noirâtre trônait au centre de la salle. Huit chaises délabrées l'entouraient, toutes maculées de graisse.

Il y avait bien quelques fenêtres creusées dans les murs, mais elles ne possédaient ni vitres ni volets, si bien que la puanteur des douves et de la cour se mêlait à celle de la pièce.

Quand l'une de ses suivantes faillit s'évanouir, Liana n'en fut pas surprise.

— Ressaisis-toi ! ordonna-t-elle. Ou il faudra te ramasser sur ce sol.

La fille se redressa aussitôt.

Prenant sa jupe et son courage à deux mains, Liana traversa le hall vers l'escalier situé dans le coin nord-ouest. Celui-ci était également couvert d'ossements, de paille réduite à l'état de poussière et même de ce qui semblait être un rat mort.

— Joice, suis-moi, commanda-t-elle. Vous autres, vous pouvez attendre ici.

Huit marches plus haut, se trouvaient à gauche une pièce et à droite un cabinet. Liana jeta un coup d'œil dans la pièce mais n'y pénétra pas : elle contenait une petite table ronde, deux chaises et des centaines d'armes de guerre. Une salle d'armes.

Elle poursuivit son ascension. Au deuxième étage, elle arriva dans un petit hall circulaire. Une porte sur la droite donnait dans une chambre à coucher d'une saleté digne de ce qu'elle avait vu jusqu'à présent. Un matelas autrefois rempli de paille était posé à même le sol. A présent, il se limitait à deux morceaux de laine trouée.

Joice s'avança timidement et baissa la main comme pour toucher les couvertures en tas au milieu du matelas.

— Des poux, annonça Liana avant de poursuivre son chemin.

Elle pénétra dans une vaste pièce bien éclairée par plusieurs fenêtres. C'était une sorte de grand vestibule d'où partait un escalier en bois menant au troisième étage. Un bruit étrange au-dessus d'elle lui fit lever les yeux. Le long des encorbellements gravés qui supportaient les poutres du plafond, on avait installé des perchoirs en bois sur lesquels se tenaient des faucons, tous encapuchonés et attachés. Il y en avait de toutes sortes : faucons pèlerins, gerfauts, crécerelles, hobereaux et éperviers. Les murs étaient tapissés de fientes qui avaient coulé pour former des monticules durs sur le sol.

Liana leva sa jupe plus haut pour se diriger vers le coin est du vestibule. Là se trouvaient trois arches. Celle du milieu était munie d'une porte dont il manquait un des battants. Dans la petite pièce ainsi créée se trouvait un bassin que le prêtre utilisait pour ses ablutions après la messe.

— C'est un sacrilège, chuchota Joice car il s'agissait là d'une chapelle privée, d'un endroit sacré, un lieu de recueillement pour la famille.

— Oui, mais d'ici nous avons une excellente vue sur les douves, fit Liana en regardant par la fenêtre.

Cette tentative d'humour ne fit ni rire ni sourire Joice.

— Milady, qu'allons-nous faire ?

— Nous allons apporter un peu de confort à mon mari, annonça Liana avec assurance. D'abord, nous allons préparer deux chambres à coucher dès ce soir : l'une pour mon mari et moi... (elle ne put s'empêcher de rougir...), l'autre, pour toi et les femmes. Demain, nous nous mettrons au travail pour nettoyer le reste. Allons, arrête de me regarder ainsi. Va chercher ces femmes que nous avons vues en bas. Un peu de labeur devrait calmer leur insolence.

Joice avait peur de se déplacer seule dans ce château, mais les manières de sa maîtresse lui rendirent un peu d'assurance. Elle craignait qu'une des choses innommables tapies dans un coin ne l'attaque et n'abandonne ses os avec tous ceux qu'elle avait vus ici.

Durant son absence, Liana visita les deux autres pièces flanquant l'oratoire. Les rapaces s'y étaient moins soulagés et elle devina même sous la crasse que les murs avaient autrefois été couverts de fresques. Une fois nettoyés, elle pourrait les faire repeindre, se dit-elle, et là, sur ce grand mur, elle suspendrait une tapisserie. Pendant un bref instant, elle oublia presque l'abominable odeur qui régnait partout, les bruissements inquiétants des oiseaux et le reste.

— Elles refusent de venir, milady, annonça une Joice haletante depuis le seuil.

Liana revint aussitôt à la réalité.

— Comment cela ?

Joice s'indigna.

— Ces serves ! Ces femmes de lord Rogan, elles ne veulent pas venir. Quand je leur ai annoncé qu'il fallait nettoyer, elles m'ont ri au nez.

— Vraiment ? Allons voir ce qu'elles me diront à moi.

Liana était prête pour la bagarre. Elle avait été si obéissante, elle avait ravalé tellement de bile durant ces derniers jours qu'elle avait besoin d'exploser. Ces deux accortes servantes allaient voir ce qu'elles allaient voir.

Elle dévala l'escalier, traversa la chambre du seigneur et le hall en un éclair. La cour était toujours aussi sale et bruyante. Les deux femmes qu'elle cherchait se trouvaient encore là, laissant trois jeunes chevaliers tirer l'eau du puits pour elles, tout en frottant leurs gros seins contre leurs bras.

— Toi ! lança Liana à la première. Viens avec moi. Et toi aussi.

Là-dessus, elle pivota pour repartir vers le château quand elle s'aperçut que les deux maraudes ne la suivaient pas. Elle se retourna. Les deux filles souriaient comme si elles savaient quelque chose qu'elle ignorait. Jamais auparavant une servante n'avait désobéi à Liana. Mais, jusqu'à aujourd'hui, elle bénéficiait du soutien de son père.

Désarçonnée, Liana ne sut que faire. Elle sentait les regards des autres spectateurs fixés sur elle et elle comprit que le moment était venu d'asseoir son autorité comme maîtresse des lieux. Mais c'était chose impossible sans le secours de son mari.

A l'autre bout de la cour, Rogan supervisait le déchargement d'un chariot contenant des armures. Furieuse, elle se dirigea vers lui, évitant trois chiens qui se bagarraient et sautant par-dessus des entrailles de mouton qui pourrissaient là.

Elle savait exactement quoi lui dire, quelles exigences formuler mais quand Rogan se tourna vers elle, agacé d'être interrompu dans sa tâche, son assurance fondit.

— Les servantes refusent de m'obéir, annonça-t-elle calmement.

Il la contempla d'un air consterné, comme si cela ne le concernait en rien.

— Je veux qu'elles commencent à nettoyer un peu mais elles refusent de m'obéir, expliqua-t-elle.

Cela parut résoudre sa perplexité. Il retourna vers son chariot.

— Elles nettoient quand c'est nécessaire. Je croyais que vous aviez amené vos servantes.

Elle se glissa entre le chariot et lui.

— Trois de mes suivantes sont des *dames*. Quant aux autres... eh bien, c'est tout simple, il y a beaucoup trop à faire.

— Cabosse cette armure et je te cabosse la tête, cria Rogan à un homme avant de toiser Liana. Je n'ai pas de temps à perdre avec les servantes. C'est bien assez propre pour moi. Maintenant, partez et laissez-moi travailler.

Puis, ce fut comme si elle n'existait plus. Liana resta plantée là, fixant son dos tout en sentant les regards de tous les hommes présents dans la cour et surtout, surtout, celui des deux femmes. Ainsi, voilà ce contre quoi Helen l'avait prévenue. Voilà donc à quoi ressemblait le mariage...

Elle n'avait plus qu'une seule chose à faire : garder sa dignité. Elle retraversa la cour sans regarder personne, les yeux rivés sur les marches menant au château. Derrière elle, le vacarme de la cour parut tripler de volume et elle entendit même un rire aigu de femme.

Humiliée, elle disparut à l'intérieur. Helen lui avait dit qu'elle avait été trop gâtée chez son père mais Liana n'avait jamais vraiment compris ce que cela signifiait. Bien sûr, peu de gens comprenaient à quel point la vie des autres était différente de la leur. Elle s'était bien attendue à quelques changements avec son mariage mais cette sensation d'impuissance, de ne même pas exister était trop nouvelle pour elle.

Voilà donc ce que Helen avait dû ressentir au château des Neville où les servantes n'obéissaient qu'à Liana.

— Voilà ce qu'elle a éprouvé et pourtant elle a été bonne avec moi, murmura-t-elle.

— Milady, dit doucement Joice.

Liana vit la peur sur le visage de son aînée. Pour l'instant, elle ne savait plus trop quoi faire, mais il fallait assurer les besoins immédiats : manger et dormir.

— Envoie Bess aux cuisines, qu'elle nous rapporte de quoi souper... je ne veux pas manger en compagnie ce soir. Puis fais monter mon lit dans le vestibule. (Elle leva la main pour empêcher Joice de l'interrompre.) Je ne sais pas comment faire ici. Il semble que je ne possède aucune autorité sous le toit de mon mari. (Elle s'apitoyait sur elle-même, elle s'en rendait compte sans pouvoir s'en empêcher.) Et trouve des balais. Ce soir, nous devons vider deux pièces de suffisamment de saleté pour pouvoir y dormir. Et demain, nous...

Elle s'arrêta : non, elle était incapable de penser à demain. Si elle n'avait aucune autorité, y compris sur les servantes, elle serait prisonnière dans sa propre maison, aussi sûrement que si on l'enfermait dans un donjon.

— Trouve ce que tu peux, reprit-elle. (Une idée lui vint :) Où est lord Severn ? Il pourrait peut-être nous aider.

— Oui, milady, approuva faiblement Joice.

Lentement, Liana remonta dans le vestibule. Les faucons s'agitèrent sur leur perchoir. Si tout le château n'avait pas été rempli de tant de déchets, elle aurait pu le croire déserté. Quelle différence avec les châteaux de son père où des gens allaient et venaient sans arrêt, des gens qui riaient et plaisantaient ! Ici, il n'y avait que des hommes au visage dur, au corps couturé de cicatrices, l'arme à la main. Il n'y avait pas d'enfant, pas de femme en dehors des deux péronnelles qui s'étaient moquées d'elle.

Elle baissa les yeux vers les douves et distingua la tête d'une vache flottant dans la fange noire et épaisse. Tel était son foyer. Ici, elle porterait ses enfants et les élèverait. Ici, elle devrait vivre avec un homme qui semblait incapable de la reconnaître d'une heure sur l'autre. Et se faire aimer de lui...

Comment pourrait-elle se faire aimer de lui ? Si elle travaillait avec acharnement avec ses suivantes à rendre cet endroit décent, peut-être verrait-il autre chose en elle que le fardeau inutile accompagnant sa dot. Peut-être serait-il heureux de l'avoir épousée.

Et elle pourrait engager de bons cuisiniers et couvrir sa table de mets délicieux. Un homme qui mange bien, qui dort dans des draps propres et qui porte d'élégants vêtements ne pourrait qu'éprouver de l'affection pour celle qui lui dispenserait pareil confort.

Et puis, il y avait le lit. Liana avait souvent entendu ses suivantes affirmer qu'une femme qui donnait du plaisir à un homme pouvait le mener par le bout du nez. Elle ferait nettoyer une chambre dès ce soir et il viendrait vers elle. Car, maintenant qu'ils étaient chez eux, il voudrait son épouse. Elle sourit pour la première fois depuis son arrivée. Un peu de patience, voilà tout, et ses désirs se réaliseraient.

Quelques instants plus tard, ses sept suivantes la rejoignirent, les bras chargés de nourriture, de coussins et de couvertures et papotant à qui mieux mieux.

Il lui fallut un moment avant de comprendre de quoi elles bavardaient. Lord Severn se trouvait en compagnie de quelqu'un qu'on appelait la Dame et on risquait fort de ne plus le voir de trois ou quatre jours. En dehors de la dame et de ses servantes, il n'y avait que huit autres femmes au château.

— Elles ne travaillent pas, annonça Bess, et personne n'a voulu me dire ce qu'elles font.

— Et elles portent chacune le nom d'un jour de la semaine : Lundi, Mardi, Mercredi et ainsi de suite, sauf la huitième qui s'appelle Rechange.

— Et la nourriture est infecte. La farine est pleine de charançons et de sable. Et le boulanger fait son pain avec.

Bess se pencha.

— Avant, ils achetaient leur pain à un boulanger du village mais celui-ci s'est plaint de ne jamais être payé et...

— Et quoi ? demanda Liana en essayant de mâcher un morceau de viande plus dur que le cuir d'une selle.

— Les Peregrine ont arraché la porte de sa maison et... et ils ont utilisé son pétrin comme fosse d'aisances.

Liana abandonna sa viande. Les femmes avaient nettoyé un banc sous une des fenêtres et s'y trouvaient toutes assises. En dessous, on entendait des tintements de ferraille, des cris et des hurlements ainsi que des bruits de mastication et de ripaille. Apparemment, son mari et ses hommes avaient décidé de prendre leur repas mais personne n'avait jugé utile de demander à l'épouse du seigneur de les rejoindre.

— Auriez-vous, par hasard, appris quelle est la chambre de lord Rogan ? s'enquit-elle.

Les femmes se dévisagèrent, apitoyées.

— Non, murmura Joice. Mais elle est sans doute voisine de la salle d'armes que nous avons vue.

Liana hocha la tête. Elle n'avait pas encore eu le courage de gravir l'escalier en bois du vestibule. Que trouverait-elle au-dessus ? Si on gardait des oiseaux ici, que mettait-on sous les toits ? Des porcs ?

Il fallut deux heures de dur labeur pour balayer les deux pièces. Liana aurait voulu aider mais Joice ne le permit pas. Et Liana la comprit. Désormais, ses suivantes étaient quasiment ses égales : elles étaient toutes perdues, abandonnées dans cet endroit inconnu et nauséabond. Joice ne voulait pas qu'elle perde son autorité sur elles. Aussi Liana resta assise près de la fenêtre, une écorce d'orange sur le nez pour atténuer les relents des douves.

Quand enfin sa chambre fut prête — mais non propre — une des femmes persuada un forgeron de monter deux matelas. Liana, avec l'aide de Joice, se déshabilla et se coucha. Elle attendit un moment son mari mais il ne vint pas.

Au matin, elle se réveilla dans un vacarme assourdissant et des odeurs immondes. Ce qu'elle avait cru être un mauvais rêve était la réalité.

Rogan pénétra dans la salle d'armes. Severn, assis à la table, le menton dans la main, l'air fatigué, mangeait du pain et du fromage.

— Je ne m'attendais pas à te voir si tôt. Tu veux venir chasser avec moi ?

— Oui, répondit Severn. J'ai besoin d'un peu de repos après cette nuit avec Io. Tu parais frais et dispos. Ta femme ne t'a pas trop épuisé cette nuit ?

— Cette nuit, c'était Samedi.

— Tu n'as pas été avec ta femme ?

— Non. C'était Samedi.

Severn se gratta le bras.

— Tu n'auras jamais de fils si...

— Tu es prêt ou pas ? J'irai la voir... un jour. Peut-être... je ne sais pas. Elle n'est pas femme à faire bouillir le sang d'un homme.

— Où est-elle ?

Rogan haussa les épaules.

— Est-ce que je sais ? En haut, peut-être.

Severn avala le reste de son pain avec du vin aigre puis cracha du sable sur le sol. Les affaires de son frère ne le concernaient pas.

Pendant trois jours, Liana et ses suivantes travaillèrent à nettoyer le vestibule. Et, pendant trois jours, la jeune femme eut peur de descendre. Elle n'osait se montrer aux gens du château. Ils savaient tous qu'elle avait été bafouée par son mari. Non seulement il refusait de dormir avec elle, mais il lui avait dénié le droit de commander à ses servantes.

Aussi, elle restait seule, sans jamais voir son mari, sans le moindre contact avec les autres habitants du château. Pour l'instant, se disait-elle, non seulement elle ne gagnait pas l'amour de son mari mais elle ne faisait que lui prouver sa faiblesse...

Ce fut l'après-midi du quatrième jour qu'elle osa s'aventurer dans l'escalier de bois. L'étage supérieur était aussi sale que le vestibule, à cette différence qu'il ne semblait plus habité depuis des années. Elle se demanda où dormaient les gens du château et se les imagina aussitôt entassés les uns sur les autres dans le grand hall.

Elle parcourut un long couloir et visita une pièce vide après l'autre, effrayant quelques rats et soulevant des nuages de poussière à chacun de ses pas. Inutile d'insister, se dit-elle. Elle s'apprêtait à faire demi-tour quand elle crut entendre le couinement caractéristique et saugrenu d'un rouet. Soulevant ses jupes, elle courut jusqu'à la chambre la plus lointaine et en poussa la lourde porte.

Assise dans un flot de soleil, une belle femme d'âge mûr aux cheveux sombres filait de la laine. La pièce était d'une propreté stupéfiante et certains meubles étaient capitonnés. Il y avait même du verre aux fenêtres. Ce devait être la fameuse dame à laquelle rendait visite lord Severn, se dit Liana. Peut-être une tante ou une parente quelconque.

— Entre, mon enfant, et ferme la porte derrière toi avant que cette poussière ne nous fasse suffoquer toutes les deux.

Etrangement, Liana ne fut pas surprise par sa familiarité et l'accueillit même avec joie. Souriante, elle fit ce qu'on venait de lui demander.

— J'ignorais que quelqu'un habitait ici. Enfin, tout est dans un tel état...

Curieusement, elle se sentait très à l'aise avec

cette belle femme et, quand celle-ci lui désigna une chaise, elle y prit place.

— C'est affreux, n'est-ce pas ? dit la dame. Rogan est parfaitement insensible à cette saleté.

Le sourire de Liana se figea.

— C'est à moi qu'il est parfaitement insensible, marmonna-t-elle.

Elle avait parlé à voix basse pour ne pas se faire entendre de son interlocutrice mais celle-ci l'entendit quand même.

— Et c'est normal. Les hommes ne remarquent jamais les femmes bonnes qui veillent à ce que leurs habits soient propres, que leurs repas soient bien cuisinés et qui élèvent leurs enfants en silence.

Liana leva le menton.

— Et *quelles* femmes remarquent-ils ?

— Les femmes comme Iolanthe. (Elle sourit à Liana.) Tu ne l'as pas encore rencontrée. Elle est la tendre et belle de Severn. Enfin, pas si tendre. En fait, Io est l'épouse d'un homme très riche, très vieux et très stupide. Elle dépense son argent et vit ici avec Severn qui n'est ni riche, ni vieux, ni stupide.

— Elle préfère vivre *ici* ? Elle a choisi de vivre dans ce... dans cette...

— Elle possède ses propres appartements au-dessus des cuisines, les meilleurs de tout le château. Io exige toujours le meilleur.

— J'ai exigé l'aide des servantes, dit amèrement Liana, et je n'ai rien obtenu.

— Il y a plusieurs sortes d'exigences, dit la dame en allongeant un fil de laine impeccable. Aimes-tu vraiment Rogan ?

Liana détourna les yeux sans même s'étonner

de la franchise de cette femme. Elle était si fatiguée de ne parler qu'à ses suivantes.

— Je crois que j'aurais pu l'aimer. J'ai accepté de l'épouser car c'est le seul homme qui a été honnête avec moi. Il n'a pas loué ma beauté pour ensuite compter l'or de mon père.

— Rogan est toujours honnête. Il ne fait jamais semblant d'être ce qu'il n'est pas, de s'intéresser à ce qui ne l'intéresse pas.

— Exactement. Et il ne s'intéresse pas à moi, dit tristement Liana.

— Mais tu lui as menti, n'est-ce pas, mon enfant ? La Liana qui se cache de peur du rire des servantes n'est pas la Liana qui régissait autrefois les domaines de son père... la Liana qui a une fois affronté une bande de paysans en colère.

Liana ne lui demanda pas comment elle savait ces choses à son propos mais elle sentit les larmes lui monter aux yeux.

— Je ne pense pas qu'un homme aimerait cette Liana-là. Joice dit que...

— Et qui est Joice ?

— Ma servante. En fait, elle est un peu comme une mère pour moi. Elle dit...

— Et elle connaît tout à propos des hommes, n'est-ce pas ? Elle a été élevée par un homme, en a épousé un autre et donné naissance à plusieurs, n'est-ce pas ?

— Eh bien, en fait non. Elle a grandi avec moi. C'était une orpheline qui vivait dans le quartier des femmes. Cependant, elle est mariée mais sans enfant... Et elle ne voit son mari que trois fois par an, ce qui fait... Oh, je vois ce que vous voulez dire. Joice ne possède pas une très grande expérience des hommes.

— Non. Souviens-toi, mon enfant, ce n'est pas la femme qui manie le balai qui remporte des victoires mais celle qui, parfois, manie le fouet.

La remarque eut le don de faire rire Liana.

— Je m'imagine mal en train de fouetter lord Rogan !

— Seulement avec une tunique boueuse, dit la femme, les yeux rieurs avant de relever la tête. Quelqu'un monte les marches. Va-t'en, s'il te plaît. Je ne veux pas être dérangée.

— Oui, bien sûr, acquiesça Liana en quittant la pièce et refermant la porte derrière elle.

Elle faillit retourner dans la chambre pour demander à l'inconnue comment elle était au courant de l'épisode de la tunique, mais Joice apparut et lui annonça qu'on avait besoin d'elle.

Elle passa le reste de la journée dans le vestibule en compagnie de ses suivantes et elle ne cessait d'entendre les paroles de la dame. Elle était en plein désarroi. Que faire ? Elle envisagea d'aller trouver Rogan pour lui demander d'ordonner aux servantes de lui obéir, mais cette idée lui parut ridicule. Il ne l'écouterait même pas. Elle songea à le menacer d'une épée, ce qui lui sembla tellement grotesque qu'elle se mit à glousser.

Non, elle devait ronger son frein. Peut-être monterait-il un jour chercher un de ses faucons et verrait-il comme les lieux étaient propres... Il aurait alors envie de rester auprès d'elle et l'amour illuminerait son regard quand il se tournerait vers elle...

— Milady ? dit Joice. Il se fait tard.

Et, une fois de plus, Liana se glissa dans son lit vide et froid.

Au cœur de la nuit, un bruit étrange et une lumière la réveillèrent.

— Rogan ! s'écria-t-elle d'une voix étouffée.

En se redressant, elle aperçut un très joli garçon aux longs cheveux sombres et sales qui portait une tunique de velours déchirée et des braies trop grandes pour lui. Il se tenait près du mur, une jambe sur un tabouret, le coude sur le genou et mangeait une pomme en la contemplant à la lueur d'une chandelle.

— Qui êtes-vous et que faites-vous dans ma chambre ?

— Je voulais vous voir, dit-il.

Il devait être plus jeune que sa taille ne l'indiquait car sa voix n'avait pas encore mué.

— Votre souhait est exaucé. Sortez, à présent.

Il croqua bruyamment dans sa pomme sans paraître le moins du monde disposé à obéir.

— Cela fait un moment que vous attendez mon frère.

— Votre frère ?

Liana se souvint que Helen ignorait combien des fils Peregrine étaient encore vivants.

— Je suis Zared, dit le garçon en lançant le trognon par la fenêtre. Et je vous ai vue. Vous êtes bien comme ils disent et Rogan ne viendra pas ce soir.

Il se dirigea vers la porte.

— Un instant ! s'exclama Liana d'une voix qui le fit s'arrêter et se retourner. Qu'est-ce que ça veut dire que je suis comme ils disent et où est mon mari pour qu'il ne puisse venir ici ce soir ?

Liana espérait que le garçon lui dirait que

Rogan était parti en mission secrète pour le roi ou bien avait fait vœu temporaire de chasteté.

— Aujourd'hui c'est Mercredi.

— Je sais quel jour nous sommes. Quel rapport avec mon mari ?

— On m'a dit que vous les aviez vues. Elles sont huit. Une pour chaque jour de la semaine et la huitième quand l'une des Journées a ses problèmes de femme. Parfois, une Journée et Rechange sont indisposées en même temps et alors Rogan est impossible à vivre. Peut-être qu'un jour pareil, il viendra vous voir.

Liana osait à peine comprendre.

— Vous voulez dire que mon mari dort avec l'une d'entre elles chaque nuit ? Une différente chaque nuit ? Qu'elles sont un... *un calendrier ?*

— Il a essayé une pour chaque jour du mois mais il a dit que cela faisait trop de femmes au château. Il a réduit leur nombre à huit. Severn n'est pas du tout pareil. Il dit que Iolanthe lui suffit. Bien sûr, Io est...

— Où est-il ?

La colère grondait en Liana. Une colère retenue depuis leur première rencontre. Une colère qui faisait bouillir son sang, gonfler ses veines.

— Où *est*-il ?

— Rogan ne dort jamais au même endroit. Il va chez les Journées. Il dit qu'elles deviennent jalouses s'il les invite dans sa chambre. Ce soir, c'est Mercredi. Il doit donc être au-dessus des cuisines, la première porte à gauche.

Liana se leva, en proie à une rage sans nom. Chacun de ses muscles était dur comme du fer.

— Vous n'allez pas y aller ? Rogan n'aime pas

qu'on le dérange la nuit et, croyez-moi, il a très mauvais caractère. Un jour, il...

— Il n'a pas encore vu *mon* caractère, annonça Liana, les dents serrées. *Personne* ne me traitera ainsi. *Personne !*

Elle repoussa Zared et sortit dans le couloir où elle attrapa une torche enflammée accrochée au mur. Elle ne portait que sa robe de nuit et elle avait les pieds nus mais elle ne remarqua même pas les ossements qu'elle piétinait. Un chien errant vint gronder devant elle. Elle le chassa d'un coup de torche furieux.

— Je croyais que vous étiez un lapin, dit Zared derrière elle, la suivant avec perplexité.

Mais cette épouse n'avait rien d'un lapin. Elle traversait déjà le grand hall. Qu'allait-elle faire ? Zared se dit qu'il valait mieux réveiller Severn.

7

Liana n'était pas certaine de savoir où se trouvaient les cuisines mais un instinct étrangement sûr la guida. Elle escalada un petit escalier de pierre sans prêter attention à la chose gluante qui glissa sous son pied. Pas plus qu'elle ne remarqua les gens qui commençaient ici et là à la suivre. Réveillés en pleine nuit par son irruption dans le hall, ils s'interrogeaient sur ce petit lapin effarouché que leur seigneur avait pris pour femme.

D'un coup de pied, Liana chassa un gros rat qui voulait déjeuner de son gros orteil et atteignit enfin l'étage. Calmement, elle ouvrit la première porte à sa gauche et pénétra dans la chambre. Rogan dormait dans toute la splendeur de sa nudité, le bras jeté en travers du corps rebondi de l'une des servantes, qui avait refusé d'obéir à Liana.

Sans autre forme de procès, la jeune femme abaissa sa torche et mit le feu au matelas — un matelas qu'elle avait apporté de chez elle.

Rogan réagit à la vitesse de l'éclair. Il empoigna la fille et bondit. Mercredi se réveilla et se mit à hurler. S'emparant d'une couverture fumante, il combattit les flammes. La porte s'ouvrit brutalement et Severn apparut. Aussitôt, il aida son frère à éteindre le feu avant qu'il n'atteigne les poutres du plafond. Puis tous deux portèrent ce qui restait du matelas jusqu'à la fenêtre et le jetèrent dans les douves.

Les hurlements de la fille avaient cessé. A présent, elle gisait roulée en boule dans un coin, les yeux brillants de terreur, poussant de faibles gémissements plaintifs.

— Tais-toi! commanda Rogan. Ce n'était qu'un petit feu.

C'est alors qu'il suivit le regard de la fille vers Liana qui n'avait pas bougé d'un pouce, étreignant toujours sa torche. Rogan ne comprit pas tout de suite ce qui s'était passé et quand, enfin il le comprit, il n'y crut pas.

— Vous avez mis le feu à ce lit. Vous avez essayé de me tuer, énonça-t-il comme pour s'en convaincre avant de se tourner vers Severn. Elle est avec les Howard. Enferme-la. Qu'on la jette au bûcher demain matin.

La chambre se remplissait très vite de nombreux témoins mais avant que ceux-ci ou Zared ou Severn ne puissent répondre, la rage de Liana explosa.

— Oui, j'ai essayé de vous tuer, dit-elle, avançant vers lui et le menaçant de sa torche, et j'aurais aimé réussir. Vous m'avez humiliée, déshonorée, ridiculisée...

— Moi ? fit Rogan, abasourdi.

Il aurait facilement pu lui arracher sa torche des mains mais elle n'était pas mal du tout avec sa longue chevelure dénouée et sa fine chemise. Et son visage ! Etait-ce bien là la fille mièvre qu'il avait épousée ?

— Je vous ai toujours respectée. Je vous ai à peine approchée.

— Exact ! grinça-t-elle en faisant encore un pas vers lui. Vous m'avez laissée seule durant le banquet et la nuit de nos noces.

Rogan arborait la mine d'un homme injustement accusé.

— Vous n'êtes plus vierge. J'y ai veillé.

— Vous m'avez *violée !*

La moutarde lui monta au nez.

Il n'avait jamais violé une femme de sa vie ! Non qu'il s'en abstînt pour des raisons morales. Simplement, avec son visage et sa silhouette, il n'en avait jamais connu la nécessité.

— C'est faux ! protesta-t-il, les yeux rivés sur ses seins qui palpitaient sous l'étoffe.

— Je pense qu'on n'a plus besoin de nous, déclara Severn d'une voix de stentor.

Il poussa tout le monde hors de la chambre et referma la porte derrière lui.

— Mais elle doit être punie ! s'écria Zared. Elle a failli tuer Rogan.

— Intéressant personnage que cette dame, fit Severn, pensif.

— Elle a pris ma chambre ! gémit Mercredi dont la nudité était à présent enveloppée dans une couverture calcinée.

Severn sourit.

— Tu t'en tires à bon compte. Va dormir avec Dimanche. Et toi, Zared, au lit.

Dans la chambre, les deux époux se tenaient face à face. Rogan savait qu'il aurait dû la punir, mais, en somme, elle n'avait agi que sous l'aiguillon de la jalousie.

— Vous mériteriez le fouet.

— Posez la main sur moi, et je vous brûle !

— Ah, ça suffit !

Elle dépassait les bornes. Passe pour ses sautes d'humeur — après tout, c'était une femme —, mais là, c'en était trop.

Liana agita la torche devant lui. Il semblait se moquer éperdument du fait qu'il ne portait absolument rien.

— Non, c'est à votre tour d'écouter. J'ai attendu en silence alors que vous m'ignoriez, que vous me ridiculisiez. Vous avez permis à ces... à ces Journées de rire de moi. Moi ! La dame du château. Je suis votre femme, et j'entends être traitée comme telle. Dieu m'en est témoin... Vous me témoignerez courtoisie et respect — à défaut d'amour — ou sinon, vous feriez bien de ne jamais vous endormir près de moi car vous risqueriez de ne plus jamais vous réveiller.

Rogan en resta sans voix. Il avait été menacé par des centaines d'ennemis mais jamais par son épouse !

— Ce n'est pas une femme qui va me menacer, déclara-t-il enfin.

Liana agita la torche. D'un geste vif, il la lui arracha et la jeta par la fenêtre avant de saisir cette folle par la taille. Il comptait la traîner jusqu'à la cave et l'y enfermer un bon moment mais quand son visage se trouva si proche du sien, sa colère se mua en un désir effréné. Jamais il n'avait voulu une femme autant que celle-ci.

Il chercha à lui arracher sa chemise.

— Non ! dit-elle en se libérant.

Aveuglé par la passion, il enfouit sa main dans sa chevelure blonde et l'attira contre lui.

— Non, murmura-t-elle, les lèvres contre les siennes. Vous ne me violerez pas une deuxième fois. Vous pouvez me faire l'amour toute la nuit, mais vous ne me violerez pas.

Rogan était abasourdi. Les femmes s'offraient à lui, les femmes le séduisaient... Jamais aucune d'entre elles n'avait rien exigé de lui. Et soudain, il fut pris de l'envie de satisfaire celle-ci.

Ses mains sur son épaule relâchèrent leur étreinte, se faisant légères sur sa peau. Gentiment, il l'attira contre lui. En général, il n'embrassait pas les femmes — c'était une perte de temps —, mais il brûlait de parsemer le corps de Liana de baisers.

La jeune femme s'abandonna à la douceur de ses lèvres. Lui attrapant le cou, elle effleura ses cheveux. Saisie de vertige, elle poussa un gémissement de plaisir et se pressa contre lui.

Rogan, grognant d'impatience, la souleva du sol et l'obligea à enrouler les jambes autour de sa taille.

Liana, peu expérimentée en ce domaine,

n'avait aucune idée de ce qui se passait, mais elle aimait ce baiser et le contact de ses paumes sur sa chair nue. Quand Rogan la plaqua brutalement au mur et la pénétra avec force, elle cria de douleur, le visage enfoui contre le torse puissant. Rogan ne l'entendit pas.

A la torture, Liana ne fut plus que haine envers cet homme qui s'acharnait sur elle. Soudain, elle écarquilla les yeux. Peu à peu, la douleur se muait en plaisir.

Dans un cri étranglé, elle agrippa la chevelure de Rogan et l'obligea à lever le visage pour attirer sa bouche contre la sienne.

Sa soudaine passion acheva Rogan et, après un dernier coup de boutoir, il s'amollit soudain contre elle. Le cœur battant à toute allure, il la pressait toujours contre le mur.

Liana en voulait davantage. Elle ne savait pas exactement ce qu'elle voulait mais ce qu'elle avait reçu ne suffisait pas. Ses ongles mordirent les épaules de Rogan.

Celui-ci se redressa pour la regarder. Ce qu'il vit lui donna un choc. Il ne l'avait pas satisfaite. Aussitôt, il lâcha les jambes de Liana et s'écarta d'elle. Fouillant parmi les débris, il chercha sa culotte.

— Vous pouvez partir maintenant, murmura-t-il en sentant la colère le gagner.

Cette trop brève séance d'amour avait galvanisé Liana.

— J'ai fait préparer une chambre pour nous deux.

— Dans ce cas, allez vous coucher! dit-il, irrité.

Mais quand il se retourna vers elle, sa colère

s'évanouit. Elle avait les yeux brillants et ses cheveux ébouriffés auréolaient son visage. Il eut envie de l'étreindre encore, mais il obligea ses mains à ne pas bouger. Une femme nouvelle, se dit-il, est toujours excitante.

Liana n'essaya pas de réprimer la colère qu'elle éprouvait. La vision de cet homme au lit avec une autre femme était trop fraîche et trop douloureuse.

— Pour que vous puissiez aller en retrouver une autre ? persifla-t-elle.

— Mais non, dit-il, surpris. Pour que je puisse dormir. Il n'y a plus de lit ici.

Cette constatation si solennelle fit sourire Liana.

— Venez, souffla-t-elle en lui tendant la main. J'ai un lit propre et frais qui nous attend tous les deux.

Rogan ne voulait pas prendre sa main, ni dormir avec elle. Car il savait d'expérience que dès qu'on passe une nuit entière avec une femme, elle s'imagine que vous lui appartenez. Il avait « appartenu » à une femme déjà une fois dans le passé et... et en dépit de ce raisonnement parfaitement sensé, il prit sa main et se réchauffa à son sourire.

Il la suivit sans résistance tandis qu'elle l'entraînait dans l'escalier jusque dans la cour.

Tout était calme et paisible à présent et elle s'arrêta pour regarder les étoiles.

— Elles sont belles, n'est-ce pas ?

Rogan ne comprit pas ce qu'elle voulait dire. Les étoiles servaient à guider les voyageurs la nuit.

— Oui, peut-être, dit-il doucement.

A la lueur de la lune, sa chevelure luisait comme de l'argent poli.

Elle se blottit contre lui. Voilà comment elle avait imaginé son mariage : son mari la tenant dans ses bras au clair de lune. Mais Rogan ne l'enlaçait pas. Liana lui saisit les poignets pour s'envelopper dans ses bras.

Rogan était de plus en plus surpris. C'était une telle perte de temps de rester là dehors au beau milieu de la nuit, à tenir cette fille pour regarder les étoiles. Tant de tâches l'attendaient le lendemain... Mais quand il respira le parfum de ses cheveux, il oublia tout.

— Comment vous appelez-vous ? chuchota-t-il.

Il avait toujours eu un problème avec les noms de femmes. Voilà pourquoi il s'était simplifié la vie avec les Journées.

Liana dissimula une pointe d'irritation.

— Je suis dame Liana, votre épouse, dit-elle avant de se retourner pour qu'il l'embrasse.

Mais il ne bougea pas ; aussi prit-elle l'initiative. Lui caressant le cou, elle butina ses lèvres un moment, puis se serra contre lui.

Sans réfléchir, Rogan l'enlaça et demeura immobile. Que lui arrivait-il ? Les femmes étaient faites pour satisfaire les exigences des hommes, pour apaiser leurs sens... A quoi rimait de gaspiller des heures de sommeil à contempler le firmament ? C'était absurde... Pourtant il était incapable de bouger.

Percevant un mouvement derrière elle, Liana tressaillit. Un insomniaque, sans doute. N'ayant guère l'habitude d'être mariée, elle se sentit aussitôt coupable d'être surprise dans une telle intimité avec un homme.

— Venez, rentrons avant qu'on ne nous voie.

De nouveau, Rogan la suivit. Elle l'emmena jusqu'à la chambre qui avait autrefois été celle de son père et de ses femmes. Une tapisserie ornait à présent un des murs et une croix surplombait le lit. Des chandelles odorantes brûlaient.

Rogan eut un mouvement de recul, mais elle le tira par la main.

— Venez, j'ai du vin d'Italie. Je vais vous en verser un verre.

Sans trop savoir comment, il se retrouva quelques instants plus tard entre des draps soyeux, tenant un gobelet d'argent dont s'exhalait un bouquet capiteux. Liana avait posé la tête sur son épaule, et il la serrait contre lui, jouant avec ses longs cheveux.

La jeune femme, emplie de curiosité, voulait l'interroger à propos du château et de ses occupants. Qui était la dame qui filait la laine ? Et la fameuse Iolanthe, comment était-elle ? Pourquoi Zared n'avait-il pas été placé au service d'un autre chevalier ? Cependant, la journée et la soirée, fertiles en émotions, eurent raison d'elle. Elle ne tarda pas à sombrer dans un profond sommeil.

En entendant son souffle régulier, Rogan songea à partir. Il se souvint qu'elle avait mis le feu à son lit. Il avait le droit de la faire enfermer dans le donjon et de la mettre au bûcher à l'aube. Mais il ne bougea pas. Il souleva la main qui reposait sur sa poitrine et l'examina. Elle était si petite, si fragile, si inutile, pensa-t-il avant de s'endormir à son tour, ses doigts mêlés à ceux de Liana.

Il se réveilla tard, aussitôt attentif aux bruits qui montaient de la cour. Avec le jour, le sens des réalités lui revint. Il repoussa Liana sans ménagement et bondit hors du lit. La jeune femme s'étira langoureusement. Elle ne s'était jamais sentie aussi bien de toute sa vie. Voilà à quoi devait ressembler un mariage : contempler les étoiles tout en étant nichée dans les bras de son homme, se réveiller en le sachant près de vous, l'entendre se réveiller. Il sortit des latrines, se gratta le torse et bâilla.

— Bonjour, dit-elle en sortant une jambe des couvertures.

Les pensées de Rogan étaient déjà accaparées par sa journée de travail. Maintenant qu'il avait l'or des Neville, il pouvait engager des chevaliers pour l'aider à combattre les Howard. Bien sûr, il allait devoir les entraîner correctement. La plupart des hommes étaient des fainéants qui ne possédaient pas plus de force qu'un enfant. A propos de fainéant, il ferait bien d'aller tirer Severn des bras de cette sorcière ou bientôt son frère ne serait plus qu'une chiffe molle. Il quitta la chambre sans un regard pour sa femme.

Furieuse, Liana se redressa. Elle renonça à lui courir après pour se renfoncer dans ses oreillers avec un petit sourire. Elle avait été humble et obéissante et il l'avait ignorée. Elle avait failli le brûler vif et il avait passé la nuit avec elle. La dame de la tour avait dit que les hommes ne s'intéressaient guère aux femmes dociles et muettes.

— Milady ! s'exclama Joice en surgissant dans la chambre.

Elle semblait tout excitée mais Liana ne prêta

tout d'abord aucune attention à ce qu'elle racontait : elle songeait encore à son beau mari.

— Quoi ? dit-elle enfin, la dame de Feu ? De quoi parles-tu ?

En comprenant enfin de quoi il retournait, Liana éclata de rire. La mésaventure de la nuit avait fait le tour du château et du village et lui avait valu d'être surnommée la dame de Feu.

— Deux des Journées sont déjà retournées chez leurs parents, dit Joice. Et les autres ont peur de vous.

Il y avait de la fierté dans sa voix, pensa Liana avec ironie. C'était cette même Joice qui lui avait conseillé le silence et l'humilité. Si elle avait continué à suivre ses conseils, rien de tout cela ne serait jamais arrivé.

— Parfait ! s'exclama Liana en rejetant les couvertures et en sortant du lit. Nous allons mettre cette peur à profit. Dis aux autres de faire allusion à du poison ou à... des serpents. Oui ! des serpents ! C'est excellent. Si une servante refuse de travailler, j'irai fourrer des serpents dans son lit. Dis-le.

— Milady, je ne pense pas...

Liana fit volte-face.

— Tu ne penses pas quoi, Joice ? Que je devrais utiliser mon propre jugement ? Tu penses que je devrais continuer à t'écouter ?

Joice comprit qu'elle avait perdu tout pouvoir sur sa maîtresse.

— Non, milady, murmura-t-elle.

— Va chercher ma robe de soie verte et reviens me coiffer. Aujourd'hui, je commence à nettoyer ma maison.

Les habitants de Moray Castle eurent tôt fait

de constater par eux-mêmes la métamorphose de la châtelaine. Ils avaient l'habitude de travailler pour les frères Peregrine qui leur infligeaient cinq corvées à la fois mais, cette petite femme, avec sa robe brillante et ses longs cheveux blonds, exigeait dix fois le labeur de leurs maîtres. Elle employa chaque homme et chaque chevalier, leur intimant d'abandonner leurs tâches habituelles pour récurer les lieux. On vida les cheminées de leurs cendres. Zared, aidé de trois autres garçons, fut chargé d'exterminer les rats. On envoya des hommes au village chercher des femmes en renfort pour gratter les murs, les sols et les meubles. On fabriqua des filets pour draguer les douves, on parla de creuser une tranchée afin d'évacuer les immondices. Là, les hommes rechignèrent : ils redoutaient davantage l'épée de lord Rogan que les flammes de son épouse.

— Mon mari vous donnera la permission, affirma-t-elle aux deux hommes plus morts que vifs qui se tenaient devant elle.

— Mais, milady, protesta l'un, les douves sont faites pour nous protéger et...

— Nous protéger ! s'exclama Liana. Mais c'est tellement épais là-dedans qu'un ennemi pourrait les traverser à pied.

Pourtant, malgré tous ses arguments, ils refusèrent d'obéir. Elle serra les dents.

— Bien, où est mon mari ? Nous allons voir ce qu'il en pense.

— Il fouette des paysans, milady.

Liana en resta bouche bée.

— Quoi ? fit-elle au bout d'un moment.

— Il y a des vols et lord Rogan fouette ces manants pour qu'ils dénoncent les voleurs.

Soulevant ses jupes, Liana retourna au château à toutes jambes. Tandis qu'on sellait son cheval, elle se fit expliquer où trouver lord Rogan et son frère. Quelques minutes plus tard, elle galopait à bride abattue à travers la campagne, suivie par six chevaliers en armes.

Une vision d'horreur l'accueillit. Un homme était attaché à un arbre, le dos en sang sous la morsure d'un fouet. Trois autres tremblaient de terreur en attendant leur tour. Quatre femmes et six enfants pleuraient un peu plus loin tandis que deux autres femmes imploraient à genoux la pitié de Rogan. Six chevaliers se tenaient derrière les deux frères Peregrine qui discutaient avec animation sans paraître se rendre compte de ce qui se passait autour d'eux.

— Ça suffit ! cria Liana en sautant de sa monture avant même qu'elle ne s'arrête.

Elle se jeta devant les fermiers terrorisés.

— Ne les tuez pas ! dit-elle en fixant Rogan droit dans les yeux.

Rogan et ses hommes éprouvèrent un tel choc que l'homme au fouet s'immobilisa.

— Severn, éloigne-la, commanda Rogan.

— *Je* trouverai qui sont les voleurs, hurla-t-elle avant que Severn ne la saisisse. Je vous les livrerai et vous pourrez les châtier. Il ne sert à rien de punir des gens qui sont peut-être innocents.

— Vous ? fit Rogan, aussi stupéfait que tous les autres témoins de cette scène.

— Accordez-moi deux semaines, dit-elle, haletante, et je vous livrerai le voleur. Terroriser les paysans n'a jamais produit de bonnes récoltes.

— Terroriser... commença Rogan en revenant

enfin de sa stupeur. Qu'elle disparaisse de ma vue ! ordonna-t-il à son frère.

Severn saisit la taille de Liana de son bras musclé.

— Je vous fais le pari que quinze jours me suffiront pour mettre la main sur le voleur, reprit vivement la jeune femme. J'ai un coffre rempli de bijoux et de pierres précieuses que vous n'avez pas encore vus : des émeraudes, des rubis, des diamants. Il sera à vous si je perds.

Un silence de mort s'abattit sur l'assistance et tous la contemplèrent, bouche bée. Quel genre de femme était-ce donc ?

Severn relâcha son étreinte et Liana en profita pour rejoindre son mari. Elle se campa devant lui.

— La terreur n'engendre que la terreur. J'ai déjà eu affaire à des voleurs. Laissez-moi régler ce problème. Si j'échoue, vous serez libre de tuer tous ces serfs et vous aurez les joyaux en plus.

Rogan en resta sans voix. La veille au soir, cette mégère avait failli le brûler vif et maintenant voilà qu'elle lui lançait un pari — comme un homme ! — et se mêlait de ce qui ne la regardait pas. Il repensa au cachot du donjon.

— Qui m'empêche de les prendre ? s'entendit-il dire enfin.

Soudain, il revit la femme ardente de la nuit et une vague de désir le submergea. Il se détourna pour ne pas la toucher devant ses hommes.

— Ils sont bien cachés, répliqua Liana avec douceur en posant la main sur son bras.

Un trouble égal l'habitait. Elle aussi avait envie de cet homme.

Rogan, d'une secousse, se libéra.

— Au diable ces bâtards ! grommela-t-il. Dans deux semaines, j'aurai les bijoux et cette femme aura reçu une bonne leçon.

Il essayait de jouer la désinvolture, pour ne pas se déconsidérer devant ses hommes. Mais il se rendit compte que personne n'avait envie de rire. Tous observaient Liana avec un grand intérêt.

Rogan jura dans sa barbe.

— On part, gronda-t-il en se dirigeant vers son étalon.

— Attendez ! s'écria Liana.

Elle se précipita derrière lui, le cœur battant.

— Qu'aurai-je si je gagne le pari ?

Rogan fit volte-face.

— Quoi ? Vous aurez ces maudits voleurs. Que voulez-vous de plus ?

— Vous, dit-elle, les mains sur les hanches en lui souriant. Si je gagne, je veux que vous soyez mon esclave pendant une journée entière.

Rogan la foudroya du regard. Il allait lui apprendre les bonnes manières. Sans un mot, il mit le pied dans son étrier.

— Un instant, mon frère ! fit Severn, avec un air enjoué.

Il récupérait du choc plus vite que les autres. Et il n'avait jamais vu personne, homme ou femme, défier Rogan.

— Tu devrais accepter les termes du marché. Après tout, tu ne cours pas un gros risque. Comment pourrait-elle réussir ? Nous cherchons vainement ces voleurs depuis des mois. Qu'as-tu à perdre ?

Rogan, mâchoires de fer, regard glacial, considéra les chevaliers, puis les paysans. Il gagnerait ce stupide pari puis il expédierait cette harpie à l'autre bout de la terre.

— D'accord, lâcha-t-il.

Une seconde plus tard, il éperonnait son cheval. Maudite femme, elle l'avait ridiculisé devant ses hommes !

Sa fureur ne s'était pas apaisée quand il arriva au château. Et ce qu'il vit, quand il eut franchi le pont-levis, le laissa sans voix. Ses hommes, ses serfs et ses femmes charriaient de la crasse et du purin. Ils étaient tous en train de nettoyer ou de balayer.

— Que je sois damné ! marmonna Severn à ses côtés en regardant un vieux chevalier enfoncer une fourche dans un tas de fumier d'un mètre de haut.

Rogan avait l'impression que ses hommes le trahissaient. Il rejeta la tête en arrière et poussa un long et sauvage cri de guerre... Tout le monde dans la cour se figea.

— Au travail ! rugit-il à ses hommes. Vous n'êtes pas des femmes ! Au travail !

Il n'attendit pas de voir s'il était obéi ; sautant de selle, il se rua dans le château. Il alla droit à la salle d'armes puis à la petite pièce qui la jouxtait. Cette pièce était à lui, et à lui seul. C'était son sanctuaire, son refuge. Il claqua la porte derrière lui et se laissa tomber dans le vieux fauteuil de chêne où s'asseyaient tous les chefs des Peregrine depuis trois générations.

Soudain, il se releva et contempla le siège. Il y avait une petite mare d'eau froide dessus. Quelqu'un l'avait frotté et nettoyé. Il regarda alors autour de lui et vit que la pièce avait été récurée de fond en comble. La couche de crasse qui recouvrait le sol avait disparu, ainsi que les toiles d'araignée et les rats...

— Je vais la tuer, murmura-t-il. La faire écarteler... Je vais lui apprendre qui dirige les terres des Peregrine, qui commande aux Peregrine.

Mais, au moment où il s'apprêtait à ressortir, il remarqua une petite table contre le mur. Il se souvint avoir vu la mère de Zared l'utiliser, mais il ne l'avait plus revue depuis des années. Il se demanda vaguement si elle avait toujours été là. Dessus, dans un ordre impeccable, étaient disposés des feuilles de papier, un encrier d'argent et une douzaine de plumes aux pointes soigneusement taillées. Rogan s'approcha, aussi fasciné qu'un papillon par une flamme. Depuis des mois, il avait une idée pour un trébuchet, une machine de guerre en bois qui pouvait lancer de grosses pierres avec une force terrifiante. En le dotant de deux leviers au lieu d'un seul, il améliorerait considérablement la puissance de jet. Plusieurs fois, il avait essayé de tracer des plans dans la poussière, mais le dessin manquait de précision.

— Elle ne perd rien pour attendre, maugréa-t-il en prenant place à la table.

A gestes lents et maladroits, il se mit à esquisser un schéma. Il était loin d'être aussi habile avec une plume qu'avec une épée. Quand le soleil se coucha, il alluma une chandelle et poursuivit laborieusement sa tâche.

8

— Milady, merci ! Merci !

Liana baissa les yeux. Une paysanne aux traits creusés, agenouillée devant elle, embrassa l'ourlet de sa robe.

Les autres paysans la rejoignirent et se jetèrent eux aussi à ses genoux. Liana était écœurée. Elle ne supportait pas de voir des gens aussi opprimés. Les serfs de son père étaient bien nourris et en bonne santé ; ceux-là criaient famine. Ils avaient le teint cendreux et le regard craintif.

— Levez-vous... tous, ordonna-t-elle.

Elle dut attendre un moment pour qu'ils obéissent lentement, l'effroi redoublant dans leurs yeux.

— Ecoutez-moi. Vous avez entendu mon mari : il veut les voleurs et c'est *vous* qui allez les lui livrer.

Leurs yeux se durcirent. Il restait encore de la fierté chez ces gens, se dit Liana, une fierté qui les faisait protéger un voleur contre un maître cruel.

Sa voix s'adoucit.

— Mais d'abord vous allez manger. Vous... (elle désigna l'homme qui, sans son intervention, aurait eu le dos lacéré)... allez tuer la vache la plus grasse de toutes les terres des Peregrine et deux moutons. Rapportez-les ici et faites-les rôtir. Vous devez prendre des forces. L'ouvrage ne va pas manquer dans les semaines à venir.

Personne ne bougea.

— Il se fait tard. Allons !

L'un des hommes se jeta à genoux, une expression de terreur sur le visage.

— Milady, lord Rogan punit toute personne qui touche à ses biens. Nous ne pouvons tuer ses animaux ou manger son grain. Il garde tout pour le vendre.

— Il en allait ainsi avant ma venue, déclara Liana avec patience. Lord Rogan n'a plus autant besoin d'argent que par le passé. Allez tuer ces bêtes. J'en prends toute la responsabilité devant mon seigneur. (Lourde responsabilité, pensa-t-elle, le cœur serré, mais elle ne pouvait se permettre de montrer sa peur aux paysans.) Bien, où est l'échoppe du boulanger ? Celui qui a connu quelques problèmes avec mon mari.

Il fallut des heures d'efforts à Liana pour que ses projets commencent à prendre tournure. Deux semaines... C'était une gageure ! Sous le regard condescendant des six chevaliers qui constituaient son escorte, elle mit tout le monde au travail.

Elle ordonna qu'on moissonne un champ, qu'on donne le blé au boulanger et qu'on utilise le chaume pour recouvrir les toits percés des habitations. Elle chargea un chevalier de superviser le nettoyage des rues, que souillaient les excréments humains et les déjections des bêtes. Un autre chevalier organisa le récurage des paysans, aussi crottés que les rues. Liana fut tout d'abord surprise que les marchands refusent sa parole comme gage de paiement puis, se rappelant ce que les hommes de son mari avaient fait au boulanger, elle leur donna des pièces d'argent de la bourse attachée à sa selle.

Le soleil se couchait quand elle retourna au château. Elle sourit en voyant deux chevaliers dodeliner de la tête sur leur selle. Son plan était fort simple : procurer des conditions de vie suffisamment décentes aux paysans pour que leur loyauté aille à leur maître et non à des voleurs qui partageaient sûrement leur maigre butin avec eux. Décrasser un village en quinze jours paraissait chimérique. Bah, se dit Liana. Qui ne tente rien n'a rien.

La pestilence des douves lui souleva le cœur. Il lui fallait demander à Rogan la permission de nettoyer cette infection. Mais, à l'intérieur des murs, la différence était sensible. Il y avait moins de crasse par terre, moins de purin dans les écuries, moins de boue dans la porcherie. Quand elle passa devant eux, certains hommes portèrent la main à leur front en guise de salut respectueux. Liana sourit à part elle. Ils commençaient à la remarquer.

Elle se rendit dans la salle d'armes. Ici, les femmes avaient concentré leurs efforts. Ce n'était pas encore propre, en tout cas pas selon les normes de Liana — il fallait encore chauler les murs — mais on pouvait traverser la pièce sans trébucher sur des immondices.

Severn et Zared, assis sur des sièges rutilants, contemplaient la table où l'on avait aligné les cadavres d'énormes rats, tels des trophées de guerre.

— Qu'est-ce que c'est ? demanda-t-elle si brutalement qu'elle fit sursauter les deux frères.

Zared lui sourit et elle songea de nouveau qu'il

était vraiment joli garçon avec son visage imberbe.

— On les a tous tués ! annonça-t-il fièrement. Par hasard, vous ne sauriez pas compter ? Rogan sait mais pas jusque-là. Il y en a trop, même pour lui.

Liana n'avait aucune envie de s'approcher, mais elle ne voulut pas décevoir l'enfant. Elle commença à compter. Au fur et à mesure, Zared lançait les cadavres par la fenêtre. Liana faillit protester, puis se ravisa. Au point où en étaient les douves... Un des rats était encore vivant et Liana bondit en arrière tandis que Zared lui fracassait le crâne d'un coup de poing. Severn sourit avec orgueil.

Après avoir dénombré cinquante-huit rats, Liana se laissa tomber dans un siège aux côtés de Severn.

— Cinquante-huit ! répéta Zared, émerveillé. Quand Rogan l'apprendra !

— Quelqu'un a oublié d'enlever ces ossements, dit Liana avec lassitude.

Elle désigna six crânes de cheval qui surmontaient la cheminée. Elle ne les avait pas remarqués avant car ils étaient probablement recouverts de toiles d'araignée.

Elle prit soudain conscience des regards de Severn et Zared posés sur elle, comme s'il venait soudain de lui pousser un deuxième nez au milieu de la figure.

— Quelque chose ne va pas ? demanda-t-elle.

— Ce sont les chevaux des Peregrine, annonça Zared dans un murmure solennel.

N'ayant aucune idée de ce qu'il voulait dire, Liana se tourna vers Severn. Son beau visage était passé de la stupéfaction à une rage froide dont, jusqu'à présent, elle avait cru seul Rogan capable.

— Lors du siège du château de Bevan, les Howard ont affamé notre famille. Mon père est monté sur les remparts pour demander aux Howard qu'ils accordent au moins la liberté à la mère de Zared. Ils ont refusé. (La voix de Severn baissa d'un ton.) Avant de mourir, les assiégés ont mangé les chevaux. Ces chevaux-là, ajouta-t-il en les désignant du menton. Aussi resteront-ils ici à jamais.

Liana contempla les os avec horreur. Etre affamé au point de manger des chevaux ! Elle faillit dire que les paysans des Peregrine étaient condamnés à un siège à vie et qu'ils seraient probablement heureux de pouvoir manger des chevaux, mais elle se retint.

— Où est mon mari ? s'enquit-elle peu après.

— Il boude, annonça gaiement Zared, ce qui lui valut un regard noir de son frère.

Liana n'insista pas car elle venait d'apprendre quelque chose d'essentiel sur Rogan. Il existait peut-être de bonnes raisons à sa colère, à son obsession pour l'argent. Elle se leva.

— Si vous voulez bien m'excuser. Je dois prendre un bain. Dites à mon mari que je...

— Un bain ? répéta Zared comme si Liana venait de lui annoncer qu'elle allait sauter des remparts.

— C'est une occupation très plaisante. Vous devriez essayer.

A vrai dire, Severn et Zared étaient à présent les deux objets les plus sales de la pièce.

Zared se carra sur sa chaise.

— Très peu pour moi. Vous avez vraiment dit aux Journées de rentrer chez elles ?

Liana sourit.

— Oui. Bonne nuit à vous deux.

Dans l'escalier, elle s'arrêta pour surprendre leurs propos.

— Cette fille a du cran, dit Zared.

— Ou alors, elle est complètement folle, répliqua Severn.

Liana regagna sa chambre. Une heure plus tard, plongée dans une baignoire de bois remplie d'eau brûlante et parfumée, elle contemplait le jeu des flammes sur les poutres.

La porte s'ouvrit à la volée et Rogan se rua en trombe dans la chambre.

— Cette fois, vous êtes allée trop loin ! rugit-il. Je ne vous ai pas donné la permission de renvoyer les femmes.

Liana tourna la tête pour le regarder. Il ne portait qu'une grande chemise blanche, nouée à la taille par une ceinture de cuir et ses braies. Les manches relevées jusqu'aux coudes révélaient des avant-bras musclés et couverts de cicatrices.

Il hurlait toujours mais elle ne l'écoutait pas. Elle se dressa dans la baignoire.

— Vous voulez bien me passer ce linge ? demanda-t-elle dans le silence soudain.

Les yeux braqués sur elle, il ne bougeait plus. Malgré toutes les femmes qu'il avait possédées, il n'avait jamais eu le loisir d'en *regarder* une. Tout à coup, il comprit le sens et la force du mot beauté. Il n'avait jamais rien vu, ni éprouvé de pareil. C'était une sensation profonde qui le bouleversait et même, oui, il s'en rendit compte avec surprise, qui le terrifiait un peu.

Je ne *la* laisserai pas utiliser son corps pour me faire oublier ce qu'elle a osé faire aujourd'hui, pensa-t-il. Pourtant ses pieds firent un pas vers elle et sa main se tendit pour toucher le voile blond de sa chevelure, le doux renflement de son sein.

Liana luttait pour ne pas perdre la tête. Elle désirait cet homme, oh oui, elle le désirait, mais elle voulait plus que quelques minutes d'accouplement bestial. Elle dénoua le nœud qui fermait sa chemise sous sa gorge puis effleura sa peau du bout des doigts.

— L'eau est encore chaude, dit-elle d'une voix douce. Peut-être me permettrez-vous de vous laver.

Dans l'esprit de Rogan, un bain n'était qu'une perte de temps mais l'idée d'être lavé par cette femme nue...

Il se déshabilla en quelques secondes et l'empoigna. Liana lui échappa dans un éclat de rire.

— Votre bain, milord !

Et Rogan se surprit à grimper dans la baignoire.

L'eau chaude était agréable sur sa peau et les herbes qui flottaient à sa surface sentaient bon, mais mieux encore, il y avait cette femme, sa femme, cette beauté...

— Leah ? demanda-t-il tandis qu'elle s'agenouillait au bord de la baignoire et que ses seins frémissaient doucement par-dessus le rebord.

— Liana, répondit-elle avec un sourire.

Elle commença à le laver, faisant courir ses mains savonneuses sur ses bras, sa poitrine, son dos, son visage. Il s'adossa à la paroi et ferma les yeux.

— Liana, répéta-t-il doucement.

Vaguement, il crut se souvenir que cette femme avait commis une mauvaise action aujourd'hui mais il ne se rappelait plus de quoi il s'agissait. Elle était si petite, si angélique, si rose et blanche, qu'il ne pouvait l'imaginer faisant quoi que ce soit de mal.

Il leva ses jambes pour qu'elle puisse les laver, puis il lui obéit quand elle lui ordonna de se mettre debout. Elle glissa ses doigts chauds et doux entre ses jambes. Il gémit de plaisir. Confus, il la repoussa rudement, l'envoyant contre le mur.

— Vous m'avez fait mal ! s'exclama-t-elle.

Rogan avait déjà tué de sang-froid sans éprouver le moindre remords, mais il ne supporta pas d'avoir blessé Liana. Malgré lui, il bondit hors de la baignoire et alla s'agenouiller auprès d'elle.

— Laissez-moi voir, dit-il.

Une légère contusion marquait sa peau d'albâtre.

— C'est trois fois rien, conclut-il. (Il fit courir sa grosse main calleuse le long de son dos mince.) Vous avez la peau aussi délicate que celle d'un poulain nouveau-né.

Liana roula les yeux et réprima un gloussement. Elle posa la tête contre son épaule.

— Votre bain vous a-t-il procuré du plaisir ?

Gêné, Rogan sentit le sang affluer à son visage ; il la dévisagea et quand il vit l'étincelle dans ses yeux, il comprit qu'elle le taquinait. Il avait vu ses frères badiner avec des femmes et s'était toujours étonné qu'on pût perdre son temps à de telles futilités. Encore une fois, avec celle-ci, c'était différent.

— Beaucoup trop, s'entendit-il dire à sa grande stupeur.

Liana rit contre son épaule.

— Serait-ce trop demander, cette fois, de me le faire partager ?

Pendant un instant, il envisagea de la rosser pour son insolence puis il glissa la main le long de ses hanches. La soulevant vivement dans ses bras, il l'étendit avec douceur sur le lit.

Et tandis qu'il la contemplait, il se rendit compte qu'il voulait s'attarder aux préliminaires et non la pénétrer incontinent puis s'en aller dormir ailleurs comme il le faisait habituellement. Peut-être parce que « le bain lui avait procuré du plaisir », comme elle disait, ou peut-être parce qu'il avait envie de la toucher comme elle l'avait touché, il s'allongea à ses côtés, dressé sur un coude, et posa la main sur son ventre légèrement bombé.

Liana ignorait que tout ceci était entièrement nouveau pour Rogan mais c'était exactement ainsi qu'elle avait imaginé l'amour avec un homme. Il explorait son corps comme s'il n'avait jamais vu de femme auparavant. Elle ferma les yeux quand il caressa ses jambes, passa entre ses cuisses, effleura son triangle d'or, frôla son nombril. Ses doigts remontèrent lentement jusqu'à ses seins. Il en enveloppa un puis l'autre, tandis que son pouce en agaçait doucement les mamelons.

Elle ouvrit les yeux pour le regarder et vit la douceur dans ses yeux et, soudain, elle sut pourquoi elle avait accepté de l'épouser. Elle avait deviné, sous l'écorce de rudesse, une tendresse qu'il n'avait jamais osé montrer à personne. Elle frémit quand elle songea à la souffrance qu'il avait dû connaître pour se réfugier dans cette carapace glacée et solitaire. Mais, à présent, elle comprenait que Rogan n'était pas l'homme qu'il semblait être.

Je l'aime, pensa-t-elle. Je l'aime de toute mon âme et de tout mon être. Et, si Dieu le veut, je vais faire qu'il m'aime aussi.

Elle posa la main sur sa mâchoire, moins rugueuse à présent qu'une barbe de huit jours la couvrait. Tu auras besoin de moi, se promit-elle. Et tu te sentiras assez en sécurité avec moi pour me laisser voir cette douceur même quand je suis habillée.

L'idée la fit sourire et elle roula vers lui. Il l'étreignit et lui caressa le dos. Puis il embrassa sa bouche, son cou, ses seins... Liana se tendit et poussa un cri de plaisir.

Rogan contenait son impatience. Jusqu'ici, il n'avait connu que des vierges effarouchées ou bien des femmes très expérimentées, qui, toutes, avaient toujours voulu le satisfaire. Bien sûr, aucune d'entre elles ne lui avait offert un bain, ni même laissé du papier et des plumes dans sa chambre. Peut-être essayait-il simplement de payer sa dette, mais il aimait sentir Liana fondre sous ses doigts. Son plaisir lui donnait du plaisir.

Ses lèvres suivirent ses mains le long de son corps et il se rassasia de son parfum et de sa saveur, si différents de ceux des Journées qui, parfois, empestaient tant qu'il les chassait du lit. Liana exhalait des senteurs d'épices précieuses.

Il reprit ses lèvres, stupéfait de constater à quel point il la désirait. Elle s'accrochait à lui et, quand il la pénétra, elle s'arc-bouta à sa rencontre avec une force qui n'avait rien à envier à la sienne.

Jamais il n'avait connu cela avec une femme ! Elle était passionnée à un point incroyable et elle finit par le repousser pour le chevaucher, sa chevelure les enveloppant tous les deux dans une cage dorée dont il était impossible de s'échapper.

Rogan, en mâle égoïste, n'avait jamais songé au plaisir de sa partenaire. Celui de Liana lui procura une jouissance sans nom. Et quand, enfin, une lame de fond l'emporta dans des abysses inconnus, il crut mourir de plaisir.

Il s'effondra sur elle et, au lieu de la repousser, il l'agrippa comme un homme sur le point de se noyer s'accroche à une planche de salut.

Liana, comblée, se blottit contre lui.

— C'était merveilleux, chuchota-t-elle. Je me suis crue au paradis. Je savais que le mariage serait ainsi.

Rogan la lâcha et roula à l'autre bout du lit, mais Liana accompagna son mouvement, la tête sur son épaule, le bras en travers de sa poitrine, la cuisse nouée à la sienne. Elle n'avait aucune idée du trouble qui s'était emparé Rogan : il voulait la quitter mais en était incapable.

— Comment était ton frère William ? Avait-il, comme toi, les cheveux roux ?

Sans même s'en rendre compte, elle l'avait tutoyé. Rogan n'eut pas l'air de s'en formaliser.

— Je ne suis pas roux ! s'indigna-t-il.

— Dans le soleil, on dirait que tes cheveux s'embrasent. William te ressemblait-il ?

— Notre père était rouquin, mais je tiens mes cheveux noirs de ma mère.

— Ah... C'était donc une rousse, elle aussi...

— Je n'ai... commença Rogan avant de s'arrêter avec un sourire. Comme ça, ils s'embrasent au soleil ?

— Et tes autres frères ? Étaient-ils roux, eux aussi ?

Il songea à ses frères morts, se remémorant leur jeunesse, leur force. Ils avaient la vaillance d'un lion. Comment aurait-il pu imaginer qu'un jour il deviendrait le chef du clan ?

— La mère de Rowland, de Basil et de James était brune. Ils étaient bruns, eux aussi.

— Et Severn et Zared ?

— La mère de Severn était blonde comme...

Il ne put finir. Elle avait pris sa main et la caressait. Quelle idée ! se dit-il. Il ferait mieux de se lever et d'aller dormir plutôt que d'évoquer des souvenirs pénibles. Sauf que Severn et Zared étaient vivants, eux.

— Comme moi, acheva gaiement Liana. C'était aussi la mère de Zared ? C'est curieux, il est très brun.

Liana ne vit pas le sourire de Rogan dans la lumière tamisée.

— Non, la mère de Zared était brune. Celle de Severn est morte en couches.

— Donc ton père a eu quatre femmes et sept fils ?

Rogan hésita avant de répondre.

— Oui.

— Ce devait être agréable d'avoir des frères. J'ai souvent regretté d'être enfant unique. Jouiez-vous ensemble ou bien avez-vous été placés en apprentissage chez d'autres chevaliers ?

Il se raidit. Avait-elle dit quelque chose de mal ?

— Il n'y a jamais eu de place pour les jeux dans notre existence. Et nous n'avons pas fait d'apprentissage. (Sa voix était glacée.) Dès que nous étions capables de tenir debout, nous nous entraînions à la guerre. Les Howard ont tué William quand il avait dix-huit ans, James vingt et Basil vingt et un ; Rowland a péri de leur main voilà deux ans, au seuil de la trentaine. A présent, je dois protéger Severn et Zared. (Il la souleva par les épaules pour la regarder dans les yeux.) Je suis responsable de la mort de James et de Basil. Ils ont perdu la vie à cause d'une femme et je préférerais pourrir en enfer plutôt que de recommencer. Tiens-toi éloignée de moi !

Il la repoussa brutalement et se leva.

— Rogan, je ne voulais pas... (La porte claqua.) Enfer et damnation ! jura-t-elle en martelant l'oreiller de ses poings.

Qu'avait-il voulu dire ? Comment aurait-il pu tuer ses frères ? Et à cause d'une femme !

— *Quelle* femme ? s'exclama-t-elle. Je vais lui arracher les yeux !

Cette pensée la réconforta. Plus que jamais, elle devait gagner son pari. Si les paysans lui livraient les voleurs, Rogan serait son esclave pendant une journée entière. Que pourrait-elle faire ? Exiger qu'il lui fasse l'amour pendant vingt-quatre heures ? Ou simplement lui demander de rester avec elle pour répondre à ses questions ? Insensiblement, elle glissa dans le sommeil.

Le lendemain matin, elle se leva tôt, bien décidée à tirer les vers du nez à son mari. Ne le trouvant nulle part, elle sortit dans la cour et gravit l'escalier menant au corps de garde. Dans l'énorme salle, deux cents hommes assis sur des bancs crasseux dévoraient du pain rempli de sable et buvaient du vin aigre. Aucun ne lui prêta la moindre attention.

Toute sa bonne humeur envolée, Liana sortit et croisa Severn.

— Où est mon mari ?

— Il est parti pour Bevan ce matin, répondit son beau-frère sans la regarder.

— Bevan ? Là où votre famille a été assiégée et affamée ?

Severn lui jeta un coup d'œil.

— Exact.

— Quand reviendra-t-il ?

Severn haussa les épaules et s'éloigna.

Soulevant ses jupes, Liana lui emboîta le pas.

— Il est parti comme cela ? Sans un mot pour quiconque ? Il n'a dit à personne quand il comptait revenir ? Je veux que vous donniez aux hommes la permission de curer les douves.

Cette fois, Severn s'arrêta pour la dévisager.

— Curer les douves ? Auriez-vous perdu l'esprit ? Les Howard pourraient...

— Traverser ce fossé à pied sec dans l'état où il se trouve actuellement. Quand mon mari reviendra-t-il ?

Une étincelle brilla dans les yeux de Severn.

— Mon frère est parti avant l'aube, disant seulement qu'il se rendait au château de Bevan. Pourquoi ne pas lui avoir demandé la permission de curer les douves ?

Liana ne répondit pas.

— Vous avez eu la frousse, hein ? reprit Severn avec un petit sourire.

Liana s'empourpra. Dans le mille !

— Ne comptez pas sur moi pour vous donner l'autorisation. Si, à son retour, Rogan voit les douves asséchées...

Il tourna les talons.

Liana le suivit des yeux. Le départ de Rogan la bouleversait, mais son absence avait peut-être du bon : elle aurait les coudées plus franches pour remettre un peu d'ordre au château et au village. Severn était un homme beaucoup plus conciliant que Rogan. Elle possédait une arme secrète pour l'amener à composition. Avec son père, le moyen avait toujours été infaillible.

Redressant sa coiffe, elle se dirigea d'un pas décidé vers les cuisines.

Il était très tard ce soir-là quand elle remonta dans sa chambre. Epuisée mais satisfaite, elle avait enfin obtenu la permission de curer les douves.

Ne ménageant pas sa peine — il lui avait fallu toute la journée —, elle avait réussi à faire nettoyer les cuisines et les communs et avait offert à Severn et aux chevaliers un festin digne d'un roi : bœuf rôti, poulet aux oranges, lapin mariné aux oignons et aux raisins, tourtes au fromage et aux épinards, tartes aux poires et aux pommes, le tout arrosé d'un excellent vin dont elle avait apporté quelques tonnelets de chez elle.

Quand Severn et ses hommes, qui ne s'étaient de leur vie régalés de mets aussi délicats, déclarèrent forfait, Liana comprit que la partie était gagnée. La panse gavée, Severn lui donna non seulement la permission qu'elle attendait mais offrit même son aide pour curer les douves. En riant, elle lui assura que cela ne serait pas nécessaire.

Si seulement mon mari était aussi facile à convaincre ! pensa-t-elle en s'enfonçant avec lassitude dans son matelas de plume. Elle essaya de ne pas penser à ce qu'il pouvait bien faire au château de Bevan. Etait-il dans les bras d'une autre femme ?

Assis devant la cheminée, insoucieux de la crasse qui l'entourait, Rogan n'avait d'yeux que pour la jolie paysanne qui se tenait devant lui.

En quittant Moray dès potron-minet ce matin-là, il n'aurait su dire au juste pourquoi il partait. Il s'était réveillé en sursaut en pensant à cette diablesse aux cheveux blonds qu'il avait épousée et s'était dit qu'il valait mieux se séparer d'elle un moment.

Escorté de quelques hommes, il s'était mis en route, faisant halte au village pour emmener Jeudi. La fille, en larmes, l'avait supplié de la laisser tranquille — la dame de Feu, sinon, la tuerait.

Dimanche et Mardi avaient eu la même réaction. Irrité, il était donc parti sans femme.

Le château de Bevan était bâti au sommet d'une grande colline abrupte et, avant d'entamer l'ascension, il avait choisi la première fille saine venue. Maintenant elle frissonnait devant lui de tous ses membres. Elle était plus jeune qu'il ne l'avait cru tout d'abord.

— Cesse de trembler ! ordonna-t-il, l'air sinistre.

La remarque eut le don d'effrayer la fille davantage et d'accroître l'exaspération de Rogan.

— Embrasse-moi !

Les larmes commencèrent à ruisseler sur le visage de la fille, mais elle s'avança pour déposer un bref baiser sur sa joue. Rogan, saisissant ses cheveux gras, attira sa bouche contre la sienne et l'embrassa avidement. Puis il la repoussa si brutalement qu'elle tomba à terre.

— Ne me faites pas de mal, je vous en prie, messire ! supplia-t-elle. Je ferai tout ce que vous voudrez, mais ne me faites pas de mal !

Tout désir abandonna Rogan. Il se souvenait trop bien d'une femme qui le chevauchait, d'une femme qui ne sentait pas la crasse et le purin.

— Va-t'en ! dit-il d'une voix sourde.

Elle n'osa pas bouger.

— Va-t'en avant que je ne change d'avis ! hurla-t-il.

Elle s'enfuit à toutes jambes.

Rogan se dirigea vers un des tonneaux alignés le long d'un mur et emplit de bière une chope crasseuse. Après avoir bu le breuvage amer, il flanqua un coup de pied dans les côtes d'un chevalier qui dormait à même le sol.

— Debout ! Trouve-moi des dés. Je n'ai pas sommeil.

9

Liana massa ses reins douloureux. Deux longues semaines s'étaient écoulées depuis le départ de Rogan et elle avait accompli de véritables miracles au château et au village. Au début, redoutant la colère de leur maître, les paysans avaient rechigné à lui obéir. Mais, certains s'étant mis à la tâche impunément, les autres avaient fini par leur emboîter le pas.

On avait réparé les maisons, acheté des vêtements neufs et abattu du bétail pour nourrir ces gens affamés. A la fin de la première semaine, les paysans étaient persuadés que Liana était un ange descendu du Ciel.

Le nettoyage du village et du château donna à Liana de grandes satisfactions sauf sur un point : elle découvrit une multitude d'enfants rouquins. Au début, elle prit pour une coïncidence le fait que ces gamins avaient des cheveux de l'exacte nuance de ceux de Rogan. Mais quand un garçonnet d'une huitaine d'années leva vers elle les mêmes yeux durs que son mari, Liana demanda qui était son père.

Les paysans, embarrassés, fixèrent aussitôt le sol. Liana répéta sa question et attendit. Enfin, une jeune femme s'avança. Liana reconnut l'une des Journées.

— Lord Rogan, déclara la femme d'un air de défi.

Liana vit les paysans se crisper comme dans l'attente d'un coup.

— Y a-t-il beaucoup d'autres enfants de mon mari ?

— Une douzaine. (Le menton de la fille se haussa un peu plus.) Et celui que je porte.

Liana demeura interdite. Elle ne savait pas ce qui l'irritait le plus : que son mari ait semé tant de bâtards ou qu'il ait laissé ses enfants vivre dans un tel dénuement. Tous l'observaient, guettant sa réaction. Elle prit une profonde inspiration.

— Rassemblez les enfants et envoyez-les au château. Je pourvoirai à leurs besoins.

— Avec leurs mères ? demanda la Journée dont la voix et l'attitude trahissaient un sentiment de triomphe.

Liana lui lança un regard noir.

— Le choix vous appartient : soit vous me confiez votre enfant une fois sevré, soit vous l'élevez. Cela dit, je ne prendrai aucune mère en charge.

— Oui, milady, dit la fille avec humilité.

Liana entendit quelques femmes marmonner leur approbation.

L'après-midi était largement entamé quand elle quitta le village. Elle franchit les douves — à sec, désormais —, examina d'un œil approbateur la cour du château qui était presque propre et monta directement à sa chambre.

Elle évita Joice qui avait une liste de questions et de plaintes à lui soumettre et grimpa jusqu'aux pièces du dernier étage. A plusieurs reprises, elle avait voulu rendre visite à la femme qui filait de la laine, mais, chaque fois, elle s'était heurtée à une porte close.

Toutes les chambres avaient été nettoyées et certaines logeaient ses suivantes. La plupart, cependant, restaient inoccupées, dans l'attente d'éventuels invités. Au bout du couloir, la porte de la dame était entrouverte. Liana l'observa quelques instants, penchée sur sa tapisserie, sa chevelure illuminée par un rayon de soleil.

— Bonsoir, mon enfant, dit la femme en tournant la tête vers elle. Entre, je te prie, et ferme la porte. Il y a un courant d'air.

Liana obéit.

— Je suis passée vous voir plusieurs fois, mais vous n'étiez pas là. Rogan est parti au château de Bevan.

De nouveau, elle eut l'impression de connaître cette femme depuis toujours.

— Oui, et tu as fait un pari avec lui. Il devra être ton esclave pour un jour, n'est-ce pas ?

Liana sourit et la rejoignit pour regarder sa tapisserie par-dessus son épaule. L'ouvrage, quasiment achevé, représentait une mince femme blonde dont la main reposait sur la tête d'une licorne.

— Ce pourrait être toi, dit la dame. Qu'as-tu prévu pour ta journée avec Rogan ?

Liana eut un sourire rêveur.

— Une longue promenade dans les bois, peut-être. Toute une journée entièrement seuls. Sans frères, sans responsabilités, sans chevaliers, rien que nous deux. Je veux avoir toute son... attention. (Comme la dame ne répondait pas, Liana la dévisagea et vit que son sourire avait disparu.) Vous n'approuvez pas ?

— Ce ne sont pas mes affaires, fit-elle avec douceur. Mais je crois me rappeler que Jeanne et lui se promenaient souvent ensemble.

— Jeanne ?

— Jeanne Howard.

— Howard ! s'exclama Liana. Les mêmes Howard qui sont les ennemis jurés des Peregrine ? Depuis mon mariage, je n'entends parler que de ça : comment les Howard ont volé les terres des Peregrine, assassiné les Peregrine, affamé les Peregrine. Et vous me dites que Rogan a autrefois *courtisé* une Howard ?

— Rogan a été le mari de Jeanne avant qu'elle ne devienne une Howard.

Liana se laissa tomber sur un siège près de la fenêtre.

— Racontez-moi, murmura-t-elle.

— A l'âge de seize ans, Rogan a été marié à Jeanne Randel qui en avait quinze. Un an plus tôt, ses parents et son frère William étaient morts de faim à Bevan et les trois aînés des Peregrine étaient si occupés à faire la guerre aux Howard qu'ils n'avaient pas le temps de se marier. Ils ont donc décidé que Rogan devait le faire, pour obtenir la dot de la fille et leur donner des fils qui combattraient à leurs côtés. Rogan ne voulait pas de ce mariage, mais ses frères ont su lui faire entendre raison.

La dame se tourna vers Liana.

— Depuis sa naissance, Rogan n'a connu que la douleur et la dureté. Il n'a pas récolté toutes ses cicatrices sur les champs de bataille. Ses frères et son père lui en ont administré quelques-unes.

— Ainsi, ses frères lui ont forcé la main ?

— Oui, mais il n'était plus aussi réticent après avoir vu Jeanne. C'était une jeune fille délicieuse, tranquille et douce. Sa mère était morte alors qu'elle était toute petite, et, en tant que pupille du Roi, elle avait été élevée dans un couvent. Passer de la compagnie des nonnes à celle des Peregrine n'a pas dû être facile.

» Rogan, peu à peu, s'est épris d'elle. Lui, habitué à être rudoyé, était fasciné par tant de gentillesse. Je me souviens qu'un jour, au retour d'une promenade, ils avaient tous les deux des fleurs dans les cheveux.

Liana se mordit les joues pour ne pas montrer sa souffrance. Il offrait des fleurs à sa première épouse mais ne parvenait pas à se souvenir du prénom de la deuxième !

— Ils étaient mariés depuis environ quatre mois quand les Howard ont enlevé Jeanne. Rogan et elle se promenaient seuls dans les bois. Rowland avait souvent dit à Rogan de ne pas sortir sans escorte, mais Rogan se croyait invincible quand il était avec Jeanne. Je crois qu'ils avaient nagé et... (la dame vit le visage blême de Liana)... qu'ils faisaient la sieste quand les hommes d'Oliver Howard leur sont tombés dessus. Rogan n'a pas eu le temps de tirer son épée, mais il a réussi à désarçonner deux assaillants. Il en a étranglé un avant que les autres n'interviennent. Hélas, c'était le frère cadet d'Oliver, ce qui a mis l'aîné de fort méchante humeur. Il a ordonné à ses hommes de tenir Rogan et lui a décoché trois flèches dans le corps. Il ne voulait pas le tuer, simplement montrer sa puissance. Puis la bande a décampé en emmenant Jeanne.

Liana fixa la dame, imaginant la scène atroce.

— Et qu'a fait Rogan ? murmura-t-elle.

— Il est retourné à pied au château, se vidant de son sang. Le lendemain, il est parti en compagnie de ses frères attaquer les Howard. Il a chevauché et combattu sans relâche à leurs côtés, puis, le troisième jour, il est tombé de son cheval, brûlant de fièvre. Quand il a repris conscience, deux semaines plus tard, Basil et James étaient morts.

— Il prétend que c'est lui qui a tué ses frères.

— Rogan a toujours pris ses responsabilités très au sérieux. Accompagné de Rowland et de

Severn, il a harcelé les Howard pendant plus d'un an. Manquant d'hommes et d'argent, les Peregrine ne pouvaient faire le siège en règle du château des Howard. Alors, ils se livraient à la guérilla, volant des vivres, brûlant les maisons des paysans, empoisonnant les puits... Ce fut une année d'enfer. Et puis...

— Et puis ?
— Jeanne est venue voir Rogan.

Liana attendit, mais la dame n'en dit pas plus, s'absorbant dans son ouvrage.

— Que s'est-il passé ? insista Liana.
— Jeanne était enceinte de six mois de l'enfant d'Oliver Howard et très amoureuse de lui. Elle a supplié Rogan de faire annuler leur mariage afin qu'elle puisse épouser Oliver.

— Le malheureux ! s'exclama Liana. Comment a-t-elle pu lui faire cela ? Oliver Howard l'avait-il forcée à entreprendre cette démarche ?

— Elle a agi de son plein gré. Elle aimait Oliver, et Oliver l'aimait. Au vrai, il lui avait interdit d'aller trouver Rogan. Il projetait de le tuer. Jeanne devait sans doute éprouver une réelle affection pour Rogan car sa visite lui a probablement sauvé la vie. Après son entrevue avec Jeanne, il est rentré, a demandé l'annulation du mariage et la guerre a cessé.

Liana se leva et se mit à arpenter la pièce.

— Eh bien, puisque Rogan et Jeanne avaient l'habitude de se promener ensemble, je vais préparer une fête. Nous danserons. Il y aura des troubadours, des acrobates et...

— Comme à ton mariage ?

Liana se tut, se souvenant du jour de ses noces et de l'indifférence de Rogan.

— Je veux qu'il passe du temps avec moi, dit-elle. Il ne me remarque pas, sauf au lit. Je veux être plus pour lui que... qu'un jour de la semaine. Je veux qu'il...

— Que veux-tu de lui ?

— Je veux ce que Jeanne Howard a eu et a foulé aux pieds ! fit Liana avec violence. Je veux que Rogan m'aime !

— Et tu penses arriver à ce résultat grâce à des promenades dans les bois ? demanda la dame qui semblait très amusée.

Une immense lassitude s'empara de Liana.

— Que puis-je faire ? demanda-t-elle d'une voix rauque. Comment lui montrer que je ne suis pas Jeanne Howard ? Que dois-je faire pour gagner son amour ?

Elle regarda la dame, pleine d'espoir. Mais celle-ci secoua la tête.

— Ce n'est pas moi qui possède la réponse. La tâche est peut-être impossible. La plupart des femmes se contenteraient d'un mari qui ne les bat pas et qui assouvit ses besoins avec d'autres femmes. Rogan te donnera des enfants, et ceux-ci pourront t'être d'un grand réconfort.

Liana pinça les lèvres.

— Des enfants qui grandiront pour combattre les Howard et mourir ? Devrais-je rester là sans rien dire tandis que mon mari leur montrera des crânes de cheval et leur enseignera la haine ? Rogan engloutit tous mes revenus, ainsi que ceux des paysans dans ses machines de guerre. Sa haine l'aveugle. Il fait des enfants aux paysannes, puis les laisse crever de faim. Si, un jour, un jour seulement, il pouvait oublier les Howard, oublier qu'il est désormais l'aîné des Peregrine... S'il pouvait simplement *voir* que sa haine est en train de faire mourir ses serfs à petit feu, alors il pourrait...

Elle s'interrompit, les yeux écarquillés.

— Il pourrait quoi ?

— Il y a peu, les paysans m'ont demandé la permission de célébrer la Saint-Eustache. Pourquoi aurais-je refusé ? Si Rogan pouvait voir ces gens, leur parler... s'il voyait ses propres enfants...

La dame sourit.

— Il quitte rarement les siens et je doute qu'il accepte de passer la journée seul avec toi. Cela lui a autrefois coûté de perdre sa femme et deux de ses frères. Non, il n'accédera pas à ce genre de requête de ta part.

La dame regarda la porte, tendant l'oreille.

— Ta suivante te cherche. Il faut que tu partes.

Au moment de sortir, Liana se retourna.

— Pourrai-je vous revoir ? Votre porte est souvent fermée.

La dame sourit.

— Quand tu auras besoin de moi, je serai là.

Liana sourit en retour et quitta la pièce. Elle entendit le verrou tourner dès que la porte fut refermée. Il y avait de nombreuses questions qu'elle aurait voulu poser à la dame mais, en sa présence, elle semblait chaque fois les oublier.

Percevant une clameur dans la cour, elle descendit l'escalier. Joice la cherchait effectivement. Lord Rogan était de retour et, le suivant de près, venait tout le village. Liana s'immobilisa sur la dernière marche. Rogan était bien là et les villageois poussaient une charrette vers lui sur laquelle gisaient deux cadavres. Un père et son fils, lui apprit Joice.

— Voilà vos voleurs ! ajouta sa suivante. Tout s'est passé comme vous l'aviez prévu. Les paysans les ont pendus. Certains chevaliers disent que c'était pour éviter que lord Rogan ne les torture. Ils affirment que les voleurs étaient comme Robin des Bois, qu'ils partageaient le fruit de leurs rapines et que les paysans les aimaient bien. Mais ils les ont pendus pour vous, milady.

Cet honneur douteux fit grimacer Liana. Puis elle marcha vers son mari, le cœur battant.

Rogan était toujours en selle ; les derniers rayons de soleil enflammaient sa chevelure. Le bel étalon encensait, sentant la fureur de son maître. Sourcils froncés, Rogan contemplait la cour impeccable, ces paysans qui avaient perdu leur air misérable.

Liana vit venir l'orage.

— J'ai gagné mon pari ! s'exclama-t-elle d'une voix aussi forte que possible pour détourner son attention sur elle.

Rogan tira sur ses rênes et se tourna vers elle, les yeux étincelants de fureur. Voilà comment il devait regarder les Howard, se dit-elle. Je ne suis pas ta première femme, pensa-t-elle, le menton fièrement dressé, s'efforçant de réprimer les tremblements de son corps. Elle n'avait qu'une envie : détaler à toutes jambes et se réfugier sous ses couvertures.

— J'ai gagné, se força-t-elle à répéter. Viens et sois mon esclave.

Elle pivota, incapable de supporter plus longtemps le feu qui dévorait ces yeux verts.

Rogan sauta de selle. Il tendit les rênes à un

garçon d'écurie rouquin qu'il examina une fraction de seconde avec la sensation bizarre que ce gamin lui était familier.

— L'esclave d'une femme pendant une journée ? s'esclaffa Severn.

Rogan le foudroya du regard.

— C'est toi qui as donné la permission de curer les douves ? Et ça ? (D'un geste circulaire, il engloba la cour et les deux cadavres sur la charrette.) Est-ce ton idée ? Dès que j'ai le dos tourné...

— L'initiative en revient à ta femme, pas à moi, dit Severn sans perdre sa bonne humeur. Elle a plus fait en quelques semaines que toi et moi...

Rogan le bouscula et s'élança dans l'escalier.

Severn bondit à sa suite. Dans la salle d'armes, il ne trouva que Zared.

— Où est-il ? demanda-t-il.

— Là.

Zared montrait la pièce attenante, traditionnellement réservée au chef de la famille Peregrine. C'était un lieu sacré. Nul n'avait le droit de déranger celui qui s'y trouvait, sauf en cas d'attaque imminente.

Sans hésiter, Severn ouvrit violemment la porte.

— Sors d'ici ! rugit Rogan.

— Pour entendre les hommes traiter mon frère de couard ? Pour les entendre dire qu'il n'honore pas sa parole ?

— La parole donnée à une *femme*, ricana Rogan.

— Mais une parole donnée en public, devant moi, devant tes hommes et même les paysans.

Pourquoi ne pas accorder à cette femme ce qu'elle désire ? Elle voudra certainement que tu lui chantes un menuet ou que tu lui cueilles des fleurs. Que risques-tu à être l'esclave d'une femme pareille ? Tout ce qui semble l'intéresser, c'est la propreté... et toi. Dieu seul sait pourquoi ! Elle nous a posé à Zared et à moi des centaines de questions sur toi.

— Et tu lui as sans aucun doute tout raconté. Ah ! ça te plaît, de bavarder avec les femmes ! Toi et ta duchesse mariée...

— Ne prononce pas des paroles que tu pourrais regretter ! Oui, je parle à Iolanthe. Elle a la tête sur les épaules, tout comme Liana. Celle-ci avait raison quand elle a affirmé que les paysans nous livreraient les voleurs. Pendant deux ans, nous n'avons pas cessé de fouetter nos gens, ce qui ne les a pas empêchés de continuer à nous voler. Il a suffi que Liana les nourrisse et les décrasse pour qu'ils se traînent à ses pieds.

— Quand ils auront pris l'habitude de manger nos vaches, ils deviendront paresseux et attendront qu'on pourvoie à tous leurs besoins. Que voudront-ils après cela ? Des robes de soie ? Des fourrures pour l'hiver ? Des grives pour dîner ?

— Je ne sais pas, répondit Severn avec franchise. Mais cette femme a gagné son pari.

— Elle est comme les paysans. Si je lui donne ce qu'elle veut aujourd'hui, qu'exigera-t-elle demain ? Administrer le domaine ? Rendre la justice ? Entraîner mes hommes au combat ?

Severn dévisagea longuement son frère.

— Pourquoi as-tu peur d'elle ?

— *Peur* d'elle ? hurla Rogan. Je pourrais la briser en deux d'une seule main. Je pourrais la faire enfermer. L'envoyer, avec ses suivantes, à Bevan et ne plus jamais la revoir. Je pourrais...

Il se tut et se laissa tomber dans un siège.

Severn observa son frère avec stupéfaction. Ce géant invincible, cet homme intrépide qui ne tremblait jamais à la veille d'un combat, avait l'air d'un enfant effrayé. Pareille attitude déplut à Severn. Son aîné était toujours sûr de lui et n'hésitait jamais.

Severn regagna la porte.

— Je trouverai quelque chose à dire aux hommes. C'est évident qu'un Peregrine ne peut pas être l'esclave d'une femme. C'était une idée grotesque.

— Non, attends, dit Rogan sans le regarder. J'ai été fou d'accepter son pari. Je ne pensais pas qu'elle réussirait. Va lui demander ce qu'elle veut de moi. Peut-être désire-t-elle une nouvelle robe. Je ne tiens pas à gâcher de l'argent mais je suis prêt à payer ce prix.

Comme Severn ne répondait pas, Rogan finit par lever les yeux vers lui.

— Eh bien ? Tu as autre chose à faire ? Va le lui dire.

Severn eut subitement trop chaud.

— Elle risque de vouloir quelque chose de... plus personnel. Si Io m'avait comme esclave pour une journée, elle m'attacherait probablement sur le lit ou... (Il s'interrompit devant le regard intéressé de Rogan.) Qui sait ce que pense une femme ? Peut-être veut-elle seulement te faire frotter les parquets. Cette femme écoute plus qu'elle ne parle. En fait, elle en sait beaucoup plus sur nous que nous sur elle.

— Comme une parfaite espionne, marmonna Rogan.

Severn leva ses paumes vers le ciel.

— Espionne ou pas, je préfère rester neutre. Vas-y toi-même.

Il quitta la pièce, refermant la porte derrière lui.

Quelques instants plus tard, Rogan sortait à son tour et se dirigea vers le solarium. Ces dernières années, il n'y montait que pour chercher un faucon. Mais les volatiles avaient disparu et les murs étaient chaulés de frais. Trois grandes tapisseries y étaient suspendues et sa première pensée fut qu'il pourrait en tirer un bon prix. Il y avait des chaises, des tables, des tabourets et plusieurs métiers à tisser.

A son entrée, les femmes cessèrent leur bavardage et le fixèrent comme s'il était un démon tout droit sorti de l'enfer. Liana, assise près de la fenêtre, avait ce regard calme qu'il connaissait maintenant si bien, mais il connaissait mieux encore son corps et cette idée lui chauffa le sang.

— Dehors !

Les femmes s'égaillèrent comme un vol de mouettes effarouchées.

Une fois seul avec Liana, il resta prudemment à distance.

— Que veux-tu de moi ? demanda-t-il, menaçant. Je ne me ridiculiserai pas devant mes hommes. Je ne frotterai pas les parquets.

Liana, éberluée, cligna des paupières, puis sourit.

— Je n'ai jamais pris plaisir à ridiculiser quelqu'un.

Très lentement, elle enleva sa coiffe pour laisser ses longs cheveux dorés cascader autour d'elle. Elle secoua légèrement la tête pour les faire onduler.

— Tu dois être fatigué après ton voyage, reprit-elle. Viens t'asseoir près de moi. J'ai du vin et de la nourriture.

Il ne bougea pas d'un pouce, la prunelle étincelante.

— Essaierais-tu de me séduire ?

Liana lui jeta un regard exaspéré.

— Oui, je veux te séduire. Quel mal y a-t-il à cela ? Tu es mon mari et je ne t'ai pas vu depuis des semaines. Viens me raconter ce que tu as fait et je te dirai ce que nous avons trouvé dans les douves. (Elle versa du vin dans un gobelet d'argent qu'elle lui apporta.) Bois, il vient d'Espagne.

Rogan vida le gobelet d'un trait, puis le fixa avec surprise : le vin était délicieux.

Liana éclata de rire.

— J'ai donné quelques recettes à tes cuisiniers. (Elle le prit par la main et le tira gentiment vers le siège près de la fenêtre.) Oh, Rogan, ton aide m'aurait été bien utile. Tes gens sont si têtus, c'était comme de parler à des pierres. Tiens, goûte cette pêche au sirop. Et le pain devrait te plaire, il n'y a pas de sable dedans.

Avant même de s'en rendre compte, Rogan se retrouva affalé dans le siège capitonné, avalant un mets exquis après l'autre et écoutant des propos futiles sur le curage des douves.

— Combien de pièces ? se surprit-il à demander.

— Nous en avons trouvé six d'or, vingt d'argent et plus d'une centaine en bronze. Il y avait aussi huit cadavres à qui nous avons donné une sépulture. (Elle se signa.) Tu es mal installé. Allonge-toi et pose ta tête sur mes cuisses.

Il ferait mieux de partir, mais il était fatigué et le vin le détendait. La soie de sa jupe était douce contre sa joue et elle lui caressa les tempes, jouant avec les boucles de ses cheveux. Quand elle commença à chantonner, il ferma les yeux.

Liana contempla le bel homme qui dormait sur ses genoux, souhaitant que ce moment ne finisse jamais. Il semblait tellement plus jeune quand il était endormi, ses traits n'étaient plus aussi durs, le poids de ses responsabilités ne pesait plus aussi lourd sur ses larges épaules.

Il dormit paisiblement pendant près d'une heure, puis Severn fit irruption dans la pièce dans un bruit de ferraille car il portait une armure d'une bonne cinquantaine de livres.

Conditionné à la guerre, Rogan se redressa en sursaut.

— Qu'y a-t-il ?

Severn dévisagea alternativement son frère et sa belle-sœur. Jamais Rogan n'avait regardé une femme avant le coucher du soleil et encore moins dormi sur ses genoux. Une telle douceur chez son frère était stupéfiante. Severn fronça les sourcils.

Jusqu'à présent, il avait pris le parti de Liana mais, à la vérité, la rudesse de Rogan provoquait souvent chez Severn le besoin de s'opposer à lui. Il n'aimait pas que cette femme parvienne à faire oublier son rôle à Rogan. A peine une heure plus tôt, son frère redoutait de revoir son épouse après quelques semaines d'absence et voilà qu'il dormait dans son giron ! Après tout, Rogan avait peut-être raison de craindre le pouvoir de cette femme. Saurait-elle lui faire oublier ses devoirs ?

Son honneur ? Elle voulait traiter correctement les paysans, mais cela signifiait-il qu'elle ferait oublier à Rogan la guerre contre les Howard ?

Severn ne voulait pas que son aîné s'amollisse. Jouer à des jeux puérils avec une femme était une chose, négliger ses devoirs pour rester allongé auprès d'elle tout un après-midi en était une autre.

— J'ignorais que c'était fête aujourd'hui et que nous devions passer cette journée à nous amuser, déclara-t-il, sarcastique. Je vous demande pardon. Je vais laisser les hommes s'entraîner seuls, sans moi, et je jugerai les paysans puisque tu es... trop occupé.

— Va entraîner les hommes, aboya Rogan. Je rendrai justice. Et si tu ne veux pas la retrouver dans ton assiette ce soir, tiens ta langue.

Severn se détourna à temps pour dissimuler son sourire et s'en fut. Il avait retrouvé son frère : l'homme qui grondait et terrifiait ses interlocuteurs, l'homme qui le traitait comme s'il était toujours un petit garçon. Liana pouvait changer le château, mais pas Rogan. D'ailleurs, personne ne changerait Rogan ! Rien, ni personne.

Liana avait aussitôt compris ce que Severn essayait de faire. Elle avait vu son incrédulité en découvrant Rogan assoupi sur elle. Ici, tout le monde conspirait pour chasser toute douceur de la vie de Rogan. Elle posa les mains sur ses épaules.

— Je pourrais peut-être t'aider à rendre tes jugements, dit-elle. J'ai souvent assisté aux audiences avec mon père.

En fait, depuis la mort de sa mère, la tâche lui incombait entièrement, car son père avait toujours des choses plus importantes à faire — chasser au faucon, par exemple.

Rogan se dressa d'un bond et la toisa d'un œil mauvais.

— Tu vas trop loin, femme ! C'est moi, et moi seul, qui rends la justice sur mes terres !

Elle se leva à son tour.

— Il est vrai que tu t'en es tiré admirablement jusqu'à présent, n'est-ce pas ? fit-elle avec colère. Affamer tes gens, c'est là ton idée de justice ? Laisser les toits de leur maison s'effondrer sur leur tête, c'est de la justice aussi ? Et si deux hommes viennent te trouver pour une dispute, tu les pends tous les deux ? La justice ! Mais tu n'as aucune idée de ce que signifie ce mot. Tu ne sais que punir.

En voyant la rage lui déformer les traits, Liana crut qu'il allait l'ajouter à la longue liste de gens qu'il avait tués. Dissimulant sa peur, elle ne bougea pas d'un pouce et resta plantée là devant lui.

Soudain, quelque chose changea dans le regard de Rogan.

— Et que ferais-tu à celui qui a volé la vache d'un autre ? Tu les obligerais à prendre un bain ensemble ? A s'épouiller mutuellement ?

— Mais non, je... commença Liana avant de se rendre compte qu'il la taquinait. Je les obligerais à te supporter toi, ton mauvais caractère et ta puanteur pendant une journée entière. Cela devrait suffire.

— Oh ? fit-il en venant droit sur elle. Ma puanteur ne semblait pas trop te gêner.

Il l'attira à lui et elle se nicha contre sa poitrine. Non, sa puanteur, son mauvais caractère, ses regards furieux, ses disparitions, rien de tout cela ne la gênait. Il l'embrassa d'abord tendrement, puis sans retenue.

Il s'écarta enfin, haletant.

— Et que veux-tu de moi si j'accepte d'être ton esclave ? Passerons-nous toute la journée au lit ? Veux-tu que je sois à tes pieds tandis que, vêtue de mon heaume, tu me formuleras tes exigences ?

Liana ouvrit de grands yeux. Quelle idée intéressante ! Elle faillit accepter la suggestion, se réprimanda.

— Je veux que tu te déguises en paysan et que tu assistes à une foire avec moi.

Rogan cligna plusieurs fois des paupières avant de la repousser si brutalement qu'elle s'affala sur la banquette.

— Jamais de la vie ! s'écria-t-il, furieux. Tu me demandes d'aller à la mort. Tu *es* une espionne. Les Howard...

— *Au diable les Howard !* hurla Liana. Je désire simplement que tu passes une journée seul avec moi. Sans gardes pour nous surveiller, sans frères pour te provoquer. Je veux une journée entière avec toi... mais pas dans un lit. Ici, c'est impossible, ils ne te laisseraient pas tranquille. Alors, je te demande de cesser d'être, pour un jour seulement, lord Rogan. Et de partager avec moi un jour ordinaire à la fête des paysans. (Elle posa la main sur son bras.) S'il te plaît ! fit-elle en essayant de retrouver son calme. Ce sont des gens simples qui ont des plaisirs simples. Boire, manger, danser. Je crois même qu'ils ont prévu une pantomime. Ne peux-tu pas me consacrer une malheureuse journée ?

— Je ne peux pas... commença Rogan d'un ton

hésitant très inhabituel chez lui... Me promener sans armes parmi les paysans. Ils...

— ... ne te reconnaîtront pas. La moitié des hommes de ce village sont des bâtards de ton père... Ou de toi, ajouta-t-elle d'un ton quelque peu dégoûté.

Son insolence choqua Rogan. Il aurait dû la faire enfermer dans l'heure qui avait suivi leur mariage.

— Et tu crois qu'ils ne te reconnaîtront pas, toi non plus ?

— Je porterai un bandeau sur l'œil. Je saurai me déguiser, ne crains rien. Les paysans n'oseront jamais croire que leur seigneur et leur maîtresse se promènent parmi eux. Un jour, Rogan, s'il te plaît ?

Elle se pencha vers lui et il sentit une odeur de lavande.

— Oui.

Rogan faillit se retourner pour voir qui avait parlé. Mais il le savait : c'était lui.

Liana jeta ses bras autour de son cou et se mit en devoir d'embrasser chaque parcelle de peau qu'elle pouvait atteindre. Elle voyait son incrédulité se dissiper lentement. Pendant un bref instant, il la serra dans ses bras, d'un geste tendre qui n'avait rien de sensuel.

Il la lâcha immédiatement.

— Je dois y aller, murmura-t-il en s'écartant. Et tu restes ici. Pas question que tu te mêles de ma justice.

Elle fit de son mieux pour paraître déçue mais elle était trop heureuse.

— Je ne tiens pas à m'en mêler. Je suis une bonne épouse qui connaît son devoir et qui obéit en toute circonstance à son mari. J'essaie simplement de te rendre la vie plus agréable.

Rogan ne savait pas trop si elle se moquait de lui ou non. Il allait vraiment devoir faire quelque chose pour rabattre son insolence.

— Je dois y aller, répéta-t-il.

Elle lui tendit la main. Avec horreur, il se rendit compte qu'il contemplait ces doigts fuselés en hésitant, rongé par l'envie de retourner auprès d'elle. Il se précipita dehors. Il l'accompagnerait à la foire, se dit-il en dévalant l'escalier, et après cela, il l'enverrait à Bevan. Et il ferait revenir les Journées. Oui, voilà ce qu'il devait faire. Cette femme devenait décidément trop incontrôlable et prenait beaucoup trop d'importance dans sa vie.

Mais, en même temps qu'il se jurait de la renvoyer, il songeait aussi à apporter son heaume dans leur chambre à coucher cette nuit-là.

10

Dans les premières lueurs de l'aube, Liana contempla le profil de son mari endormi et sourit. Elle n'aurait pas dû. La veille, elle l'avait attendu pendant des heures. Finalement, mâchoires serrées, torche en main, elle était partie à sa recherche.

Elle n'avait pas eu à aller bien loin. Il se trouvait dans la salle d'armes, seul avec Severn. Les deux frères étaient ivres morts.

Vautré sur la table, Severn était parvenu à lever la tête pour la regarder.

— Nous avions l'habitude de boire ensemble, avait-il dit d'une voix épaissie par l'alcool. Mon frère et moi étions tout le temps ensemble, mais maintenant il a une femme.

— Et vous continuez à vous soûler ensemble. Viens, Rogan. Appuie-toi sur moi et remontons.

— Les femmes mettent la zizanie, avait marmonné Severn derrière elle.

Rogan, hébété, n'avait pas fait grand-chose pour l'aider dans l'escalier.

— Ton frère a besoin d'une femme, avait maugréé Liana en se démenant pour le hisser tant bien que mal. Peut-être qu'il nous laisserait un peu tranquilles s'il était marié.

Rogan fixait les marches devant lui comme s'il ne comprenait pas à quoi elles pouvaient bien servir.

— Faudra qu'elle ait beaucoup d'argent, avait-il déclaré d'une voix pâteuse. Beaucoup d'argent et beaucoup de chevaux.

Une fois dans la chambre, Rogan s'était élancé en titubant vers le lit et s'était endormi avant même d'avoir touché le matelas. Adieu la nuit d'amour, avait pensé Liana avant de se blottir contre lui.

A présent, en l'observant, elle éprouvait une folle excitation. Aujourd'hui, il allait être tout à elle.

— Milady ?

En découvrant Rogan endormi, Joice fronça les sourcils.

— Vous n'êtes pas prêts ? Les autres vont bientôt se lever et ils vous verront.

Il était évident, au ton de sa voix, qu'elle désapprouvait totalement le plan de sa maîtresse.

— Rogan, chuchota doucement Liana à l'oreille de son mari. Rogan, mon amour, il faut te lever. C'est le jour de la foire.

Il lui toucha la joue.

— Ah, Jeudi, murmura-t-il. C'est ton jour !

— Jeudi ! s'étrangla Liana avant de lui flanquer un solide coup de poing dans les côtes. Réveille-toi, ivrogne ! Je suis ta *femme*, pas une de tes traînées.

Rogan se protégea l'oreille avant de se tourner vers elle, éberlué.

— Pourquoi hurles-tu ? Nous sommes attaqués ?

— Tu viens de m'appeler Jeudi !

Déconcerté, il ne réagit pas : il ne voyait absolument pas en quoi cela pouvait la déranger. Liana soupira.

— Il faut te lever, reprit-elle. Nous allons à la foire.

— Quelle foire ?

— Les hommes ! grinça Liana. La foire à laquelle tu as promis de m'emmener. Le pari, tu te souviens ? Je nous ai procuré des guenilles de paysan mais il faut quitter le château dès l'ouverture des portes. Ma servante va s'enfermer ici et j'ai fait passer le mot que je voulais rester toute la journée au lit avec toi. Personne ne saura que nous sommes partis.

Rogan s'assit.

— Tu prends de drôles de responsabilités. Mes hommes doivent à chaque instant savoir où je suis.

— Dans ce cas, ils te suivront partout et les

paysans sauront qui nous sommes. Vas-tu reprendre ta parole ?

Selon Rogan, les femmes qui parlaient d'honneur et de parole entraient dans la même catégorie que les cochons volants : elles ne devraient pas exister.

Liana se pencha, sa magnifique chevelure ruisselant sur les bras musclés de Rogan.

— Une journée de plaisir, dit-elle avec douceur. Rien d'autre que manger, boire et danser. Aucun souci à te faire, ni à propos de tes hommes ni de rien d'autre. (Elle eut une subite inspiration.) Et tu apprendras peut-être quelque chose sur les Howard. Si ceux-ci nous espionnent, les paysans doivent le savoir.

Cet aspect de la question le fit réfléchir.

— Où sont ces hardes ?

Maintenant qu'il avait pris sa décision, tout alla très vite. Une fois déguisés, Liana fut certaine qu'on ne les reconnaîtrait pas... à condition que Rogan se souvienne de garder les épaules voûtées et la tête basse. Les paysans n'avaient pas la démarche fière du seigneur du château.

Ils arrivèrent à la porte principale à l'instant où les gardes soulevaient la herse. Personne ne leur prêta la moindre attention. Quand ils eurent franchi le pont-levis, Rogan s'arrêta.

— Où sont les chevaux ?

— Les paysans se déplacent à pied.

Il gronda.

Elle faillit lui rappeler ses longues promenades avec Jeanne Howard mais elle se retint.

— Allons, l'encouragea-t-elle. Nous allons rater la pantomime si nous ne nous dépêchons pas. A moins que tu ne préfères que j'achète ce vieil âne, là-bas. Pour quelques pièces, je devrais...

— Pas de dépenses inutiles ! Je sais marcher aussi bien que n'importe qui.

Ils parcoururent les deux lieues qui les séparaient du village, rejoints en cours de route par une foule de plus en plus nombreuse : des étrangers qui venaient vendre leurs marchandises, des voyageurs, des parents d'autres villages. Petit à petit, Liana sentait Rogan se détendre. Bien sûr, il restait sur ses gardes, car c'était un guerrier, mais la bonne humeur générale déteignait sur lui.

Ils arrivèrent enfin au village.

— Regarde ! s'exclama Liana en montrant les oriflammes plantées sur les tentes qu'avaient dressées des marchands ambulants. Qu'allons-nous prendre pour notre petit déjeuner ?

— Nous aurions dû manger avant de partir, fit-il solennellement.

Liana grimaça. Pourvu qu'il ne les oblige pas à jeûner toute la journée dans le but d'économiser quelques sous !

La foire se tenait dans un champ en friche à la lisière du village.

— Ce champ ne donnera plus de blé, grommela Rogan. Pas après avoir été ainsi piétiné par cette foule.

Liana serra les dents. Elle commençait à se demander si cette visite à la foire était une bonne idée. S'il passait la journée à noter les défaillances des paysans, il n'aurait plus qu'à passer les semaines qui suivaient à les punir.

— Le théâtre ! s'exclama Liana en désignant une grosse scène de bois qui s'élevait à un bout du champ. Certains comédiens sont venus de Londres et tout le village répète depuis huit jours. Viens vite ou nous n'aurons pas de place !

Elle l'entraîna vers un banc et ils s'assirent à côté d'une solide matrone munie d'un panier rempli de légumes pourris qu'elle comptait bien lancer sur les artistes si le spectacle n'était pas à son goût.

Liana se pencha vers Rogan.

— Nous aurions dû en apporter, nous aussi, chuchota-t-elle, espiègle.

— Et gâcher de la nourriture, grogna-t-il.

Sur la scène, un homme en habit d'arlequin jaillit de derrière le rideau sale et rapiécé. D'une voix forte, il annonça le titre de la pièce : *Le Seigneur apprivoisé*.

Le public s'esclaffa.

— Ce doit être une farce, dit Liana. (Remarquant le visage lugubre de Rogan, elle ajouta :) Enfin, je l'espère...

Le rideau fut tiré sur un décor austère. A l'arrière-plan, des arbres nus étaient plantés dans des pots et, à l'avant-scène, un vieil homme hideux, accroupi devant une gerbe de paille peinte en rouge pour figurer un feu, tenait un bâton sur lequel étaient embrochés trois rats.

— Viens, ma fille, le dîner va être prêt ! cria-t-il.

Une femme — ou ce qui semblait en être une — surgit de derrière le rideau. Elle se retourna vers le public. En réalité, le rôle était joué par un homme — et fort laid, qui plus est. Le public rugit. La femme posa la poupée de son qu'elle serrait dans ses bras et se redressa, révélant un ventre énorme. Elle regarda les rats.

— Ils ont l'air délicieux, père, fit-elle d'une voix suraiguë en s'accroupissant près du feu.

Liana sourit à Rogan mais celui-ci n'accordait guère d'attention à la pièce. Il scrutait les gens autour d'eux comme s'il cherchait des ennemis.

De la gauche de la scène, surgit un homme de grande taille, les épaules exagérément rejetées en arrière, le port arrogant. Il arborait une perruque de laine rouge et un faux nez en bec de faucon.

— De quoi, de quoi ! s'exclama-t-il. Je suis lord Busard et c'est de mon bétail que vous festoyez !

— Messire, gémit le père, ce ne sont que des rats !

— Mais ce sont *mes* rats ! rétorqua lord Busard avec superbe.

Liana se trémoussa, mal à l'aise. S'agissait-il d'une parodie de Rogan ?

Lord Busard saisit le vieillard par le col et lui enfonça le visage dans le feu.

— Pitié, monseigneur ! cria la laideronne en se dressant, horrifiée.

— Ah ! jubila lord Busard. Approche, ma jolie !

Le qualificatif déclencha l'hilarité de la foule.

La fille recula d'un pas tandis que le seigneur venait vers elle. D'un coup de pied, il expédia le bébé de son à l'autre bout de la scène et ouvrit son manteau, découvrant un membre impressionnant.

Le cœur de Liana s'emballa.

— Partons, dit-elle à Rogan.

Elle dut crier pour couvrir les rugissements du public. Rogan, soudain, fixa les yeux sur la scène et obligea Liana à se rasseoir.

Lord Busard se mit à pourchasser la femme,

puis les deux acteurs disparurent dans les coulisses. Aussitôt, un des enfants roux de Rogan bondit sur la scène et fit une révérence. Il était, à l'évidence, le produit de l'union de lord Busard avec la paysanne.

Une vieille femme parut, portant ce qui ressemblait à un fagot brunâtre qu'elle posa loin du père qui gisait toujours dans le feu.

— Maintenant, ma fille, nous n'aurons plus froid, dit-elle.

Un autre homme très laid s'avança, habillé en femme.

A la différence du premier, il n'avait ni ventre ni seins, mais était affublé d'un énorme postérieur.

Tandis que le public découvrait ces nouveaux protagonistes, un autre fils rouquin de Rogan traversa la scène au pas de course, déclenchant une nouvelle crise d'hilarité.

Liana n'osait pas regarder son mari. Sans doute allait-il faire raser le village le lendemain à la première heure... La mère et la fille se chauffaient les mains au-dessus du fagot quand lord Busard survint de nouveau. Son bec de faucon semblait avoir doublé de volume.

— Vous volez mon combustible ! s'écria-t-il.

— Ce n'est que de la bouse de vache ! gémit la vieille femme. Nous mourons de froid.

— Tu veux du feu, je vais t'en donner ! Qu'on la jette au bûcher ! ordonna-t-il.

Deux hommes se précipitèrent : des costauds à la mine patibulaire, le visage couturé de cicatrices. Ils empoignèrent la vieille et, insensibles à ses larmes et à ses cris, l'attachèrent à un arbre au fond de la scène. Ils placèrent de la paille peinte en rouge autour de ses pieds.

Pendant ce temps-là, lord Busard examinait la fille.

— Ah, viens ici, ma beauté !

L'acteur se tourna vers le public et fit une grimace si affreuse que Liana ne put réprimer un gloussement. De nouveau, lord Busard ouvrit son manteau pour révéler ses grotesques attributs virils et pourchassa sa proie jusque dans les coulisses tandis que la mère hurlait. Deux gamins rouquins surgirent des deux côtés opposés et se cognèrent l'un à l'autre.

— Et on n'est pas les seuls, annonça gaiement l'un d'eux à la foule.

Liana voulut persuader Rogan de partir. Tout à coup, une très jolie jeune fille, portant une longue robe blanche et une perruque de laine blonde qui lui descendait jusqu'aux pieds, entra en scène. L'actrice était censée la représenter, comprit-elle aussitôt. Comment ces gens cruels allaient-ils la représenter ?

Lord Busard la rejoignit, accompagné d'un prêtre qui entama une cérémonie de mariage. Lord Busard, visiblement au comble de l'ennui, ne regardait pas la jolie mariée. Il envoyait des baisers aux filles, clignait de l'œil, ouvrait et refermait son manteau pour montrer sa virilité. Son épouse, tête baissée et mains jointes, demeurait impassible.

Quand le prêtre annonça qu'ils étaient mari et femme, lord Busard saisit la fille aux épaules et se mit à la secouer. Des pièces tombèrent et ses hommes se précipitèrent pour les ramasser. Quand la manne se fut tarie, lord Busard tourna le dos à sa femme et s'apprêta à sortir de scène en envoyant des baisers à la foule et en exhibant ses attributs. Tête basse, la dame s'éloigna vers l'arrière-plan.

Soudain, survint un homme menant une vache.

— Qu'y a-t-il ? demanda lord Busard.

— Messire, cette bête a mangé ses légumes.

Lord Busard flatta l'encolure de l'animal.

— Il faut bien que les vaches se nourrissent. (Il partit, puis revint sur ses pas.) Et toi, en as-tu mangé ?

— Une bouchée d'un navet tombé de la bouche de la vache.

— Qu'on le pende !

Les deux chevaliers balafrés accoururent.

L'homme tomba à genoux.

— Messire, j'ai six enfants à nourrir ! Ayez pitié !

Lord Busard regarda ses hommes.

— Pendez toute la famille. Ça fera moins de bouches à nourrir.

Les chevaliers tirèrent l'homme vers le fond de la scène et lui passèrent une corde autour du cou. A ses côtés se trouvaient le vieillard tombé dans le feu, la vieille femme au bûcher et la dame en blanc.

Celle-ci contempla tous ces gens et secoua tristement la tête.

Deux accortes jeunes femmes arrivèrent en sautillant. Liana n'eut aucun mal à reconnaître deux des Journées. Le public — particulièrement les hommes — les acclama et les siffla tandis que les filles prenaient des poses avantageuses, ne laissant rien ignorer de leurs corps voluptueux.

Liana jeta un regard en coin vers Rogan. Pétrifié, il ne quittait pas la scène des yeux.

D'instinct, elle lui prit la main. A sa grande surprise, il l'étreignit.

Lord Busard s'immobilisa à la vue des Journées, puis leur bondit dessus, manteau ouvert. Tous trois roulèrent sur le plancher.

C'est alors que la dame blanche s'anima. Elle ôta sa toilette blanche, révélant une robe rouge. Elle ramassa un hennin rouge orné de longues flammes de papier et le posa sur sa perruque blonde.

— La dame de Feu ! hurla la foule, ravie.

La châtelaine, saisissant des fagots au pied du bûcher, les lança sur le trio qui se vautrait au milieu de la scène. Les Journées se mirent à hurler, se roulant par terre pour éteindre les flammes, et finirent par se ruer hors de la scène.

La dame de Feu toisa lord Busard toujours à terre et sortit de sa poche un collier de chien qu'elle lui passa au cou. Après lui avoir fixé une laisse, elle tira son mari vers les coulisses.

La foule poussa de folles acclamations, grimpant sur les bancs pour danser, tandis que, sur scène, les morts ressuscitaient. Six des fils de Rogan apparurent et jetèrent sur les arbres nus des filets couverts de fleurs pour indiquer qu'ils revenaient à la vie. Tous les acteurs, de retour sur scène, se mirent à chanter. La dame de Feu les précédait, tirant toujours lord Busard à quatre pattes.

Enfin, le rideau tomba et le public mit un terme à ses applaudissements. Les bancs commencèrent à se vider.

Rogan et Liana ne bougeaient pas. Il ne lâchait pas la main de sa femme.

— Ces paysans ne sont pas si simples, après tout, parvint-elle enfin à articuler.

Rogan se tourna vers elle. A l'évidence, cette déclaration lui semblait très en dessous de la réalité.

11

Les spectateurs quittaient leurs places en s'esclaffant et en se tapant sur le dos, évoquant telle ou telle scène. Liana et Rogan se retrouvèrent bientôt seuls.

Petit à petit, à mesure qu'elle se remettait du choc, Liana sentit la fureur la gagner. Au cours des dernières semaines, elle avait affronté la colère de son mari pour ces gens. Elle s'était épuisée à la tâche pour les nourrir et les habiller, et voilà qu'ils la remerciaient avec cette farce ridicule !

Elle serra la main de Rogan.

— Rentrons chercher tes hommes. Nous verrons si ces manants seront encore aussi insolents !

Rogan ne répondit pas. En fait, il semblait plus pensif que furieux.

— Eh bien ? s'impatienta-t-elle. Tu avais bien raison de ne pas vouloir venir. Nous allons rentrer et...

Rogan la coupa.

— Qui jouait lord Busard ?

— On aurait dit un des bâtards de ton père. Dois-je rentrer seule ?

Elle se dressa pour l'enjamber mais, tenant toujours sa main, il l'empêcha de passer.

— J'ai faim, dit-il. Tu crois qu'ils vendent à manger, ici ?

Liana le fixa avec stupeur.

— Tu n'es pas furieux à cause de la pièce ?

Il haussa les épaules, comme si cela n'avait aucune importance mais il y avait quelque chose dans ses yeux...

— Je n'ai jamais tué personne pour avoir mangé mes rats ou ramassé la bouse de mes vaches, dit-il d'un air de défi.

Liana se tenait entre ses jambes et il lui serrait toujours la main. Même au cours de leurs rares étreintes, ils n'avaient jamais partagé pareille intimité.

— Je n'ai jamais tué personne pour ça, répéta-t-il, le regard fixé au loin. Cela dit, la bouse est un excellent engrais pour les champs.

— Je vois, dit Liana. Tu les fouettais ?

Rogan ne répondit pas mais sa peau sombre prit un teint plus cuivré. Soudain, elle éprouva pour lui un sentiment très maternel. Ce n'était pas un homme méchant, qui prenait plaisir à tuer ou à voir les gens souffrir. Il avait essayé de protéger sa famille et de subvenir à ses besoins de la seule façon qu'il connaissait.

— Je suis affamée, dit-elle en lui souriant, je vois qu'on vend là-bas des gâteaux à la crème. Manger et boire un peu de petit-lait nous fera sûrement du bien.

Il l'autorisa à l'entraîner mais elle aurait donné cher pour connaître ses pensées. Quand il extirpa quelques sous de ses poches, elle éprouva une folle excitation. Elle avait le sentiment très net qu'il n'avait jamais dépensé d'argent pour une femme jusqu'à présent.

Il acheta une louche de petit-lait qu'ils se partagèrent.

Le ventre plein, Liana put enfin songer à la pantomime avec moins de rancœur. A la réflexion, elle lui paraissait presque drôle. Elle n'aurait jamais cru que les paysans puissent faire montre d'un esprit si acéré.

Elle retint un sourire.

— Ils avaient peut-être tort à propos des rats, mais ils ne se sont pas trompés de beaucoup sur certains attributs de leur seigneur, dit-elle.

Rogan la dévisagea sans comprendre, puis ses joues s'embrasèrent.

— Les femmes ne devraient pas parler de ces choses, dit-il sèchement, mais ses yeux le trahirent.

A la façon dont il la contemplait, elle sut qu'elle avait éveillé son intérêt.

— As-tu vraiment couché avec des femmes aussi laides ?

— Ton père aurait dû te fesser plus souvent pour t'apprendre les bonnes manières. Bon, poursuivit-il en lui arrachant la louche vide, si tu en as assez de me ruiner avec ton appétit, nous pourrions aller voir les jeux.

Liana était joyeuse : il avait apprécié ses plaisanteries. Comme ils marchaient, elle glissa sa main dans la sienne et il ne la repoussa pas.

— Vont-ils redevenir comme avant ? demanda-t-il soudain sans la regarder.

Elle n'avait aucune idée de ce dont il parlait.

— Tes cheveux, expliqua-t-il.

Liana rit de bonheur. Joice avait teint sa blonde chevelure si reconnaissable et ses sourcils en noir. Pour ne rien négliger, elle portait une coiffe de laine grossière dissimulant sa natte remontée sur son crâne.

— Cela partira avec de l'eau, expliqua-t-elle. Peut-être m'aideras-tu à les laver.

Il la contempla avec envie.

— Peut-être.

Ils continuèrent ainsi, main dans la main. Liana jubilait.

Rogan s'arrêta devant une foule de gens. Contrairement à elle, il pouvait voir par-dessus leurs têtes. Après s'être en vain hissée sur la pointe des pieds, elle lui tira la manche.

— Je n'y vois rien.

De façon un peu romantique, elle espérait qu'il la soulèverait sur ses épaules. C'était mal le connaître. Comme si l'endroit lui appartenait — ce qui était le cas —, il se fraya un chemin dans la cohue, écartant sans ménagement ceux qui le gênaient.

— Ne nous fais pas remarquer, souffla Liana.

Les gens dévisageaient Rogan avec curiosité, fixant particulièrement les mèches de cheveux qui s'échappaient de sa capuche. Liana se crispa. Si ces paysans, qui haïssaient les Peregrine, découvraient que leur seigneur et maître se promenait parmi eux seul et sans armes, ils le massacreraient sans la moindre hésitation.

— Encore un des bâtards du vieux lord, chuchota quelqu'un. J'l'avais encore jamais vu, celui-là.

Liana se détendit et remercia pour une fois le

Ciel de la fertilité des Peregrine. Toujours accrochée au bras de Rogan, elle arriva en première ligne du cercle formé par l'assistance. Là, dans une clairière, se tenaient deux hommes torse nu qui se battaient à l'aide de longs bâtons. L'un d'entre eux, trapu et musculeux, les bras courts, ressemblait à un bûcheron et n'avait rien d'extraordinaire hormis sa corpulence.

Le regard de Liana se posa sur l'autre homme... imitant en cela toutes les femmes présentes. C'était l'homme qui avait joué le rôle de lord Busard. Sur scène, il avait paru intimidant mais, à présent, à demi nu, la peau luisante de sueur, il était tout simplement superbe.

Pas aussi superbe que Rogan, se rappela Liana en se serrant contre son mari.

Celui-ci suivait le combat avec intérêt, surtout attentif à la façon dont se comportait son demi-frère. Celui-ci n'avait, bien sûr, suivi aucun entraînement et cela se sentait mais il possédait la vitesse et la force. Son adversaire n'avait aucune chance.

Rogan détourna un instant son attention pour regarder Liana. Elle buvait son demi-frère du regard. Il fronça les sourcils. Eprouvait-elle du désir pour ce demi-Peregrine ?

Rogan n'avait jamais connu la jalousie. Il avait partagé ses femmes et même ses Journées avec ses frères et ses hommes. Tant qu'on ne le dérangeait pas dans son calendrier, il se fichait de ce que faisaient les femmes. Mais, à présent, il n'appréciait pas du tout la manière dont sa femme détaillait ce rouquin malingre et gauche.

— Tu crois qu'tu pourrais l'battre ? demanda un vieillard édenté qui se tenait à ses côtés.

L'aîné des Peregrine toisa le vieillard.

L'homme poussa un sifflement aigu. Son haleine fétide les enveloppa.

— Ah, encore un Peregrine, dit-il à haute voix. Le vieux maître leur a bien légué son arrogance.

Le demi-frère de Rogan entendit ce commentaire et se tourna vers le vieillard, puis vers Rogan. Surpris, il en oublia son adversaire, qui en profita pour le frapper violemment à la tête. Il recula vivement et se toucha la tempe. Il contempla ses doigts tachés de sang avec étonnement, fondit sur le bûcheron et lui fit mordre la poussière.

Il s'avança alors vers Rogan et se campa devant lui.

Liana vit que les deux hommes avaient sensiblement le même âge mais Rogan était plus lourd et, à son avis, beaucoup plus beau. Derrière elle, une jeune femme laissa échapper une exclamation d'admiration. Liana serra de toutes ses forces la main de Rogan.

— Ainsi, j'ai donc encore un nouveau frère, dit le jeune homme.

Son regard était aussi perçant que celui de Rogan et Liana était persuadée qu'il savait parfaitement qui était Rogan.

— Ne... commença-t-elle.

— Allons-nous leur offrir un beau combat ? le défia l'homme. Ou bien es-tu gouverné par cette femme ? (Il baissa la voix.) Comme lord Rogan ?

Liana se sentit défaillir. Rogan ne pouvait pas ne pas relever un tel défi. Tout comme Rogan, elle avait poliment oublié de faire allusion à la dernière scène de la pièce quand la dame de Feu avait passé le collier de chien au cou de son époux. Mais elle savait qu'il ne se laisserait jamais insulter deux fois dans la même journée sans réagir.

Rogan l'abandonna pour s'avancer dans le cercle. Liana se rendait compte que tout ce qu'elle pourrait dire ou faire mettrait leurs vies en danger. Retenant son souffle, elle regarda les deux hommes se placer face à face. Ils se ressemblaient tellement : même chevelure, même regard, même mâchoire carrée et déterminée.

Horrifiée, Liana vit Rogan baisser la capuche de sa tunique dont il se débarrassa. Il lui lança le vêtement. Le cœur de Liana s'arrêta. Il était impossible qu'on ne le reconnaisse pas, à présent. Et particulièrement, se dit-elle amèrement, certaines des femmes présentes. Celles avec qui il avait couché.

— La moitié du village, marmonna-t-elle tout bas.

Elle scruta la foule et ne tarda pas à repérer deux des Journées debout dans le cercle en face d'elle. Pour l'instant, leurs traits ne reflétaient que de la perplexité. Liana ne doutait pas qu'elles allaient bientôt comprendre.

Vivement, elle se fraya un chemin jusqu'à elles.

— Un seul mot, et vous le regretterez, dit-elle quand elle les eut rejointes.

L'une baissa craintivement la tête ; l'autre, plus vive et plus courageuse, vit le parti qu'elle pouvait tirer de la situation.

— Je veux que mon fils soit élevé comme un chevalier, dit-elle.

Liana ouvrit la bouche pour refuser, puis se ravisa.

— Pas un mot à quiconque ! ordonna-t-elle.

La femme la fixa droit dans les yeux.

— Je dirai qu'il vient d'un autre village. Et pour mon fils ?

Liana ne put s'empêcher d'admirer cette femme qui prenait de tels risques pour son enfant.

— Envoyez-le-moi demain.

Elle quitta les femmes pour revenir à sa place initiale.

Rogan et son demi-frère, leurs bâtons pointés devant eux, tournaient lentement l'un autour de l'autre. C'étaient tous deux des hommes imposants, aux épaules larges, aux hanches minces, aux muscles souples.

Toutefois, il était évident que Rogan avait l'avantage. Il testait son adversaire, jouant avec lui pour voir ses réactions tandis que son demi-frère, la rage aux yeux, combattait de toutes ses forces. Il attaqua mais Rogan l'évita facilement avant de le faucher d'un coup de bâton à l'arrière des genoux. Ce n'était pas violent mais son adversaire tomba à terre.

— Ce serait plus facile avec une femme ? se moqua Rogan.

Aveuglé par la colère, le garçon se mit à commettre des fautes stupides.

— Personne n'a jamais battu Baudoin, dit le vieillard édenté à côté de Liana. Sa défaite ne va pas lui plaire.

— Baudoin, répéta Liana en fronçant les sourcils.

Elle n'aimait pas l'idée que Rogan se fasse un ennemi de son frère.

Son mari esquiva une nouvelle attaque, puis abattit son gourdin sur le crâne de Baudoin. Le jeune homme s'effondra, inconscient, face contre terre.

Sans plus se soucier de lui, Rogan l'enjamba et rejoignit Liana. Il se rhabilla, puis écarta la foule, ignorant les paysans qui le félicitaient, lui tapaient sur l'épaule et l'invitaient à boire un verre avec eux. Il se sentait empli de fierté. Il avait vaincu l'homme que sa femme avait contemplé avec désir. A présent, elle savait qui était le meilleur.

Très conscient de la présence de Liana derrière lui, il se dirigea vers les bois. Il voulait être seul avec elle quand elle lui dirait son admiration. Une fois, alors qu'il avait gagné un tournoi, deux jeunes femmes étaient venues le féliciter dans sa tente. Cela avait été une nuit mémorable !

Mais, à présent, il ne désirait que les louanges de son épouse. Peut-être l'embrasserait-elle comme elle l'avait fait quand il avait accepté de l'accompagner à la foire. Lorsqu'ils furent parvenus au plus profond de la forêt, il se tourna vers elle.

Elle ne jeta pas les bras autour de son cou, ne lui adressa pas un de ces sourires qu'il commençait à si bien connaître : un sourire qui évoquait pour lui des choses aussi étranges que le plaisir, la douceur et la joie.

— J'ai gagné, dit-il, le regard brillant.
— En effet, répondit-elle sèchement.
Pourquoi avait-elle l'air fâché contre lui ?
— La victoire a été facile.
— Oh oui ! Tu n'as eu aucun mal à l'humilier, à le ridiculiser devant ces gens !

Rogan, décontenancé, leva la main pour la frapper.

— Et maintenant, tu veux me battre ? Prendre encore avantage sur plus faible que toi ?

Elle se planta devant lui, l'empêchant de s'éloigner.

— Pourquoi t'être acharné sur Baudoin ? A cause de toi, ce pauvre garçon avait l'air d'un idiot.

La colère de Rogan se déchaîna enfin. Il la saisit par les épaules et lui hurla au visage :

— Et ça t'a gênée qu'il ait l'air d'un idiot, hein ? Tu aurais sûrement préféré que ce soit moi qui me retrouve à terre ? Tu aurais préféré le réconforter, lui caresser le visage ?

Il la lâcha subitement. Il en avait trop dit, trop révélé sur lui-même.

Pendant un instant, Liana ne bougea pas, réfléchissant à ses paroles. Quand elle comprit enfin ce qu'il venait de dire, elle courut jusqu'à lui.

— Tu étais jaloux, dit-elle, émerveillée.

Il ne répondit pas et la repoussa.

Elle bondit devant lui et posa les mains sur sa poitrine.

— Tu as vraiment battu ce garçon comme plâtre dans le seul but de m'impressionner ?

Rogan regarda au loin par-dessus sa tête.

— Je voulais tester sa force et sa rapidité. Cela fait, il était inutile de prolonger le combat. (Il baissa brièvement les yeux vers elle.) Ce n'est pas un garçon. Il est aussi âgé que moi. Plus, peut-être...

Liana sourit. Elle n'appréciait pas qu'il eût rossé son demi-frère, mais quel bonheur de penser que son mari était jaloux simplement parce qu'elle avait regardé un autre homme !

— Il est peut-être aussi âgé que toi, mais il

n'est pas aussi fort, ni aussi habile, ni aussi... beau.

Elle le prit par le bras dans l'espoir de le ramener vers la forêt mais il ne bougea pas.

— Cela fait trop longtemps que j'ai abandonné mes hommes. Nous devrions rentrer.

— Mais tu avais donné ta parole d'être mon esclave pendant un jour entier ! Viens, retournons dans les bois. Nous ne sommes pas forcés de retourner à la foire.

Quelques secondes plus tard, Rogan se rendait compte qu'il suivait cette femme. D'une manière ou d'une autre, elle semblait capable de lui faire oublier son devoir et ses responsabilités. Il n'avait jamais autant négligé ses tâches que depuis son mariage.

— Assieds-toi près de moi, dit-elle en indiquant un coin d'herbe parsemé de fleurs au bord d'un ruisseau.

Elle sentait qu'il était toujours en colère et elle pivota pour lui sourire quand elle aperçut un mouvement dans les arbres derrière lui.

— Attention ! s'écria-t-elle.

D'instinct, Rogan plongea sur le côté. Le couteau manqua son dos de justesse et vint se ficher dans son bras. Du sang perla.

Pétrifiée, Liana vit Rogan rouler à terre et se relever d'un bond, juste à temps pour contrer une autre attaque de Baudoin.

Cette fois, ce ne fut pas aussi facile. Baudoin, fou furieux, avait soif de meurtre.

Liana ne pouvait rien faire d'autre que suivre le combat tandis que les deux hommes emmêlés roulaient à terre. Le couteau étincelait parfois entre eux. La rage décuplait les forces de Baudoin et Rogan luttait pour sa vie.

Regardant autour d'elle, Liana repéra une grosse branche morte. Elle la ramassa, la soupesa et se rapprocha de la mêlée. Elle dut sauter en arrière comme ils roulaient vers elle mais elle essaya de rester le plus près possible d'eux. Son gourdin brandi, elle avait peur de commettre une fâcheuse erreur en frappant.

Soudain, l'occasion se présenta. Baudoin, assis sur Rogan, se dressa pour le poignarder.

L'instant d'après, il s'effondrait, assommé par le coup de Liana.

Pendant une fraction de seconde, Rogan ne bougea pas, son frère inconscient étendu sur lui, refusant d'admettre qu'il venait d'être sauvé par une femme.

Il repoussa Baudoin et se dressa, évitant de croiser le regard de son épouse.

— Nous allons rentrer. Mes hommes viendront le chercher, murmura-t-il.

— Pourquoi ? demanda Liana en examinant sa blessure au bras.

Une simple écorchure.

— Pour l'exécuter.

— Ton propre frère ?

Rogan fronça les sourcils.

— Ce sera une mort rapide. Pas de bûcher ou de torture.

Liana réfléchit quelques secondes.

— Va chercher tes hommes. Je te rejoins dans un moment.

Rogan la scruta. Le sang lui battait les tempes.

— Tu comptes rester avec lui ?

Elle plongea ses yeux dans les siens.

— J'ai l'intention de l'aider à échapper à ta tyrannie.

— Ma tyrannie ? fit Rogan, éberlué. Il a tenté de me tuer !

Elle posa la main sur son bras.

— Tu as perdu tant de frères ou de demi-frères ! Comment peux-tu supporter d'en perdre un autre ? Prends cet homme et entraîne-le afin qu'il devienne un de tes chevaliers.

Il se libéra, la contemplant avec stupeur.

— Tu me dis comment commander mes hommes ? Tu me demandes de vivre avec un homme qui a essayé de me tuer ? Espères-tu ainsi te débarrasser de moi pour l'avoir tout à toi ?

Liana lança les mains au ciel dans un geste d'impuissance.

— Fou que tu es ! Je *t'ai* choisi, toi et pas un autre ! As-tu la moindre idée du nombre de mes prétendants ? Tous convoitaient l'or de mon père. Tous m'ont fait la cour en utilisant des moyens que tu aurais peine à imaginer. Ils ont écrit des poèmes, chanté des ballades pour célébrer ma beauté. Mais toi, tu m'as jetée dans une tourbière et tu m'as ordonné de laver tes vêtements ! Sotte que j'étais, j'ai accepté. Et qu'ai-je obtenu en retour ? D'être bafouée pendant que tu ouvrais ton lit à des catins... De supporter tes mauvaises manières... Et maintenant, tu m'accuses d'aimer un autre homme ! J'ai nettoyé cette porcherie que tu appelles ta demeure. Je t'ai fait servir des mets raffinés, je me suis montrée ardente au lit et tu oses m'accuser d'adultère ? Allez, vas-y, tue cet homme. Que m'importe ? Je rentrerai chez mon père et tu pourras garder tout l'argent sans te soucier d'une épouse qui te gêne tant.

Sa colère s'épuisait. Elle se sentait lasse, déprimée et au bord des larmes. Elle avait échoué, ainsi que l'avait prédit Helen.

— Quelle tourbière ? dit Rogan au bout d'un moment.

Liana ravala ses larmes.

— Près de l'étang. Tu m'as fait laver tes vêtements. Rentrons. Il ne va pas tarder à se réveiller.

Rogan vint vers elle et, de l'index, la força à lever le menton vers lui.

— J'avais oublié. Ainsi, c'est toi la diablesse qui a transformé mes vêtements en passoire ?

D'un geste brusque, elle écarta son doigt.

— Je t'en ai donné d'autres. Pouvons-nous partir ? Ou peut-être désires-tu que je parte la première afin que tu puisses tuer ton frère en paix ? Il a peut-être des sœurs. Tu pourrais les enlever et remplacer les Journées.

La saisissant par le bras, Rogan l'obligea à lui faire face. Oui, elle était bien la fille de l'étang. Il se souvint de ce moment, comment il s'était aperçu qu'il était observé et le plaisir qu'il avait éprouvé en découvrant cette femme si belle. Elle avait montré du caractère, ce jour-là, et plus encore quand elle avait mis le feu à son lit.

Il lui offrit ce qu'il n'avait plus offert à une femme depuis très longtemps : un sourire.

Devant ce sourire, Liana sentit ses genoux faiblir. Son visage dur s'était métamorphosé. Il ressemblait à un jeune garçon insouciant. Etait-ce là l'homme qu'avait connu sa première épouse ? Si c'était le cas, comment avait-elle pu le quitter ?

— Ainsi, dit-il, tu as accepté de m'épouser parce que je t'avais jetée dans la boue ?

Peu importait qu'il fût le plus séduisant des hommes, elle ne lui répondrait pas... pas tant qu'il lui parlerait sur ce ton. Elle se détourna, le dos droit, la tête haute, et se mit en route vers le village.

A sa grande surprise, il la rattrapa, la souleva et la lança dans les airs.

— Que mijotes-tu, cette fois ! Vas-tu mettre le feu au château tout entier ?

Elle agrippa ses épaules pour ne pas tomber.

— Voilà qui est mieux ! dit-il en l'embrassant dans le cou.

— Espèce de démon ! s'écria-t-elle, toute colère envolée. Repose-moi par terre ! Vas-tu tuer ton frère ?

Il secoua la tête.

— Quelle tête de mule ! s'exclama-t-il.

Elle lui caressa la joue.

— Quand je veux quelque chose, je n'abandonne jamais, murmura-t-elle.

Rogan, soudain grave, l'examina d'un air perplexe. Il était sur le point de lui demander quelque chose quand Baudoin grogna. Rogan lâcha si vite Liana qu'elle vacilla et alla se camper devant son frère, couteau brandi.

— Et comment comptez-vous me tuer ?

Liana ouvrit les yeux : Baudoin, droit et fier devant Rogan, ne montrait aucune peur.

— Par le feu ? Ou bien vos bourreaux vont-ils me torturer à mort ? Vos hommes sont-ils cachés dans les bois ? Vont-ils brûler le village à cause de la farce ?

Liana dévisagea les deux hommes et retint son

souffle. Elle savait que Rogan pouvait tuer Baudoin avec une facilité dérisoire. Pour le moment, il se contentait de faire passer son couteau d'une main à l'autre.

— Que fais-tu pour gagner ta pitance ? demanda-t-il enfin.

Cette question désarçonna Baudoin.

— Je fais le négoce de la laine.

— Es-tu honnête ?

Les traits de Baudoin se durcirent.

— Plus que l'homme qui nous a procréés. Plus que mes illustres frères. Je ne laisse pas mes enfants mourir de faim.

Liana ferma les yeux. Baudoin venait de signer son arrêt de mort.

Quand Rogan reprit la parole, ce fut d'un ton doux et quelque peu hésitant.

— J'ai perdu trop de frères au cours des dernières années. Si je te ramenais au château avec moi, serais-tu prêt à me jurer fidélité et à mettre ton honneur à mon service ?

Baudoin en resta sans voix. Vivant dans le dénuement, il haïssait depuis toujours ses demi-frères qui demeuraient à Moray Castle.

Liana comprenait les hésitations de Baudoin mais elle devinait que la générosité de Rogan n'allait pas tarder à se transformer en fureur si elle n'était pas promptement acceptée. Vive comme l'éclair, elle s'interposa entre les deux hommes.

— Tu as des enfants ? demanda-t-elle à Baudoin. Combien ? Quel âge ont-ils ? Quand tu viendras vivre avec nous, je veillerai à ce qu'ils aillent à l'école avec les fils de Rogan.

— Quels fils ? demanda Rogan en la toisant avec irritation.

— Mais tous ces gamins aux cheveux roux, bien sûr ! dit-elle avec entrain. Ton épouse sait-elle manier l'aiguille ? demanda-t-elle à Baudoin. J'ai besoin de femmes qui savent coudre, filer, ou tisser. Quand tu seras en train de t'entraîner avec Rogan, elle pourra rester avec moi. Rogan, pourquoi ne dis-tu pas à ton frère... (elle souligna exagérément le mot)... à quel point son entraînement sera dur ? Peut-être préférerait-il continuer à faire le commerce de la laine.

— Est-ce à moi de le persuader ? s'étrangla Rogan, incrédule. Dois-je lui vanter la douceur de son futur lit ? Ou lui promettre de la viande tous les jours ?

Baudoin se remettait peu à peu. Il avait hérité de l'intelligence paternelle. Personne ne l'avait jamais traité d'idiot.

— Pardonnez mon hésitation, milord, dit-il avec force pour détourner l'attention de Rogan de sa femme. Je vous suis infiniment reconnaissant de votre offre et je... (son regard se durcit)... je défendrai le nom des Peregrine au mépris de ma vie.

Rogna l'étudia longuement.

— Viens me voir demain, dit-il enfin. Maintenant, va-t'en.

Après le départ de Baudoin, des larmes de soulagement montèrent aux yeux de Liana. Elle enlaça Rogan et l'embrassa tendrement.

— Merci, dit-elle. Du fond du cœur !

— Me remercieras-tu encore quand on ramènera mon corps transpercé par l'épée de cet homme ?

— Je ne pense pas...
Elle se tut. Peut-être Rogan avait-il raison, après tout.

— Peut-être ai-je fait une erreur, admit-elle. Peut-être devrais-tu faire de lui un vulgaire serviteur ou bien l'envoyer dans ton autre château ou bien...

— Aurais-tu peur pour moi ?

— Quand il s'agit de ta sécurité, je voudrais ne prendre aucun risque.

— Des femmes m'ont dit des paroles identiques par le passé, dit-il. Et il s'est avéré qu'elles ne méritaient pas ma confiance.

Les lèvres contre les siennes, elle chuchota :

— Qui t'a dit cela ? Jeanne Howard ?

Dans l'instant qui suivit, elle se retrouva à terre, levant les yeux vers un visage qui avait fait trembler des hommes au combat.

12

Il tourna les talons et s'éloigna rapidement à travers la forêt.

Liana courut derrière lui, bénissant la courte jupe de paysanne qui n'entravait pas sa marche. Cependant, elle ne parvint pas à rattraper Rogan et il disparut bientôt à sa vue.

— Maudits soient-ils, lui et son satané caractère ! s'exclama-t-elle en frappant du pied par terre.

Elle ne s'était pas rendu compte qu'elle se trouvait à l'aplomb d'un fossé au bord d'un ruisseau.

La terre s'effondra sous elle et elle se mit à glisser sur près de sept mètres. Elle hurla.

Quand elle atterrit brutalement en bas, Rogan se trouvait là, une longue dague à la main. Elle ne l'avait pas vu ce matin la dissimuler sous ses vêtements.

— Qui a fait ça ? demanda-t-il.

Liana n'eut pas le temps de remercier le ciel de l'avoir retrouvé.

— Je suis tombée, expliqua-t-elle.

— Ah bon ! répliqua-t-il avec indifférence en rengainant sa dague.

— Porte-moi jusqu'à l'eau, esclave, commanda Liana en lui tendant sa main avec un air arrogant.

Comme il ne bougeait pas, elle ajouta :

— S'il te plaît.

Il la souleva dans ses bras et se dirigea vers le ruisseau. Elle l'enlaça et frotta son nez contre son cou.

— Jeanne était-elle jolie ?

Il la lâcha dans l'eau glacée.

Crachant, toussant, Liana s'ébroua. Rogan s'éloignait déjà.

— Tu es le pire esclave que la terre ait jamais porté ! Tu ne respectes pas ta parole.

Comme elle se redressait, il revint vers elle. En voyant son expression, Liana regretta ses paroles.

— Je ne donne pas ma parole à une femme, gronda-t-il. Il y a des choses dans ma vie qui ne concernent personne et... et...

— Jeanne Howard, dit-elle.

Elle commençait à claquer des dents.

— Oui, cette femme a causé la mort de...

— De Basil et de James.

Il se figea.

— Te moquerais-tu de moi ? murmura-t-il.

Elle le supplia du regard.

— Rogan, la mort n'est pas un sujet de plaisanterie. Je m'interrogeais simplement à propos de ta première épouse. Toutes les femmes sont curieuses de celles qui les ont précédées. J'ai tant entendu parler de Jeanne et...

— Qui t'en a parlé ?

— La dame. (A l'évidence, Rogan ne voyait pas de qui elle voulait parler.) Je croyais que c'était la dame de Severn même si elle me paraissait un peu trop âgée...

Rogan parut soudain amusé.

— A ta place, je n'oserais pas rappeler à Iolanthe qu'elle est plus vieille que Severn. (Il s'interrompit.) Io t'a parlé de...

Il semblait incapable de prononcer le nom de sa première femme et cela inquiétait Liana. L'aimait-il toujours autant ?

— Je n'ai jamais rencontré Iolanthe, mais la dame m'a parlé d'elle. Rogan, je suis frigorifiée. Ne pourrions-nous pas aller bavarder au soleil ?

A deux reprises, il l'avait abandonnée quand elle avait mentionné le nom de cette femme et, les deux fois, il était revenu. Il l'attrapa par la main et l'aida à regagner la berge.

Quand ils furent installés sur l'herbe, il croisa les bras, la mine sévère. Jamais, au grand jamais, il n'accepterait de passer une journée avec une femme... et surtout pas avec celle-ci. Elle avait le chic pour raviver les blessures les plus douloureuses.

— Que veux-tu savoir ? demanda-t-il.

— Etait-elle jolie ? Etais-tu très amoureux d'elle ? Est-ce la raison pour laquelle le château était si sale ? As-tu fait le vœu de ne plus jamais aimer aucune autre femme parce qu'elle t'avait fait trop de mal ? Pourquoi t'a-t-elle préféré Oliver Howard ? Comment est-il ? Te faisait-elle rire ? Est-ce à cause de Jeanne que tu ne souris jamais ? Penses-tu que je pourrai jamais la remplacer dans ton cœur ?

Rogan, bouche bée, semblait au comble de la stupeur.

— Eh bien ? l'encouragea-t-elle. Parle !

Quelle avalanche de questions ridicules ! Une étincelle jaillit dans les yeux de Rogan.

— Belle ? dit-il. La lune n'osait se lever sur Moray Castle car elle ne souffrait pas la comparaison avec la beauté de... de...

— Jeanne, acheva Liana. Alors, elle était beaucoup plus jolie que moi ?

Il n'arrivait pas à croire qu'elle prenait cela au sérieux. En vérité, il se souvenait à peine de sa première épouse. Cela faisait si longtemps qu'il ne l'avait revue.

— Beaucoup plus, fit-il avec solennité. Elle était si belle que... qu'un cheval de guerre lancé au galop s'arrêtait devant elle pour manger dans sa main.

— Oh, dit Liana en s'asseyant sur un rocher.

Ses vêtements mouillés faisaient des bruits un peu écœurants.

— Elle devait dissimuler sa beauté sous des hardes pour ne pas éblouir les gens qu'elle croisait. Elle portait un masque si elle traversait le village, sinon les hommes se seraient jetés sous les sabots de son cheval. A côté d'elle, les diamants...

Liana leva la tête avec un air soupçonneux.

— Tu te moques de moi ! Comment était-elle ?

— Je ne m'en souviens pas. Elle était jeune. Brune, je crois.

Liana comprit qu'il venait enfin de lui dire la vérité, qu'il ne se souvenait guère de l'apparence de Jeanne.

— Comment as-tu pu oublier quelqu'un que tu as tant aimé ?

Il s'assit face au ruisseau, lui tournant le dos.

— Je n'étais qu'un gamin et mes frères m'avaient forcé à me marier. Elle m'a trahi, elle nous a tous trahis. James et Basil sont morts en essayant de la ramener.

Elle s'assit tout contre lui.

— C'est elle qui t'a rendu si triste ?

— Triste ? La mort de mes frères m'a rendu triste. Les avoir vus mourir un par un, savoir que les Howard m'ont arraché tout ce qui comptait dans ma vie...

— Même ton épouse, murmura-t-elle.

Il se retourna pour la regarder. Cela faisait des années qu'il n'avait pas songé à Jeanne et à l'influence qu'elle avait eue sur sa vie. Il ne se souvenait ni de son visage, ni de son corps, ni de rien d'autre la concernant. Mais comme il étudiait Liana, il se disait que si jamais elle partait, il se souviendrait d'elle... et pas seulement de son corps, comprit-il avec étonnement. Il se souviendrait aussi de certaines choses qu'elle avait dites.

Il allongea la main pour effleurer une goutte qui perlait sur sa joue mouillée.

— Es-tu aussi simple que tu le parais ?

demanda-t-il doucement. Savoir que quelqu'un t'aime ou te trouve belle, est-ce là la chose la plus importante de ta vie ?

Liana n'aimait pas paraître aussi frivole.

— Je sais tenir les registres d'un domaine, débusquer des voleurs, rendre la justice. Je sais...

— Rendre la justice ? répéta Rogan en se penchant vers elle. Comment une femme peut-elle rendre la justice ? Un jugement n'a rien à voir avec l'amour ou un parquet propre... C'est beaucoup plus important.

— Cite-moi un exemple, le défia Liana.

Rogan jugeait qu'il valait mieux ne pas alourdir l'esprit d'une femme avec de tels problèmes, mais il voulait aussi lui donner une bonne leçon.

— Hier, un homme et trois témoins sont venus me trouver avec un parchemin couvert d'un sceau. Le document spécifiait que l'homme était le propriétaire d'une ferme que l'occupant actuel refusait de quitter, et que ce dernier n'avait pas payé ses dettes. La ferme ne lui appartenait donc pas. Comment aurais-tu réglé ce problème ? demanda-t-il.

— Je n'aurais pas rendu de jugement avant d'avoir entendu l'autre partie. La justice du roi a établi qu'il était trop facile de fabriquer ou de falsifier un sceau. Si cet homme était assez éduqué pour avoir un sceau, il était aussi peut-être capable d'écrire son nom sur la reconnaissance de dettes. J'aurais aussi enquêté pour savoir si les trois témoins étaient des amis du plaignant. Pour conclure, le litige ne me semble pas si difficile à régler que cela.

Rogan la fixa. Il s'était effectivement avéré que le document était un faux, fabriqué par un homme furieux d'avoir vu sa jeune femme parler avec le fils du propriétaire de la ferme.

— Eh bien ? dit Liana. J'espère que tu n'as pas envoyé tes hommes jeter ce pauvre fermier dehors.

— Je n'ai envoyé personne, rétorqua Rogan. Pas plus que je n'ai brûlé quiconque pour avoir mangé des rats.

— Et tu n'as jamais engrossé personne ? ironisa-t-elle.

— Non, mentit-il effrontément, mais la femme de ce fermier était une vraie beauté. De gros...

Il plaça les mains devant lui.

— Rustre ! s'écria Liana en se jetant sur lui.

Faisant semblant d'être déséquilibré, il se laissa tomber en arrière tout en la serrant contre lui. Il l'embrassa.

— J'avais raison, n'est-ce pas ? Le document était faux ?

— Tu es trempée ! Tu devrais peut-être enlever tes vêtements pour les faire sécher.

— N'essaie pas de noyer le poisson, hypocrite ! Le document était-il faux, oui ou non ?

Il voulut l'embrasser, mais elle tourna la tête.

— Réponds ! insista-t-elle.

— Oui ! brailla-t-il, exaspéré.

Liana éclata de rire et l'embrassa dans le cou.

Rogan ferma les yeux. Il avait connu si peu de femmes dans sa vie qui n'avaient pas eu peur de lui. Généralement, ses conquêtes se mettaient à trembler au moindre froncement de sourcils. Mais celle-ci riait de lui, lui criait dessus... et refusait de lui obéir.

— ... Je peux donc t'aider, conclut-elle.

— A faire quoi ? murmura-t-il.

— A rendre la justice.

Elle lui chatouilla l'oreille du bout de la langue.

— Il faudra me passer sur le corps, dit-il gaiement.

Elle se tortilla.

— C'est déjà fait.

— Tu n'es qu'une petite impudente !

Il l'embrassa à son tour.

— Comment me puniras-tu ?

Il roula sur lui-même et l'écrasa de tout son poids.

— Je vais t'épuiser.

— Impossible ! dit-elle avant que sa bouche ne la réduise au silence.

Parmi les arbres, des voix retentirent, qu'ils n'entendirent pas immédiatement.

— Gaby, je te dis que c'est une mauvaise idée.

— Qui ne risque rien n'a rien, telle est ma devise.

Liana sentit Rogan se raidir. Puis, à la vitesse de l'éclair, il dégaina sa dague et s'agenouilla devant elle, lui faisant un rempart de son corps.

Baudoin apparut avec une femme rebondie tenant dans un bras une fillette et dans l'autre un panier. Un petit garçon les accompagnait.

— Ah, vous voilà ! dit la femme en venant vers Rogan et Liana. Baudoin m'a tout raconté. Pardonnez-lui, milord. Il a mauvais caractère. Je suis sa femme, Gabrielle, et voici nos enfants, Sarah et Joseph. J'ai dit à Baudoin que puisque nous allions vivre avec vous, mieux valait vous connaître. Mon père était chevalier — pas un comte, certes, mais c'était un homme d'honneur. Je savais que Baudoin était le fils d'un seigneur et j'ai donc supplié mon père de me laisser l'épouser. (Elle lança à son grand et bel époux un regard d'adoration.) Et je ne l'ai jamais regretté. N'avez-vous pas froid, Milady, dans ces vêtements mouillés ? Et votre teinture coule sur votre visage. Venez, laissez-moi vous aider à vous laver les cheveux.

Rogan et Liana, dans leur stupéfaction, n'avaient toujours pas bougé.

Baudoin brisa le silence.

— Oh, allez-y, fit-il. Elle a l'habitude de tout régenter.

Sous le sarcasme, on percevait de l'amour véritable. Ils formaient un couple assez disparate. Baudoin était grand, beau, mince, taciturne. Gaby était petite, rondelette, mignonne sans être belle et avait un visage avenant.

Liana accepta la main tendue de Gaby et la suivit jusqu'au ruisseau.

— Maintenant, assieds-toi et reste tranquille, dit Gaby en posant sa fille sur le sol avant de se tourner vers Liana. J'ai appris ce qui s'est passé, ce matin. Des frères ne devraient pas se battre. J'ai toujours dit à Baudoin qu'un jour ses frères du château comprendraient. J'avais raison. C'est un homme bon, mon Baudoin, et il saura se rendre utile. Regardez-les. On dirait deux gouttes d'eau.

Liana considéra les deux hommes, debout l'un à côté de l'autre, immobiles et muets, avec le petit garçon entre eux, tout aussi silencieux.

— Penchez-vous, dit Gaby.

Liana lui obéit.

— Votre mari parle-t-il aussi peu que le mien ?

Liana ne savait trop quelle attitude adopter. C'était étrange de constater l'influence des vêtements sur la conduite des gens. Si elle avait porté sa plus belle toilette de soie, elle aurait attendu de cette femme qu'elle s'incline devant elle. Alors que, dans ces habits de paysanne, elle se sentait presque son égale.

— Si je l'enchaîne, il se décidera bien à parler, mais pas beaucoup, dit-elle finalement.

— Persévérez. Et faites-le rire. Chatouillez-le.

— Le chatouiller ?

De la teinture noire s'échappait au fil de l'eau.

— Sous les côtes. Ce sont des hommes bons, croyez-moi. Ils ne sont pas versatiles dans leurs attachements. S'il vous aime aujourd'hui, il vous aimera toujours. Bien ! Vous voilà de nouveau blonde !

Liana se redressa et tordit ses cheveux pour les essorer.

— Impossible, désormais, de retourner à la foire. On pourrait me reconnaître.

— Oh, s'exclama Gaby avec gravité, il ne faut pas que vous retourniez là-bas ! Les gens ont beaucoup parlé ce matin à propos de cet homme mystérieux qui a battu Baudoin. (Son visage s'illumina.) Mais j'ai apporté de quoi faire un excellent repas.

Gabrielle tut à Liana que le déjeuner en question avait englouti les économies de toute une année. Sous ses dehors très gais, Gaby était une femme très ambitieuse... pour l'homme qu'elle aimait plus que sa vie.

C'était à l'âge de douze ans qu'elle avait aperçu pour la première fois le superbe Baudoin au regard sombre et elle avait alors décidé qu'elle l'épouserait à tout prix. Son père souhaitait qu'elle fasse un bon mariage, ce qui excluait un bâtard sans avenir. Mais Gaby, à force de ruses et de cajoleries, était arrivée à ses fins.

Baudoin l'avait épousée pour sa dot, et les premières années n'avaient pas été un lit de roses. Il l'avait souvent trompée, mais l'amour de Gaby était plus fort que tout. En six ans, le jeune fou qui passait d'un lit à l'autre était devenu un marchand prospère qui goûtait fort la compagnie de sa femme et de ses enfants.

Le matin, en voyant lord Rogan dans la foule, il avait immédiatement reconnu son demi-frère. Pour la première fois depuis des années, sa vieille rage avait refait surface. Gaby, bien sûr, avait dû lui tirer les mots de la bouche, mais elle avait fini par apprendre ce qui s'était passé dans la forêt. Il avait honte d'avoir attaqué un homme par-derrière. Il voulait quitter la région sur-le-champ, ne supportant pas de se présenter de nouveau devant Rogan.

Gaby avait remercié le Ciel de leur offrir enfin cette occasion inespérée, puis avait persuadé Baudoin. Elle était passée à l'étape suivante : convaincre à leur tour le seigneur et son épouse. C'était le moment ou jamais, alors qu'ils étaient habillés en paysans. Demain, quand ils auraient revêtu leurs beaux atours, le gouffre qui les séparait serait trop grand.

Elle avait sorti l'argent de sa cachette pour acheter du bœuf, du porc, des poulets, du pain, des oranges, du fromage, des dattes, des figues et de la bière. Elle avait mis le tout dans un panier, puis était partie à la recherche des illustres parents de Baudoin. Refusant de se laisser intimider par la réputation de lord Rogan, elle s'était efforcée de jeter sa timidité aux orties.

La première impression de Liana fut assez réservée. Cette femme n'avait pas hésité à leur imposer sa présence. Très vite, cependant, elle changea d'avis. C'était si bon d'entendre quelqu'un parler ! Et puis, l'adoration que portait Gaby à Baudoin lui plaisait. Son regard ne cessait de le caresser avec un air possessif. Elle semblait à la fois épouse, mère et diablesse prête à lui planter ses crocs dans la gorge. Est-ce que je regarde Rogan comme cela ? se demanda Liana.

Les hommes se dévisageaient avec méfiance. Pour dissiper la gêne, Gaby suggéra à Rogan d'enseigner à Baudoin le combat au bâton.

Les deux femmes s'assirent sur la rive, mangeant du pain et du fromage, et observèrent l'entraînement. Rogan était un bon professeur, quoique très dur. Il fit tomber Baudoin à trois reprises dans le ruisseau. Mais Baudoin n'était pas pour rien le fils de son père. La quatrième fois, il pivota, et ce fut Rogan qui plongea tête la première dans l'eau glacée.

Liana se précipita aussitôt vers lui. Devant son air ahuri, elle se mit à rire, bientôt imitée par Gaby. Même Baudoin se permit un sourire. Rogan hésita plus longtemps mais il sourit à son tour.

Liana lui tendit la main pour l'aider à se relever. Toujours souriant, il l'attira dans l'eau avec lui, puis, la soulevant dans ses bras, l'étendit sur un carré d'herbe ensoleillé. Il enleva sa chemise et, quand elle frissonna, il l'étreignit contre lui.

— Qu'y a-t-il à manger ? demanda-t-il. Je meurs de faim.

Le panier de Gaby renfermait un festin de roi et tous se mirent à manger avec appétit. Peu à peu, Rogan se détendait. Il interrogea Baudoin à propos de son métier et sollicita même ses conseils pour améliorer la production de laine des Peregrine.

Sarah, qui commençait tout juste à marcher, prit une datte et se dirigea d'un air décidé vers Rogan. Elle se planta devant lui et le fixa jusqu'à ce qu'il daigne la regarder.

Quand il eut accepté la friandise, elle grimpa sur ses genoux et se blottit contre lui.

— Prends-la, chuchota Rogan à Liana.

Mais celle-ci sembla tout à coup frappée de surdité.

— Tiens, Sarah, donne des figues à ton oncle Rogan.

Avec la tête de quelqu'un qui s'offre au bourreau, il ouvrit la bouche. Ravie, Sarah poussa la figue dedans. Quand la fillette en eut assez de nourrir son oncle, elle se nicha dans ses bras et s'endormit.

Bien trop tôt, le soleil s'inclina sur l'horizon. Il fallait songer à rentrer. Liana aurait voulu que cette journée dure toujours. Elle glissa sa main dans celle de Rogan et posa la tête sur son épaule. Pendant de longues minutes, ils restèrent sans bouger, Sarah endormie contre Rogan.

— Je n'ai jamais été aussi heureuse de ma vie, murmura Liana.

Rogan resserra son étreinte. Il regrettait ces heures d'oisiveté, mais, au fond de lui, il reconnaissait qu'il y avait pris plaisir.

— Vous viendrez demain ? demanda Liana.

Les yeux de Gaby brillèrent de larmes de gratitude.

Déjà, Liana envisageait de faire d'elle la gouvernante du château. Gaby serait incorruptible : avec elle, Moray Castle resplendirait de propreté. Et Liana pourrait passer davantage de temps avec son mari.

Peu après, dans le crépuscule qui tombait, Rogan et Liana se mirent en route, se tenant par la main.

— Si seulement nous pouvions être comme Gaby et Baudoin et vivre dans une chaumière ! s'exclama soudain Liana.

Rogan ricana.

— Ils n'avaient pas l'air mécontents de déménager. Ce repas a dû leur coûter les gages d'une année.

— De six mois, dit Liana du ton de quelqu'un qui passe de longues heures à tenir les registres. Mais ils s'aiment. Je l'ai vu dans le regard de Gaby. (Elle leva les yeux vers son mari.) Ce doit être ainsi que je te regarde.

Rogan contemplait au loin les murs du château. Ils avaient eu trop de facilité à franchir le poste de garde le matin. Et si les Howard se déguisaient en marchands ambulants ? Il devait renforcer la vigilance.

— Tu as entendu ce que je viens de dire ? demanda Liana.

Peut-être faudrait-il faire porter un signe distinctif aux paysans autorisés à pénétrer dans le château. Bien sûr, un signe pouvait être contrefait ou volé mais...

— Rogan !

Liana s'était arrêtée et, comme elle lui tenait la main, il dut s'arrêter à son tour.

— Quoi ?
— Est-ce que tu m'écoutais ?

— Je n'en ai pas perdu un mot, répondit-il.
Peut-être autre chose qu'un signe. Peut-être...
— Qu'est-ce que j'ai dit ?
Rogan la dévisagea sans comprendre.
— A quel propos ?
Elle pinça les lèvres.
— Je te disais que je t'aimais.
Peut-être un mot de passe, changé tous les jours. Non, le plus sûr serait de désigner certains paysans qui auraient seuls le droit d'entrer. Jamais de nouveaux visages.

A la consternation de Rogan, sa femme lâcha sa main et partit devant lui. Il n'était pas difficile de deviner qu'elle était furieuse.

— Quoi, encore ? maugréa-t-il.

Il s'était plié toute la journée à ses quatre volontés, et elle n'était pas encore satisfaite ?

Il la rattrapa.

— Quelque chose ne va pas ?

— Ah, tu me remarques enfin, fit-elle, hautaine. J'espère que je ne te dérangeais pas en te disant que je t'aimais.

— Non, répondit-il avec honnêteté. Je pensais simplement à autre chose.

— Que mes déclarations d'amour ne te troublent pas, fit-elle, hargneuse. Je suis certaine de n'être pas la première. Et Jeanne Howard devait te le seriner tous les jours.

Rogan commençait à comprendre ce qui se cachait derrière ce brouillard fumeux. C'était encore un de ces ridicules boniments de femme !

— Ce n'était pas une Howard quand elle était ma femme. Et je ne me souviens pas qu'une femme m'ait jamais dit qu'elle m'aimait.

207

— Oh ! dit Liana en glissant de nouveau sa main dans la sienne.

Ils marchèrent en silence pendant un moment.

— Est-ce que tu m'aimes ? demanda-t-elle doucement.

Il lui pressa les doigts.

— Je te l'ai déjà prouvé. Et, ce soir, je compte bien...

— Pas cette sorte d'amour. Je veux dire, en toi. A l'intérieur. Comme quand tu aimais ta mère.

— Ma mère est morte à ma naissance.

Elle fronça les sourcils.

— Comme la mère de Severn, alors.

— Elle aussi est morte en donnant naissance à Severn. J'avais deux ans. Je ne me souviens pas d'elle.

— La mère de Zared ?

— Elle avait peur de nous. Elle pleurait tout le temps.

— Personne ne cherchait à la consoler ?

— Rowland lui criait de cesser de pleurer pour qu'on puisse enfin dormir.

Liana songea à cette malheureuse, seule dans ce château crasseux rempli d'hommes dont le seul souci était de la réduire au silence pour dormir en paix. Et c'était elle qui était morte de faim à Bevan... Si Rogan n'avait aimé aucune femme dans sa vie, il avait aimé ses frères.

— Quand ton frère aîné est mort...

— Rowland n'est pas mort, il a été tué par les Howard.

— Bon, d'accord, fit-elle, impatiente. Tué. Assassiné. Massacré sans raison. T'a-t-il manqué après sa mort ?

Rogan hésita longuement avant de répondre.

— Il me manque chaque jour, fit-il enfin d'une voix sourde.

Liana baissa la voix à son tour.

— Te manquerais-je si je mourais ? Si la peste m'emportait, par exemple ?

Il la regarda. Si elle mourait, sa vie redeviendrait comme avant. Ses vêtements seraient de nouveau infestés de poux, le pain plein de sable. Les Journées reviendraient. Elle ne serait plus là pour le maudire, le ridiculiser, l'embarrasser en public, lui faire perdre son temps. Oui, elle lui manquerait.

Et cette constatation ne lui plut pas.

— Je n'aurais plus à aller à la foire, dit-il avant de s'éloigner.

Liana resta figée sur place, le cœur poignardé. Elle se jura de ne jamais lui montrer à quel point il venait de la blesser. Elle croyait avoir un visage impassible, mais quand Rogan se retourna, il nota sa pâleur, le tremblement de sa lèvre, ses grands yeux emplis de larmes qui ne coulaient pas. Que se passait-il, encore ?

Il revint vers elle et lui souleva le menton. Elle se dégagea avec brusquerie.

— Tu te moques pas mal de moi ! s'écria-t-elle. Si je mourais, tu pourrais te trouver une autre riche épouse et garder sa dot.

Rogan frémit imperceptiblement.

— C'est trop compliqué. Mon père avait une santé de fer. Il a survécu à quatre mariages.

Malgré elle, Liana ne put empêcher ses larmes de couler.

— Si je mourais, tu jetterais sûrement mon corps dans les douves. Et bon débarras !

La confusion de Rogan fut visible.

— Si tu mourais, je...

Il s'interrompit. Elle leva vers lui un regard brouillé.

— Oui ?

— Je... serais conscient de ton absence.

Liana comprit qu'il ne pouvait guère faire mieux. Elle se jeta à son cou et se mit à l'embrasser passionnément.

— Je savais que tu tenais à moi !

En arrivant sous les murs du château, Rogan découvrit à son tour qu'il regrettait que la journée se termine. Ils s'arrêtèrent.

Il y avait encore un peu d'activité près du grand portail. Un vendeur ambulant présentait aux passants un plateau de bois, accroché par une courroie autour de ses épaules, sur lequel se trouvaient des marionnettes. Quand Liana rit aux éclats, Rogan fouilla dans ses poches à la recherche de quelques pièces.

Liana serra la poupée contre elle, plus précieuse à ses yeux que les plus beaux joyaux, et adressa à Rogan un regard empli d'amour.

Il l'enlaça et l'observa en train de jouer avec la marionnette. C'était un bonheur de la regarder. Il se sentait bien. En paix, constata-t-il avec surprise. Il se pencha pour embrasser sa chevelure. Jamais auparavant il n'avait embrassé une femme ainsi.

Liana se serra contre lui, heureuse. Et, une fois encore, il fut content de lui avoir fait plaisir.

Avec un soupir de regret, il l'emmena vers le château.

13

Severn, assis dans la salle d'armes, se délectait de fromage et de bœuf. Il se mit à rire.

Zared leva les yeux.

— Qu'y a-t-il de si drôle ?

— Une journée entière au lit avec une femme ! Même moi, je ne croyais pas que Rogan serait à la hauteur. Je l'ai sous-estimé, déclara-t-il avec fierté. Liana va devoir passer une autre journée au lit... pour se reposer.

— C'est peut-être Rogan qui en aura le plus besoin.

— Ha ! fit Severn, méprisant. Tu ne connais rien aux hommes. Surtout un homme comme notre frère. Il aura remis cette femme à sa place. Tu verras. Elle n'essaiera plus de gouverner le château. Rogan ne délaissera plus l'entraînement pour s'endormir sur ses genoux. Désormais, elle restera dans sa chambre et ne se mêlera plus de nos vies. Plus de nettoyage permanent, ni...

— De bons petits plats, intervint Zared. Tu sais, je préfère comme c'est maintenant. On mange nettement mieux.

Severn pointa son couteau vers Zared.

— Le luxe peut causer la chute d'un homme, et nul ne le sait mieux que notre frère. Rogan...

—... A perdu le pari.

Severn plissa les yeux.

— Peut-être, mais il a dû lui faire chèrement payer sa victoire.

— Ouais, dit Zared en étalant du beurre sur une épaisse tranche de pain. Mais c'est quand même elle qui a décidé qu'ils passeraient la journée ainsi. Et elle a bel et bien gagné le pari, non ? Elle a trouvé les voleurs alors que Rogan et toi en avez été incapables. Et elle...

— La chance. Ce n'était rien que de la chance. Nul doute que les paysans étaient sur le point de livrer les voleurs. Il se trouve qu'elle est arrivée au bon moment.

— Ben voyons !

— Ne prends pas ce ton avec moi !

— Alors, ne sois pas si stupide. Cette femme a accompli des miracles en un temps record et elle mérite des louanges. De plus, j'ai bien l'impression que Rogan est en train de tomber amoureux d'elle.

— Amoureux ! Jamais ! Jamais Rogan ne se montrerait aussi faible. Il a connu des centaines de femmes, des milliers. Et il n'est jamais tombé amoureux. Il est beaucoup trop malin pour ça.

— Il n'a pas été si malin avec Jeanne Howard.

Le visage de Severn prit une teinte pourpre assez malsaine.

— Que sais-tu de cette femme ? Tu n'étais qu'un marmot, à l'époque. Sa trahison a tué Basil et James. (Il fit un effort pour se calmer.) De toute manière, Rogan sait à quoi s'en tenir avec les femmes, surtout avec celles qu'on épouse. Après une journée passée au lit avec Liana, il sera lassé d'elle. Il l'enverra probablement à Bevan, et les choses redeviendront normales ici.

— Normales ? Avec des rats dans l'escalier et des cadavres dans les douves ? Tu sais ce qui ne va pas chez toi, Severn ? Tu es jaloux. Tu n'acceptes pas que Rogan s'intéresse à quelqu'un d'autre que toi. Tu ne...

— Jaloux ! Je vais te dire ce qui me tracasse : j'ai peur que Rogan ne baisse sa garde vis-à-vis des Howard. Si cette femme l'amollit, il oubliera de surveiller ses arrières et il finira par recevoir un couteau dans le dos. Les Peregrine ne sont pas faits pour porter des jupes.

— Mais... et si Rogan éprouve quelque chose pour elle ?

— Impossible. Crois-moi. Je le connais mieux qu'il ne se connaît lui-même. Il ne se souvient même pas de son nom. Il n'y a donc aucun danger qu'il se mette à l'aimer.

Zared allait répondre quand un bruit dans l'escalier les fit se retourner tous les deux.

Resplendissants dans leurs habits de soie, Rogan et Liana pénétrèrent dans la pièce, bras dessus, bras dessous. Rogan, les yeux brillants, se pencha vers la jeune femme.

— Peut-être, dit-il.

— As-tu peur que je te contredise devant les paysans ?

— Me *contredire* ? Ah, si tu faisais une chose pareille, les paysans croiraient que tu... (il hésita)... m'as apprivoisé.

Liana éclata de rire et effleura la joue de Rogan d'un baiser. Se dirigeant vers la table, ils ne parurent pas remarquer la stupéfaction de Severn et de Zared.

— Salut, jeunes gens ! lança gaiement Liana avant de prendre place à la droite de Rogan. Dis-moi s'il y a un plat qui ne te convient pas et je parlerai au cuisinier... après la session de la cour.

— Je vois, dit Rogan avec une gravité

moqueuse. Et si je refuse, qu'aurons-nous pour dîner ?

Liana lui adressa un sourire suave.

— Mais ce que tu as toujours mangé : du pain au sable avec de la viande pleine de vers, le tout arrosé de l'eau des douves.

Rogan fit un clin d'œil à Severn.

— C'est du chantage. Si je n'autorise pas ma femme à siéger avec moi au tribunal, elle me fera mourir de faim.

Severn repoussa sa chaise avec violence et quitta la pièce d'un pas furieux.

Rogan, habitué aux humeurs changeantes de ses frères, ne lui prêta aucune attention.

Liana se tourna vers Zared.

— Qu'a-t-il ?

Zared haussa les épaules.

— Il n'aime pas avoir tort. Ça lui passera. Rogan, on dirait que tu t'es bien amusé, hier.

Rogan songea un instant à parler de la foire, puis se ravisa. Mieux valait ne pas trop ébruiter qu'il s'était promené seul parmi les paysans.

— Oui, se contenta-t-il de dire très doucement. Beaucoup.

Et il contempla Liana avec extase. Rogan se souviendrait de son nom à présent, pensa Zared en se demandant une nouvelle fois s'il était en train de tomber amoureux. A quoi ressemblerait un Rogan amoureux ? Allait-il troquer son épée contre une plume et écrire des poèmes ? Peut-être Severn avait-il raison. Leur aîné serait-il capable de mener l'attaque contre les Howard ?

Quand il eut fini de manger, Rogan lança un long regard égrillard à Liana.

— Viens près de moi, ma beauté.

Liana pouffa.

Oui, décidément, se dit Zared, Severn avait bien raison. Ce n'était pas là le Rogan qu'ils avaient toujours connu, Rogan le féroce, Rogan l'impitoyable.

Discrètement, Zared quitta la pièce sans que Rogan et Liana s'en aperçoivent.

Le ressentiment de Severn ne cessa de croître et d'embellir à mesure que les heures passaient. Rogan ne se montra pas à l'entraînement.

— Il doit être retourné au lit avec cette sorcière, maugréa-t-il.

— Milord ? demanda le chevalier avec lequel il s'entraînait.

Severn passa sa colère sur le malheureux. Il se rua sur lui avec une férocité qu'il ne déployait que sur le champ de bataille.

— Assez ! rugit Rogan derrière lui. Veux-tu le tuer ?

Severn s'immobilisa, épée à la main, avant de se retourner vers son frère. Celui-ci était accompagné par un homme qui lui ressemblait étrangement.

— Que fait ici un des bâtards de notre père ?

— Il va s'entraîner avec nous. Et c'est toi qui t'occuperas de lui.

Severn saisit son frère par l'épaule.

— Ne compte pas sur moi ! Confie-le donc à ta femme, puisqu'elle semble avoir désormais la haute main sur tout.

Rogan arracha sa lance à un chevalier.

— Tu vas ravaler ces paroles, gronda-t-il en se jetant sur son frère.

Les deux hommes s'engagèrent dans une lutte sans merci. Les chevaliers les observaient en silence, comprenant qu'il s'agissait d'autre chose qu'un banal combat d'entraînement.

Rogan n'était pas aussi enragé que son frère. En fait, pour la première fois depuis des années, il n'était pas en colère. Aussi ne faisait-il que parer les coups.

Les deux hommes furent aussi surpris l'un que l'autre quand Rogan heurta un obstacle et tomba. Il voulut se relever, mais la pointe de la lance de Severn était posée sur sa gorge.

— Voilà ce que cette fille fait de toi ! s'exclama Severn. Elle pourrait aussi bien te castrer. Elle t'a déjà mis une chaîne autour du cou.

Cela ressemblait trop à la scène inventée par les paysans. La fureur de Rogan explosa. Ecartant la lance d'un revers brutal, il se jeta à mains nues sur son frère.

Dix chevaliers bondirent pour séparer les combattants.

— Tu as toujours été un jouet entre les bras des femmes, cria Severn. Jeanne Howard a provoqué la mort de deux de nos frères. A présent que tu as Liana, ta famille n'existe plus pour toi.

Rogan se figea.

— Lâchez-moi ! ordonna-t-il à ses hommes.

Il s'approcha de Severn, toujours retenu par les chevaliers.

— Je t'ai chargé d'entraîner un autre de nos frères, dit-il calmement. Exécution !

Il tourna les talons et rentra au château.

Quelques heures plus tard, un Severn dégoulinant de sueur pénétra dans les appartements de

Iolanthe. Un luxe inouï y régnait. Or, broderies de soie, joyaux, tout resplendissait. Mais la maîtresse des lieux, par sa beauté, éclipsait le décor somptueux.

A la vue du visage furieux de Severn, Iolanthe renvoya d'un geste ses trois suivantes et emplit de vin un gobelet d'or. Severn le vida d'un trait.

— Dis-moi, fit-elle d'une voix douce.
— C'est cette maudite femme !

Io comprit aussitôt de qui il parlait. Depuis quelques jours, Severn ne cessait de se plaindre de la nouvelle épouse de Rogan.

— Elle est en train de lui voler son âme, reprit-il. Elle le mène par le bout du nez, comme nous tous. Elle a ordonné de passer ma chambre à la chaux ! Rien ni personne n'est sacré à ses yeux. Et Rogan ne la punit même pas.

Io l'étudiait avec attention.

— Et qu'a-t-elle fait, aujourd'hui ?
— J'ignore comment elle a persuadé Rogan d'amener un des bâtards de mon père au château. Et c'est moi qui dois l'entraîner ! Un vulgaire négociant de laine ! conclut-il avec horreur.

— Et comment t'es-tu fait cette bosse au front ?

Severn détourna les yeux.

— Il a eu de la chance, voilà tout. Il ne sera jamais chevalier, quoi que dise ou fasse cette femme. Et elle a accompagné Rogan au tribunal.

Iolanthe observait Severn, devinant sa jalousie. A quoi ressemblait l'épouse de Rogan ? Io ne quittait ses beaux appartements que pour d'occasionnelles promenades sur les remparts. Elle avait cru qu'aucune femme ne pourrait jamais changer Rogan. Il était trop dur, trop insensible, trop obsédé par sa haine. Mais, depuis l'arrivée de Liana, elle avait compris son erreur. Elle avait vu le château se transformer comme par un coup de baguette magique et entendu maintes anecdotes sur la dame de Feu.

— Il tient donc à elle ? demanda-t-elle à Severn.

— Je n'en sais rien. C'est comme si elle lui avait jeté un sort. Elle le dépouille de sa force. Aujourd'hui, à l'exercice, c'est moi qui l'ai jeté à terre.

— Tu avais de la fureur à revendre. Lui, non.

— Avant qu'elle vienne, Rogan était toujours furieux. Maintenant il... il sourit !

A ces mots, Io ne put cacher un sourire. Elle faisait tout son possible pour rester à l'écart de la querelle entre les Peregrine et les Howard. Seul Severn comptait à ses yeux. Bien sûr, elle ne lui parlait jamais de son amour. Elle avait depuis fort longtemps deviné que la seule mention du mot *amour* le ferait fuir à l'autre bout de la terre. Maintenant, elle voyait qu'elle avait eu raison. Il enrageait parce que son frère tenait à son épouse.

Comment Liana s'y était-elle prise ? La beauté seule n'aurait pas suffi. Elle avait vu des femmes très belles se couvrir de ridicule à cause de Rogan. Il ne les avait même pas remarquées.

En scrutant le visage de Severn déformé par la colère, Io se disait qu'elle vendrait son âme au diable pour que cet homme tombe amoureux d'elle. Il lui faisait l'amour, passait du temps avec elle, sollicitait même parfois son avis, mais il ne l'aimait pas. Aussi acceptait-elle ce qu'il lui offrait sans jamais lui laisser deviner qu'elle en souhaitait davantage.

— Comment est cette femme ? s'enquit-elle.
— Elle se mêle de tout, aboya Severn. Elle veut tout gouverner : les chevaliers, les paysans, Rogan... Et c'est une simple d'esprit. Elle s'imagine que la propreté est la solution à tous les problèmes.
— A quoi ressemble-t-elle ?
— Elle est quelconque, même pas jolie. Je ne vois pas ce que Rogan lui trouve.
— Je viendrai dîner avec vous demain soir.

Severn en resta interdit. Io n'aimait pas Rogan et le château la dégoûtait.

— D'accord, dit-il enfin. Peut-être pourras-tu apprendre à cette mégère à rester à sa place. Invite-la. Conseille-lui de ne plus rendre la justice. Dissuade-la de s'occuper des paysans... et de mon frère. Peut-être parviendras-tu à la convaincre de s'occuper de ses affaires, et les choses redeviendront comme avant.

Ou peut-être m'apprendra-t-elle comment gagner l'amour de Severn, songea Io à part soi.

Pour la vingtième fois, Liana regarda par la fenêtre. En revenant de l'entraînement, la veille, Rogan avait perdu sa bonne humeur. Depuis leur retour de la foire, il avait été si doux, si compréhensif... D'un coup, il était redevenu l'homme qu'il était auparavant : sinistre et coléreux. Il s'était enfermé dans sa chambre à côté de la salle d'armes, sa chambre noire, comme l'appelait Zared, et avait refusé de la laisser entrer.

Tard dans la nuit, il était venu la rejoindre. Dans son demi-sommeil, Liana avait roulé vers lui et il s'était soudain accroché à elle. Sans un mot, il lui avait fait l'amour d'une façon brutale. Liana avait ravalé ses plaintes car son instinct lui disait qu'il avait besoin d'elle.

Après cela, il l'avait gardée serrée contre lui.

— Dis-moi ce qui s'est passé, avait-elle chuchoté.

Il lui avait tourné le dos et s'était endormi. Au matin, il l'avait quittée sans un mot.

C'était maintenant l'heure du dîner et elle attendait son retour de l'entraînement. Il avait déjeuné avec ses hommes, la laissant seule en compagnie de ses femmes et de Zared.

Elle s'habilla avec soin et descendit. Avec un homme, il était toujours bon de paraître à son avantage.

Un silence étouffant pesait sur la salle d'armes. Les trois frères avaient commencé à manger sans l'attendre. Liana avait deviné que la colère de Rogan était dirigée contre Severn, mais elle ignorait ce qui l'avait provoquée. Elle aurait pu interroger Zared ; toutefois, elle préférait que ce soit Rogan qui lui en parle.

Elle prit place à la gauche de son mari.

— Baudoin est-il arrivé ? demanda-t-elle.

Le silence se fit plus lourd encore. Elle se tourna vers Zared.

— Ce n'est pas un mauvais guerrier, dit celui-ci. Quoi d'étonnant, au fond ? Le sang de notre père coule dans ses veines.

— Il n'est pas notre frère ! aboya Severn.

Les yeux de Zared étincelèrent.

— Il est autant mon frère que toi.

— Tu vas regretter de salir le nom des Peregrine !

Une bagarre générale éclata. Severn s'était jeté sur Zared, et Rogan sur Severn.

Cette scène fut interrompue par l'arrivée d'une femme. Liana écarquilla les yeux. Enveloppée dans un vêtement d'or, celle-ci était éblouissante.

— Je vois que rien n'a changé, dit-elle.

Immédiatement, chacun se calma. La femme s'avança, aussi gracieuse qu'un ange, tandis qu'une longue traîne bordée de fourrure volait derrière elle.

Elle toisa Severn d'un œil sévère. Aussitôt, celui-ci lui tira courtoisement une chaise. Une fois assise, elle leva les yeux vers les trois Peregrine toujours debout.

— Vous pouvez prendre place, fit-elle avec l'assurance d'une reine.

Liana ne parvenait pas à quitter cette femme des yeux. Elle incarnait tout ce que chaque femme rêvait d'être. Elle avait la beauté, l'élégance, la grâce... et, par-dessus tout, cette qualité essentielle : les hommes se précipitaient pour la satisfaire.

— Io, dit Rogan, que nous vaut cet honneur ?

Sans erreur possible, il y avait de l'hostilité dans sa voix. Se tournant vers lui, Liana aperçut un rictus moqueur sur ses lèvres.

— Je suis venue afin de faire la connaissance de votre épouse.

Liana perdit un instant contenance. Si Rogan ne se souvenait pas de son nom, elle allait mourir de honte.

— Liana, Iolanthe, annonça Rogan avant de se remettre à manger.

Soulagée, Liana regarda Iolanthe. Que lui dire ?

— Bonjour. Votre robe vient-elle de Londres ?

— Non, de Paris. Mon mari est français.

Liana lui adressa un pâle sourire.

Le repas se déroula dans une ambiance morose. Rogan et Severn demeuraient silencieux et Zared semblait aussi intimidé que Liana.

Trois suivantes se tenaient derrière Iolanthe et lui servaient les mets dans de la vaisselle d'or. Elle ne disait rien, elle non plus, mais observait les autres convives avec curiosité, et particulièrement Liana. De plus en plus nerveuse, celle-ci ne put avaler une bouchée.

Enfin, Iolanthe se leva et quitta la pièce. Les épaules de Liana s'affaissèrent de soulagement.

— Elle est très belle, dit-elle à Severn.

Le nez dans son assiette, il émit un bref grognement.

— Son mari n'est-il pas gêné de la voir vivre ici avec vous ?

Severn la foudroya d'un regard brûlant de haine.

— Mêlez-vous des affaires des autres si ça vous chante, mais pas des miennes. Io ne concerne que moi.

Tant d'animosité déconcerta Liana. Elle regarda Rogan, s'attendant presque qu'il se jette sur son frère. Mais Rogan semblait n'avoir rien entendu.

— Je ne voulais pas vous insulter, dit-elle, ni me mêler de quoi que ce soit.

— A d'autres ! Vous ne faites que ça depuis que vous êtes arrivée ici. Vous avez tout changé : le château, les dépendances, les hommes, les paysans, mon frère. Écoutez-moi bien ! Laissez Iolanthe tranquille ! Je ne veux pas qu'elle soit corrompue à son tour.

Confondue par cette attaque, Liana se fit toute petite dans son siège. A nouveau, elle regarda Rogan. Pourquoi ne la défendait-il pas ? Il l'observait avec attention et soudain, elle comprit qu'il la mettait à l'épreuve. Pour le moment, elle n'était une Peregrine que par alliance, elle devait prouver qu'elle était digne de porter ce nom.

— Très bien, dit-elle calmement à Severn. Si vous préférez vivre comme avant mon arrivée, je suis prête à vous satisfaire.

Elle alla jusqu'à la cheminée et emplit un seau de cendres froides. Tous les regards étaient braqués sur elle. Elle revint vers Severn et renversa les cendres sur son assiette et ses vêtements.

— Vous voilà aussi sale qu'avant et votre nourriture est aussi dégoûtante. Désormais, je veillerai à ce qu'il en soit toujours ainsi.

Severn se dressa, fou de rage, et bondit sur elle. Liana pâlit et recula.

Rogan, sans lever les yeux de son morceau de bœuf, tendit la jambe. Severn fit un vol plané.

Reprenant son souffle, il rugit.

— Tu ferais bien de faire quelque chose à propos de cette femme !

Rogan s'essuya la bouche d'un revers de manche.

— On dirait qu'elle se débrouille très bien toute seule.

Liana ne s'était jamais sentie aussi fière de sa vie. Elle avait passé l'épreuve avec succès.

— Mais je n'apprécierais pas que tu lèves la main sur elle, poursuivit Rogan.

Severn se leva, s'époussetant, et lança un regard haineux à Liana.

— Ne vous approchez pas de Io, grinça-t-il avant de quitter la pièce.

Liana jubilait. Les Peregrine possédaient leur propre code de conduite, mais elle commençait à le déchiffrer. Rogan l'avait défendue. Pas quand Severn l'avait agressée verbalement ; quand il l'avait menacée physiquement.

Elle reprit sa place à table.

— Encore quelques petits pois, Zared ? demanda-t-elle.

— Sont-ils propres ? fit Zared en feignant la peur. C'est que j'aime les petits pois propres. Et les vêtements propres. Et les paysans, je les préfère propres, et les soldats aussi. Et même mon frère.

Liana éclata de rire et regarda son mari. Et Rogan lui fit un clin d'œil.

Plus tard cette nuit-là, Rogan la caressa longuement avant de lui faire l'amour avec une infinie tendresse. Ses soucis semblaient s'être envolés.

— Iolanthe n'est pas la dame, chuchota-t-elle.

— Quelle dame ?

— La dame qui vit au-dessus du solarium, celle qui m'a parlé de Jeanne Howard. Ce n'est pas Iolanthe, alors qui est-elle ?

— Personne ne vit au-dessus du solarium.

— Mais...

— Chut ! Dors. Sinon, je te confie à Severn.

— Oh ? Pourquoi pas ? Il est bel homme et nous pourrions...

— Je vais le dire à Iolanthe.

— Je dors, répondit-elle aussitôt.

Elle préférait affronter Severn que cette effrayante Iolanthe.

Avant de sombrer dans le sommeil, elle se demanda de nouveau qui était la dame.

14

Le lendemain matin, Gaby et ses enfants arrivèrent au château et Liana eut enfin quelqu'un à qui parler. Gaby lui raconta la dispute de Rogan et de Severn à propos de Baudoin.
— Mais mon mari m'a défendue ? demanda doucement Liana.
— Oui, milady. Il a ordonné à Severn de se taire et, depuis, lord Severn fait tout ce qu'il peut pour que mon Baudoin retourne au village. Mais Baudoin n'abandonnera jamais.
— Non, fit Liana d'un ton résigné. Il semble bien que les Peregrine n'abandonnent jamais, ne reculent jamais, ne reviennent jamais sur une décision.
— Ce n'est pas si sûr, milady. Lord Rogan a changé depuis votre arrivée. Hier, vous traversiez le pont et lord Rogan a cessé de houspiller un de ses chevaliers pour vous regarder.
Que ces mots étaient doux à Liana !

Trois semaines après l'arrivée de Baudoin et de Gaby, Rogan et Severn étaient toujours en aussi mauvais termes. Ils ne s'adressaient même plus la parole. Liana, vainement, essayait de convaincre Rogan de se confier à elle, de lui expliquer les raisons de sa colère. La nuit, il l'étreignait très fort. Elle avait l'impression qu'il lui demandait un peu de cette douceur qui lui avait manqué, enfant.

Le soir, après le dîner, il la rejoignait parfois au solarium et s'installait dans un fauteuil pour écouter une de ses femmes jouer du luth. Elle l'avait initié aux échecs. Dès qu'il eut compris qu'il s'agissait d'un jeu de stratégie fort semblable à l'art de la guerre, son intérêt s'éveilla et il devint bon joueur. Zared commença à se joindre à eux et Liana fut heureuse de voir le jeune homme assis en tailleur sur le sol tenant la quenouille de l'une des femmes. Un soir, alors que Rogan était allongé sur le siège près de la fenêtre et Zared assis par terre tout près de lui, Liana avait vu son mari passer la main dans la chevelure du jeune garçon. Celui-ci avait levé un regard empli d'une telle adoration vers son frère aîné qu'elle en avait frissonné.

Chaque jour qui passait, l'amour qu'elle éprouvait pour son mari devenait plus fort et plus profond.

Ce qui ne les empêcha pas d'avoir une ou deux disputes mémorables. Rogan refusait d'admettre que les talents de Liana pussent s'exercer ailleurs qu'au lit et à table, même si elle lui donnait mille preuves du contraire. Ainsi, il lui déniait le droit de siéger au tribunal à ses côtés. Elle lui fit remarquer qu'elle avait trouvé les voleurs, percé à jour le plaignant malhonnête, mais il ne fléchit pas.

Leur dispute s'envenima et Liana finit par éclater en sanglots. Rogan n'était pas homme à s'attendrir à la vue d'une femme en pleurs, mais, au bout d'un jour et demi, il regrettait de ne plus voir ses sourires. Il accéda donc à sa requête. Elle se jeta à son cou, l'embrassa et le chatouilla.

En rentrant dans la pièce, Severn les vit tous les deux se rouler par terre. Le hennin de Liana gisait sous la table et sa longue chevelure blonde cascadait au-dessus de son frère, qui se tordait de rire. De la rage, Severn était passé à la consternation. Mais son intrusion les avait immédiatement calmés.

Severn, pensa Liana. Elle était encore stupéfaite que son beau-frère pût être la cause de tant de malheurs. A son arrivée, elle l'avait cru son allié. A mesure que Rogan changeait, cependant, il avait changé, lui aussi. A présent, elle avait l'impression qu'il la haïssait et qu'il montait Rogan contre elle. Bien sûr, Rogan ne lui disait rien de tout cela. C'était Gaby qui l'informait. Devant ses hommes, Severn n'hésitait plus à railler son frère, à le ridiculiser en prétendant qu'il obéissait à une femme.

Plus la situation empirait, plus elle tentait de réconforter Rogan. Le soir, elle devinait son déchirement. Devait-il accepter les plaisirs qu'elle lui offrait ou bien se réfugier dans sa chambre noire ?

Ce fut cette chambre qui provoqua leur seconde dispute. Après qu'il y eut passé deux nuits solitaires, Liana était venue le trouver. Elle n'avait ni frappé, ni demandé la permission d'entrer. Le cœur battant, elle avait simplement poussé la porte. Il avait fulminé et tempêté, mais quelque chose dans son regard lui avait dit que l'intrusion ne le dérangeait pas tant que cela.

— Qu'est-ce que c'est ? avait-elle demandé en

désignant des feuilles de papier disséminées sur l'écritoire.

Après s'être fait un peu prier, il avait fini par lui montrer ses esquisses. Liana ne savait pas grand-chose des engins de guerre, mais elle connaissait les machineries de ferme. Et ceci n'était pas très différent. Elle avait fait quelques suggestions, fort judicieuses au demeurant.

La soirée avait dès lors été délicieuse. Puis Severn, une fois de plus, avait tout gâché. Poussant la porte entrebâillée, il les avait contemplés avec horreur.

— On m'a dit qu'elle était ici, avait-il déclaré, mais je ne voulais pas le croire. Cette pièce était sacrée pour Rowland et pour notre père. Et maintenant tu y acceptes une femme ! Et pourquoi ? Pour qu'elle te dise comment fabriquer une machine de guerre ? N'as-tu plus rien d'un homme ?

Et il avait tourné les talons en se grattant furieusement le bras. Ses vêtements étaient de nouveau infestés de poux. Puissent-ils le dévorer vivant ! avait pensé Liana. Elle s'était tournée vers son mari.

— Rogan...

Mais il était déjà loin. Il n'avait plus remis les pieds dans la pièce de plusieurs jours.

Leur troisième dispute changea le rapport de force. Dès lors, Rogan prit le parti de Severn contre elle.

Bouillant de rage, Liana s'était ruée un matin dans la salle d'armes. Severn et Rogan prenaient leur petit déjeuner en silence.

Liana était si furieuse qu'elle en bafouillait.

— Ton... ton frère était au lit avec trois femmes ce matin !

Rogan avait regardé Severn, admiratif.

— Trois ? Une fois, j'en ai convié quatre. Mais le lendemain, j'étais en miettes.

— Quand ça ?

— Il y a un an, au tournoi de...

— Pas lui ! avait hurlé Liana. Zared ! Ton petit frère, cet enfant a passé la nuit avec trois femmes. Fais quelque chose ! Ce garçon t'adore. Tu es son idole. Il pense que le soleil se lève et se couche grâce à toi. Et je suis certaine qu'il suit ton exemple.

Severn avait ricané et flanqué une bonne tape sur l'épaule de Rogan.

— L'exemple de son grand frère !

Liana avait fixé Severn, incapable de retenir sa fureur.

— Au moins, Rogan fait des efforts. Mais vous ! Vous qui vivez dans le péché avec une maîtresse sous le même toit que cet enfant innocent !

— Ma vie ne vous regarde pas ! Quant à Zared, c'est...

Rogan l'avait interrompu.

— Je vais m'occuper de lui.

— Comme tu t'occupes de tout, y compris de ta femme ? avait ricané Severn avant de sortir.

— Ton frère a besoin d'une épouse, avait dit Liana.

— Une épouse ? Iolanthe lui arracherait les yeux.

— Il faudra trouver une femme assez forte pour tenir tête à Severn et à Iolanthe.

— Une telle femme n'existe pas.

— Non ? Je t'ai bien tenu tête. Et tu es vingt fois plus fort que Severn et Iolanthe réunis.

Elle voulait plaisanter, mais Rogan l'avait regardée avec colère.

— Aucune femme ne me domine, avait-il dit, les dents serrées. Retourne à tes broderies, femme. C'est ta place.

Et il l'avait plantée là.

A minuit passé, folle d'inquiétude, elle avait chargé Baudoin de retrouver Rogan. Peu après, il était revenu lui annoncer que Rogan se soûlait dans le grand hall avec une demi-douzaine de ses hommes.

D'une certaine manière, cette nouvelle avait réjoui Liana. Leur dispute le troublait autant qu'elle. Elle avait dormi d'un sommeil agité.

Elle fut réveillée avant l'aube par le terrifiant fracas du fer contre le fer. Ils étaient attaqués.

— Rogan ! s'écria-t-elle, affolée.

Saisissant un peignoir au passage, elle se rua au rez-de-chaussée.

Les Howard avaient essayé de se faufiler dans le château juste avant l'aube. Ils avaient jeté des grappins sur les remparts et avaient escaladé les murailles.

Tant de mois avaient passé depuis leur dernière attaque et les Peregrine étaient si occupés par leurs querelles internes qu'un dangereux sentiment de sécurité s'était répandu parmi les hommes. Les sentinelles étaient moins vigilantes.

Douze des assaillants avaient réussi à prendre pied sur les remparts avant que les gardes endormis ne s'en rendent compte. Deux chevaliers étaient morts dans leur sommeil.

Rogan, dans le grand hall, gisait à terre, ivre mort. Severn se planta devant lui et lui jeta une épée avant de se ruer dehors.

Rogan, soudain dégrisé, réveilla ses hommes à coups de pied et, en quelques secondes, il était dans la cour, se battant aux côtés de Severn et de Baudoin.

Il ne leur fallut pas longtemps pour massacrer les assaillants. Quand Severn leva son épée pour tuer le dernier, Rogan l'arrêta.

— Pourquoi ? demanda-t-il à l'homme. Que voulait Oliver ?

— La femme. Son jeune frère a besoin d'une épouse et les femmes des Peregrine font, selon lui, d'excellentes épouses pour les Howard.

Rogan plongea son épée dans le cœur de l'homme et s'acharna jusqu'à ce que Severn le tire en arrière.

— Il est mort, Rogan. Ils sont tous morts. Et avec eux, quatre des nôtres.

Une peur abjecte submergeait Rogan. Si Severn n'avait pas été là... s'il avait été un tout petit peu plus ivre... si ses hommes n'avaient rien entendu... Les Howard détiendraient Liana, à présent.

— Fouille le château, ordonna-t-il à ses hommes, et de fond en comble ! Je veux être certain qu'il ne reste pas un seul Howard.

— Enfin tu te soucies des Howard ! dit Severn. Mais seulement à cause de Liana. Tu as mis nos vies en danger, risqué les maigres biens qu'il nous reste... Cela t'indiffère-t-il que quatre des nôtres soient morts, une douzaine d'autres blessés, alors que tu te vautrais comme un ivrogne ? Et pourquoi ? A cause d'une querelle avec cette femme ! Tu as fait tuer deux de tes frères pour une autre femme. Faudra-t-il que tous les Peregrine meurent pour te satisfaire ?

A cet instant, Liana surgit et se jeta au cou de Rogan.

— Tu es sain et sauf ! s'écria-t-elle, en larmes. J'étais folle d'inquiétude.

Pendant un instant, Rogan oublia son frère et les hommes maculés de sang autour de lui pour la serrer contre lui. Elle tremblait. Seule la chance avait fait qu'elle soit encore là, que les sbires des Howard ne l'aient pas emmenée. Il lui caressa les cheveux, l'apaisa.

— Je vais bien, chuchota-t-il.

Il leva les yeux et vit soudain le visage d'un de ses chevaliers, un homme de son père, un homme qui avait suivi Rowland au combat. Il lut le dégoût sur le visage du vieux soldat.

Jusqu'à présent, ses hommes avaient pris son parti contre Severn car il n'avait jamais relâché son entraînement. Maintenant, à mesure qu'il les dévisageait, Rogan prit conscience que leur loyauté venait de changer de camp. Comment pourraient-ils suivre un homme qui, à cause d'une querelle avec sa femme, était trop ivre pour entendre une attaque ? Il avait perdu son autorité sur eux. Dans leur farce, les villageois l'avaient dépeint comme le seigneur apprivoisé. Un homme à qui une femme avait passé un collier autour du cou et qui le menait à quatre pattes derrière elle. A l'époque, l'idée lui avait paru absurde ; désormais, il y voyait une certaine vérité.

Il devait réagir promptement. Il repoussa Liana.

— Rentre à la maison, femme ! Là est ta place.

Elle se raidit.

— Je vais vous aider. Y a-t-il beaucoup de blessés ? (Elle se tourna vers l'homme qui contemplait Rogan avec si peu de respect.) Portez ces hommes aux cuisines, il y fait plus chaud. Et allez...

Rogan dut l'arrêter.

— Obéis ! rugit-il.

— Mais il y a des blessés...

Ses hommes l'observaient avec attention.

— Je t'ai épousée pour ton argent, dit-il d'une voix égale mais assez forte pour que chacun l'entende. Pas pour tes conseils ou ta beauté.

Liana eut l'impression de recevoir un coup. La gorge nouée, elle entendit les ricanements des hommes. Lentement, elle pivota et rentra au château.

Pendant une fraction de seconde, Rogan faillit s'élancer à sa suite.

— Relevez ces hommes ! ordonna-t-il.

Il ferait la paix avec elle ce soir. Peut-être lui apporterait-il un cadeau.

— Pour les mettre où ? demanda Severn, le regard de nouveau empreint de respect.

— Dans le grand hall. Qu'on leur mette des garrots. Ensuite, amenez-moi les hommes qui étaient de garde.

Severn posa la main sur l'épaule de son frère.

Pour Rogan, cette main était le poids de ses responsabilités.

— Il l'a fait, déclara fièrement Severn à Iolanthe. Je savais que, quand nous aurions besoin de lui, il répondrait présent. Tu aurais dû le voir hier matin. « Je t'ai épousée pour ton argent, pas pour tes conseils ou ta beauté. » Voilà ce qu'il lui a dit. Ah, maintenant, elle ne se mêlera plus des affaires des Peregrine !

Io leva les yeux de sa broderie. Elle était déjà au courant des événements de la veille.

— Où ton brillant frère a-t-il dormi cette nuit ?
— Avec ses hommes, sans doute. Il aurait dû fracasser la porte de sa chambre. Cette femme mérite une bonne leçon.

Io le regarda se gratter. Cela avait été si agréable, ces derniers temps, de le voir propre.

— Tu as réussi à ce que le château redevienne comme il était. Ton frère dort avec ses hommes et j'imagine qu'il est aussi malheureux qu'autrefois. Il ne sourit plus, n'est-ce pas ?

Severn se dirigea vers la fenêtre. Zared lui avait dit qu'il était jaloux et il commençait à se poser des questions. Hier, Severn avait eu gain de cause. Il avait forcé Rogan à renier sa femme en public. Mais qu'avait-il gagné ? Les dernières vingt-quatre heures avaient été épouvantables. Rogan était pire qu'avant. A l'entraînement, il s'était montré dur, impitoyable, cruel même. Il avait brisé le bras d'un chevalier, balafré la joue d'un autre. Et, quand Severn avait protesté, Rogan l'avait envoyé à terre d'un coup de poing.

Il se retourna vers Io.

— Rogan est plus enragé que jamais.

Iolanthe lisait dans ses pensées. Il n'y avait pas

une once de malice en lui... et c'était l'une des raisons pour lesquelles elle l'aimait. Mais, comme la plupart des hommes, il craignait les changements. Il avait aimé, adoré ses frères aînés et il les avait vus mourir l'un après l'autre, jusqu'à ce qu'il ne lui reste plus que Rogan. A présent, il avait peur de le perdre, lui aussi.

— Alors, que vas-tu faire pour que ces deux-là se réconcilient ? demanda-t-elle en enfilant un fil d'or dans le chas de son aiguille.

— Quoi ? s'étrangla Severn. Pour que Rogan traîne tout l'après-midi dans sa chambre ? Les Howard auraient tôt fait de nous tuer dans notre sommeil. Ils...

— Rogan vous tuera au travail si tu ne fais rien.

Il voulut la contredire mais se trouva soudain à court d'arguments. Il se laissa lourdement tomber dans un fauteuil.

— Peut-être n'est-elle pas si mal, après tout, dit-il après une longue hésitation. Et peut-être que le château avait besoin d'un petit nettoyage. (Io gloussa.) Bon, d'accord, un grand nettoyage. Mais elle n'était pas obligée de... de le changer à ce point.

— Elle l'aime.

Elle contempla Severn avec un amour infini mais, perdu dans ses pensées, il ne le remarqua pas. Iolanthe admirait cette Liana si pâle, si frêle, qui avait réussi là où elle-même avait échoué.

— Envoie une invitation à dîner à Liana de la part de Rogan et une autre à Rogan de la part de Liana.

Severn se gratta furieusement l'épaule.

— Tu crois qu'elle fera laver mes vêtements ?

— Si tu lui rends Rogan, j'en suis certaine.
— Je vais y réfléchir, dit doucement Severn. Surtout si Rogan ne se calme pas.

— Il s'imagine peut-être que cela va être aussi facile ? demanda Liana à Gaby. Il se figure qu'il lui suffit de m'envoyer une invitation pour que je revienne ramper devant lui ? Après l'humiliation qu'il m'a fait subir ?

Liana avait renvoyé ses suivantes. Les deux femmes étaient seules dans le solarium.

— Mais, milady, parfois les hommes se laissent emporter. Ils disent des choses qu'ils ne pensent pas. Et puis, cela dure depuis huit jours, à présent. Baudoin dit que lord Rogan leur mène une vie d'enfer. Il ne dort jamais, il ne laisse pas ses hommes se reposer. Il a doublé la garde sur les remparts et si jamais un soldat ose cligner des paupières, il est fouetté.

— En quoi cela me concerne-t-il ? Il a mon argent, c'est tout ce qu'il voulait.

La douleur qu'elle avait éprouvée ne s'était nullement apaisée au cours de cette semaine. Elle s'était menti à elle-même en s'imaginant qu'il éprouvait un quelconque sentiment pour elle. Il l'avait épousée uniquement pour sa dot. Eh bien, maintenant, il l'avait. Elle n'essaierait plus de s'interposer entre les paysans et lui, elle ne demanderait plus à siéger au tribunal. En fait, elle ferait aussi bien de partir s'installer avec ses suivantes à Bevan ou dans l'un de ses domaines...

— Vous comptez refuser son invitation ? demanda Gaby.

— Je vais faire empiler quelques plats en or

sur ma chaise à ma place. Voilà qui devrait le satisfaire. Ainsi, il n'aura pas à contempler ma laideur.

— Mais, milady, je suis certaine qu'il ne...

Gaby parlait, mais Liana ne l'écoutait plus. Elle venait d'avoir une idée.

— Va me chercher le forgeron.

Gaby ne bougea pas.

— Comptez-vous accepter son invitation ?

— Oh oui, je vais l'accepter ! Et mon cher mari sera comblé. Il aura tout ce qu'il désire : de l'or sans le déplaisir de me contempler.

Gaby ne bougeait toujours pas.

— Parfois il vaut mieux pardonner et oublier qu'entretenir une querelle. Le mariage est...

— Mon mariage est basé sur l'or et rien d'autre. Maintenant, va !

Trois heures plus tard, Liana était habillée pour assister au dîner auquel son mari l'avait invitée. Joice l'avait aidée, car Liana ne voulait pas entendre les protestations de Gaby...

Pas plus qu'elle n'avait voulu entendre celles de la dame. En gravissant l'escalier, elle avait vu sa porte entrouverte. Mais, ce soir, Liana ne voulait pas parler à la dame ; elle ne voulait pas être dissuadée de son projet. Elle souffrait trop. Pourquoi devrait-elle lui pardonner ? Devait-elle lui pardonner ? Devait-elle accepter qu'il l'humilie sans cesse ?

— Sors d'ici ! rugit Rogan à l'intention de Severn.

Ils se trouvaient dans une des chambres au-dessus de la cuisine, occupée autrefois par une des Journées. Elle était déjà sale. Le ménage n'était plus fait depuis une semaine et un gros rat rongeait un os dans un coin.

— Je pensais que tu voudrais porter quelque chose qui pue moins, c'est tout. Et peut-être te raser.

— Pourquoi ? fit Rogan, belliqueux. Pour manger avec une femme ? Tu avais raison. Tout allait mieux avant son arrivée. Je crois que je vais l'envoyer à Bevan.

— Il faudra la protéger là-bas et donc nous priver de combien d'hommes ? Les Howard...

— S'ils le veulent, qu'ils la prennent ! Je m'en contrefiche.

Rogan grimaça malgré lui. Il avait essayé de la voir après ce qu'il avait dit ce matin-là, mais elle avait verrouillé sa porte. Sa première impulsion avait été de la fracasser pour lui montrer qui était le maître mais il s'y était refusé : pas question de passer pour un idiot en lui montrant qu'il tenait à elle. Qu'elle reste derrière sa porte si elle en avait envie. Il s'en moquait. Il avait dit la vérité : il l'avait épousée pour son argent.

Mais, tout au long de la semaine, il s'était souvenu de certaines choses. De ses rires, de la façon dont elle se jetait à son cou, il s'était même souvenu de ses opinions et de ses suggestions, de sa chaleur, de son corps... Il se souvenait de ce qui avait changé grâce à elle : la musique, la nourriture, la propreté du château. Il se rappelait la journée à la foire... leurs mains nouées... Gaby lui lavant les cheveux.

Il jeta un regard venimeux à son frère.

— Depuis quand te soucies-tu de ma façon de m'habiller ?

— Depuis que, avant-hier, j'ai mangé du pain au sable. Depuis que Io se montre moins aimable envers moi.

— Renvoie-la à son mari et je renverrai... (il eut du mal à prononcer son nom)... Liana.

— C'est sûrement ce qui pourrait nous arriver de mieux à tous les deux. Nous pourrions nous remettre au travail. Et nous n'aurions plus à redouter que les Howard nous enlèvent nos femmes. D'un autre côté, les hommes se plaignent du pain. Peut-être...

Il n'acheva pas sa phrase.

Rogan fronça les sourcils. Si elle l'avait invité, cela signifiait peut-être qu'elle voulait lui présenter des excuses. Et si elle implorait son pardon, peut-être le lui accorderait-il.

Liana attendit que Zared, Severn, Rogan et tous ses hommes aient pris place à la table du grand hall. Joice baissa le voile sur le visage de sa maîtresse.

— Vous êtes sûre, milady ? demanda-t-elle, les lèvres pincées.

— Plus que sûre, répliqua Liana en redressant les épaules.

Le silence se fit dans le hall à son entrée. Un long voile qui lui tombait jusqu'à la taille dissimulait son visage.

Solennellement, elle se dirigea vers la table jusqu'à la place de la maîtresse du château et attendit. Severn comprit le premier. D'un coup de coude, il engagea Rogan à se lever et à lui tirer sa chaise. Elle prit place tandis que tous les regards étaient braqués sur le maître et la maîtresse des lieux.

Rogan parut chercher un moyen de briser ce silence.

— Tu veux du vin ? demanda-t-il enfin, sa voix résonnant jusqu'aux voûtes du plafond.

Très lentement, Liana souleva son voile. Une exclamation étouffée parcourut l'assistance. Des pièces, suspendues à des cordelettes, se balançaient le long de ses joues.

A la stupeur générale, Liana saisit un couteau et détacha une pièce d'argent.

— Cela suffira-t-il à payer le vin, milord ? (Elle libéra une pièce d'or.) Ceci suffira-t-il pour le bœuf ?

Eberlué, Rogan fixait les deux pièces.

— N'ayez aucune crainte, milord, dit-elle d'une voix sonore. Je ne mangerai pas au point que vous soyez forcé de contempler ma laideur. Je suis certaine que la vue de cet argent vous satisfait davantage que celui de mon hideux visage.

Sans un mot, le visage glacial, Rogan se leva et quitta le hall.

Zared se tourna vers Severn qui avait blêmi.

— Mange, Severn. Demain, nous aurons probablement des pierres dans notre pain et Rogan nous crèvera tous à l'entraînement, dit-il avec une fausse gaieté. Tu n'as fait que ton devoir en empêchant Liana de se mêler de ce qui ne la regardait pas.

Liana, rassemblant tout ce qui lui restait de grâce et de dignité, quitta la pièce à son tour.

15

— Non ! cria Liana à Gaby et à Joice. Ne mettez pas ça ici. Ni là. Et surtout pas là !

Joice s'enfuit dès qu'elle le put, mais Gaby resta stoïquement. Oh, elle ne s'était pas privée de donner son avis depuis cet affreux dîner, deux semaines plus tôt, au cours duquel dame Liana était apparue portant son voile de pièces. Mais elle savait à présent que cela ne servait à rien. Liana refusait d'entendre Gaby qui l'implorait de parler à Rogan.

Et lord Rogan était encore pire qu'elle. Gaby était parvenue à persuader Baudoin d'aborder ce sujet avec le seigneur. Rogan avait failli lui planter une lance dans le ventre.

Ainsi, le château et le village pâtissaient de la dispute entre le seigneur et son épouse. Le boulanger refusait de livrer du pain frais parce que Rogan ne le payait pas. Il y avait donc, de nouveau, du sable dans le pain. La cour était jonchée d'immondices parce que personne n'ordonnait aux hommes de la nettoyer. Les paysans avaient faim. Les douves, dans lesquelles il y avait à peine trente centimètres d'eau, contenaient déjà une demi-douzaine de carcasses de vaches. Les hommes se plaignaient des poux et des puces, de la gadoue dans laquelle ils pataugeaient, de la fureur de lord Rogan, de la négligence de lady Liana. Personne ne semblait se souvenir qu'ils avaient tous critiqué la châtelaine à son arrivée.

— Milady... commença Gaby.
— Je n'ai rien à te dire, rétorqua Liana.
— Dame Iolanthe demande à vous voir.
Liana leva le menton.
— Severn a gagné. Son frère est redevenu l'homme qu'il admirait tant. Je ne vois aucune raison de bavarder avec la maîtresse de Severn.

Gaby ne put retenir un petit sourire.
— On dit que lord Severn et sa... et lady Iolanthe se querellent aussi. Peut-être aimerait-elle partager sa peine avec vous ?

Liana voulait parler à quelqu'un. Gaby n'avait qu'un sujet à la bouche : pardonner à Rogan. Elle estimait que c'était à Liana de présenter ses excuses. Mais Liana était persuadée qu'il ne l'écouterait même pas. Comment une femme aussi laide qu'elle pourrait-elle avoir la moindre influence sur un homme comme Rogan ? Et comment une femme aussi belle que Iolanthe pourrait-elle comprendre son problème ?

— Dis-lui que je ne puis accepter.
— Mais, milady, elle vous invite dans ses appartements. On dit qu'elle n'y a jamais invité personne jusqu'ici.
— Ah oui ? C'est donc moi, la dame du château, qui rendrais visite à la maîtresse mariée de mon beau-frère ? Pas question.

Gaby quitta la pièce et Liana retourna à sa broderie. La présomption de cette femme la faisait enrager. Mais sa curiosité était piquée. Qu'avait donc à lui dire la belle Iolanthe ?

L'invitation fut renouvelée trois jours de suite. Chaque fois, Liana la déclina. Mais le quatrième jour, apercevant une des Journées promenant ses formes généreuses dans la cour, elle se tourna vers Joice.

— Apporte-moi ma robe de brocart rouge et or. Je pars en visite.

Une heure plus tard, Liana, vêtue de sa plus belle robe, traversa la cour pour se rendre dans les appartements de Iolanthe. Le dos droit, les yeux fixés devant elle, elle ignora tous les regards posés sur elle.

Quand une servante lui ouvrit la porte, il lui fallut un moment avant de retrouver son sang-froid... Jamais encore elle n'avait vu une pièce d'une telle richesse. Il y avait de l'orfèvrerie et de l'argenterie partout. Le sol était recouvert d'épais tapis aux motifs raffinés. Les murs disparaissaient sous des tapisseries de soie représentant des scènes délicieuses : il s'agissait d'ouvrages si précis, si délicats qu'une fleur pas plus grande que l'ongle d'un pouce possédait une douzaine de teintes différentes. Les plafonds voûtés étaient ornés de fresques pastorales. Les vitres étaient serties de morceaux de verre coloré qui brillaient comme des joyaux. Des coussins recouvraient les chaises sculptées et les coffres, superbes, étaient plaqués d'ivoire. Même le cadre du métier à tisser était gravé. Tout, ici, n'était qu'exquise beauté.

— Bienvenue, la salua Iolanthe qui, dans sa robe argentée, était le plus bel ornement de la pièce.

— Je... Vous aviez quelque chose à me dire ?

Elle avait eu l'intention d'assener ses quatre vérités à Iolanthe ! Une femme mariée qui vivait dans le péché avec un amant brûlerait pour l'éternité en enfer. Mais, en sa présence, elle ne se sentait plus aussi brave.

— Ne voulez-vous pas prendre un siège ?

Liana accepta le siège et le vin coupé d'eau présenté dans un calice couleur rubis et serti d'or.

— Il va vous falloir faire le premier pas, dit Iolanthe. Il est trop buté pour venir vers vous. Par ailleurs, je doute qu'il sache comment s'y prendre.

Liana reposa violemment le calice et se leva.

— Je n'en écouterai pas davantage. Il m'a insultée à plusieurs reprises. Cette fois, il a été trop loin.

Elle se dirigea vers la porte.

— Attendez ! l'appela Iolanthe. S'il vous plaît, revenez. J'ai été impolie.

Liana se retourna.

Io lui sourit.

— Pardonnez-moi. C'est un peu difficile ces derniers temps. Severn est d'une humeur massacrante. Bien sûr, je lui ai dit que tout était entièrement sa faute. S'il n'avait pas été aussi jaloux de son frère, Rogan n'aurait jamais affirmé vous avoir épousée pour votre argent et vous n'auriez jamais eu besoin de porter ce voile de pièces.

Liana se rassit.

— C'est vrai, dit-elle en reprenant le calice. Il a dit, devant tous ses hommes, qu'il ne supportait pas ma laideur.

Iolanthe l'étudia avec attention. Ainsi, ce n'était pas l'argent. Liana souffrait parce que son mari avait insulté son apparence. Iolanthe, elle-même, vivait dans la terreur du jour où Severn ne la trouverait plus aussi séduisante. Après tout, elle était plus âgée que lui. Ce serait atroce de l'entendre dire qu'il lui préférait l'argent de son mari.

— Je vois, dit-elle enfin.

— Je pensais que je parviendrais à me faire aimer de lui. Je pensais pouvoir me rendre indispensable. Mais il n'a jamais voulu de moi. Personne ne veut de moi ici, d'ailleurs. Ma belle-mère a essayé de me prévenir, mais j'ai refusé de l'écouter. Je pensais en savoir plus qu'une femme qui avait eu deux maris. Elle avait raison. Oui, personne ne veut de moi. Ni mon mari, ni son frère, si ses hommes... personne ne m'a acceptée, sauf peut-être la dame. Mais, à présent, même sa porte reste fermée pour moi.

Iolanthe écouta cette plainte qu'elle comprenait fort bien. Tant qu'une femme se sent désirable, elle garde confiance en elle. Elle peut mettre le feu au lit de son mari avec sa maîtresse dedans ; elle peut oser lui lancer un pari ; elle peut provoquer sa colère en donnant des ordres à ses hommes. Mais si une femme ne se sent pas désirable, elle perd l'essentiel de ses forces.

Io ne savait que faire. Jamais elle ne pourrait convaincre Rogan d'aller trouver Liana. Rogan était un homme formidablement entêté qui n'avait aucune idée de ce qui était bon pour lui. L'idée qu'une femme ait de l'influence sur lui le révoltait.

— Qui est la dame ? demanda-t-elle pour gagner du temps.

Tout d'abord, elle écouta à peine les explications de Liana mais quelque chose éveilla soudain son attention.

— Elle vit au-dessus du solarium ?

— Dans une chambre qui est presque toujours fermée à clé. Mais elle semble deviner quand j'ai des problèmes car, chaque fois, sa porte est ouverte. Depuis mon arrivée, elle a été ma meilleure amie. C'est elle qui m'a parlé de Jeanne Howard. Qui m'a dit que les hommes ne s'intéressaient pas aux femmes timides... ou laides, ajouta piteusement Liana.

— C'est une femme d'âge mûr, brune, encore belle ?

— Oui. Qui est-ce ? Je voulais le lui demander, mais chaque fois j'oublie de...

Elle s'interrompit en voyant Iolanthe agiter une clochette d'argent.

Une servante apparut. Io lui chuchota quelque chose à l'oreille et celle-ci disparut.

Iolanthe se leva.

— Cela vous ennuierait-il si nous allions rendre visite à votre dame ?

— La chambre est fermée. Elle l'est depuis... depuis mon dernier dîner avec mon mari.

— J'ai envoyé ma servante chercher la clé. Nous y allons ?

L'apparition de Liana dans la cour quelques minutes plus tôt avait ralenti l'activité générale. Mais quand Io et Liana surgirent ensemble, tout le monde s'arrêta pour contempler les deux femmes avec stupeur. Les sorties de Iolanthe étaient extrêmement rares et jamais encore on ne l'avait vue en compagnie d'une autre femme.

Liana ignora ces regards et conduisit Iolanthe jusqu'à la porte verrouillée du dernier étage.

— Quand elle ne veut pas être dérangée, elle s'enferme. Nous devrions peut-être respecter sa tranquillité.

Io ne répondit pas mais quand sa femme de chambre réapparut, une grande clé à la main, elle la glissa dans la serrure.

— Je crois que... commença Liana avant de s'arrêter.

La chambre, qui avait été la seule pièce propre de tout le château, était à présent dans un état épouvantable. D'immenses toiles d'araignée s'étalaient d'un mur à l'autre et du plafond jusqu'au sol. Une épaisse couche de poussière à laquelle se mêlaient des excréments de rats recouvrait tout. Liana crut tout d'abord que la chambre était vide mais elle finit par distinguer les meubles de la dame qui disparaissaient sous cette saleté qui avait dû mettre des années et des années à s'accumuler. Un oiseau mort gisait sur le sol.

— Je ne comprends pas, murmura Liana. Où est-elle ?

— Elle est morte. Il y a des années.

Liana se signa tout en se révoltant contre cette idée.

— Seriez-vous en train de me dire que c'est un fantôme ? C'est impossible ! Je lui ai parlé. Elle est aussi réelle que vous ou moi. Elle m'a dit des choses... des choses que personne d'autre ne savait.

Cette dernière phrase lui fit écarquiller les yeux.

— Oui, répondit Io, on m'a souvent parlé d'elle. Je ne l'ai jamais vue et Severn non plus. Il semble qu'elle aime aider les gens dans le besoin. Il y a des années de cela, une servante enceinte était sur le point de se jeter du haut des remparts dans les douves quand elle a entendu la dame, comme vous la nommez, qui l'appelait. La dame l'a convaincue de renoncer au suicide. Ne vous êtes-vous jamais demandé pourquoi personne ne vivait à cet étage avant votre arrivée ? La plupart des hommes refusaient même de monter chercher les faucons. Ils avaient bien trop peur. Et pour rien au monde, ils ne seraient venus ici.

Liana n'en croyait pas ses oreilles.

— Personne ne m'a jamais rien dit.

— Ils devaient s'imaginer que votre nettoyage allait les débarrasser d'elle. Elle n'a jamais causé le moindre mal à quiconque. Pour un fantôme, elle est tout à fait inoffensive.

Liana se dirigea vers la tapisserie inachevée représentant une femme et une licorne... Elle eut soudain l'impression d'avoir perdu une amie très chère.

— Qui est-elle ? Pourquoi hante-t-elle les Peregrine ?

— C'est la grand-mère de Severn, de Rogan et de Zared. Elle s'appelait Jane et c'était la première épouse du vieux Giles Peregrine. Leur fils, John, était le père de Severn. Après la mort de Jane, Giles a épousé Bess Howard et c'est la famille de celle-ci qui a prétendu que Jane n'avait jamais été l'épouse légitime de Giles et que leurs enfants étaient donc des bâtards. Ce château et celui de Bevan appartenaient à la famille de Jane. Elle a grandi ici.

— Et voilà pourquoi elle revient en ces lieux ?

— Des années après sa mort, elle se trouvait dans cette pièce au retour de son fils John. Il revenait de la cour où le roi l'avait déclaré fils illégitime. Il a condamné cette porte et interdit qu'on la rouvre jamais. Elle seule parvient à l'ouvrir maintenant. Certaines personnes disent que John était un fou, que sa mère était venue lui révéler un important secret et qu'il n'a pas voulu l'entendre.

— Elle voulait probablement lui dire de laisser les filles du village tranquilles, remarqua amèrement Liana.

— Non. Tout le monde pense qu'elle voulait lui dire où se trouvent les registres de la paroisse.

— Quels registres ?

— John n'a jamais pu prouver que ses parents avaient été légitimement mariés. Tous les témoins du mariage étaient morts ou bien avaient mystérieusement disparu. Et personne n'a pu trouver les registres. La plupart des gens pensaient que les Howard les avaient détruits, mais certains disaient que le vieux Giles les avait cachés à l'ambition démesurée de sa seconde épouse. (Io sourit.) Si, par hasard, vous revoyez la dame, demandez-lui où ils sont. Si la preuve existe que ce mariage a bien eu lieu, le roi restaurerait Rogan et Severn dans leurs droits et cette querelle avec les Howard pourrait prendre fin.

Rogan l'aimerait-il si elle retrouvait ces registres ? se demanda Liana. Non, probablement pas. Elle serait toujours aussi laide même si elle était la femme la plus riche du monde.

— Nous devrions partir, dit-elle, et verrouiller la porte. Il ne faut pas la déranger trop longtemps.

Elles quittèrent la chambre. Io ferma la porte et remit la clé à la servante qui attendait dans le couloir.

— Irez-vous le trouver ? demanda Io.

Liana savait de qui elle voulait parler.

— Je ne peux pas. Ce n'est pas moi qu'il veut,

mais mon or. Maintenant qu'il l'a, il doit être satisfait.

— L'or fait un piètre partenaire dans un lit.

Une boule douloureuse serra la gorge de Liana.

— Il a ses Journées. Maintenant, si vous voulez bien m'excuser... J'ai une broderie à terminer.

Ce soir-là, Severn vint dans les appartements de Iolanthe. Il boitait et une plaie marquait sa tempe. Io fit un signe à l'une de ses servantes et, peu de temps après, lava la blessure avec un linge.

— Je vais le tuer, gronda Severn entre ses dents. C'est le seul moyen de l'arrêter. Es-tu parvenue à raisonner sa femme ?

— J'ai eu autant de succès avec elle que toi avec ton frère.

Severn grimaça.

— Eh, doucement ! Tu vas me trouer le crâne. Au moins, je comprends Rogan. Il s'est montré très tolérant avec cette femme. Il lui a permis de siéger au tribunal avec lui, de faire ce qu'elle voulait au village. Il lui a même accordé une journée entière au lit.

— Quelle générosité ! ironisa Io.

— Sans rire ! protesta Severn. Jamais je ne l'aurais cru capable d'une telle mansuétude envers une femme.

— Et de quoi le croyais-tu capable ? Tu espérais peut-être qu'il l'abandonnerait dans ce château puant ? Qu'il la laisserait se faire ridiculiser par des servantes ? Qu'il l'ignorerait au point de ne même pas se souvenir d'elle ? Il a fallu qu'elle mette le feu à son lit pour qu'il reconnaisse son existence.

— Oh, vous, les femmes ! Vous êtes des créatures complètement illogiques.

— Illogiques ? C'est ton frère qui...

Severn l'attira sur ses genoux et l'embrassa dans le cou.

— Oublions mon frère.

Elle le repoussa et se leva.

— Depuis combien de temps n'as-tu pas pris de bain ?

— C'est la faute de cette femme. Si elle...

— Si tu n'étais pas intervenu, tout irait bien. Que comptes-tu faire pour racheter le mal que tu as fait ?

— Nous en avons déjà discuté, non ? Je veux bien admettre que je me suis montré un peu trop... zélé avec Rogan. Alors, sur tes conseils, j'ai organisé ce dîner. Et tu as vu ce qui s'est passé. Cette petite idiote est arrivée avec son voile de pièces. Rogan aurait dû lui prendre son argent et la...

— Il aurait dû lui dire qu'elle était belle, le coupa Io. Elle pense que ton frère ne la désire pas. Voilà qui est incompréhensible. Ce rustre serait prêt à coucher avec n'importe quoi du moment que c'est bâti à peu près comme une femme.

Severn sourit fièrement.

— Il a une sacrée vitalité, non ?

— Laissons de côté mon opinion sur ton frère. Il faut que tu le convainques de dire à Liana qu'elle est belle et qu'il la désire comme il n'a jamais désiré une autre femme.

— Autant parler à un mur !

— Il recommence à coucher avec ses Journées ?

Severn grimaça.

— Non, et c'est bien là le problème. C'est la première fois qu'il reste chaste aussi longtemps depuis que les Howard ont enlevé Jeanne. Ah, ne me regarde pas comme ça ! Mon frère est parfaitement capable de garder une femme, épouse ou pas. Il ne veut peut-être pas de compagnie en ce moment.

— Eh bien, à toi de jouer, maintenant, dit Io d'une voix suave. Pourquoi ne pas dire à Rogan de renvoyer Liana chez son père, pourquoi ne pas lui suggérer de se débarrasser d'elle une bonne fois pour toutes ? Ainsi, tu pourrais lui fournir des chariots entiers de jeunes femmes nubiles. Ton frère pourrait ainsi s'en offrir une douzaine chaque nuit.

— Et laquelle nous régalera de mets exquis ? marmonna Severn. Va au diable, Io ! Allez au diable, toi et cette maudite Liana ! Que toutes les femmes aillent au diable ! Pourquoi ne pouvez-vous laisser les hommes tranquilles ? Rogan ne l'a épousée que pour son argent. Pourquoi a-t-il fallu qu'il... qu'il...

— Qu'il quoi ? demanda Io, l'air innocent. Qu'il tombe amoureux d'elle ?

— Ce n'est pas ce que je voulais dire. Qu'ils aillent au diable tous les deux ! On devrait les enfermer ensemble dans un cachot et jeter la clé.

Soudain, il leva la tête.

— Qu'y a-t-il ?

— Rien... une idée.

— Quelle idée ? le pressa Io.

Severn hésita, mais finit par parler.

Peu après, il adressa une proposition de paix à Liana. Comme chaque soir, elle se trouvait dans le solarium en compagnie de ses suivantes. En général, personne ne venait la déranger ici... comme si, pour les gens du château, elle n'existait pas. Aussi fut-elle très étonnée quand un vieux chevalier balafré vint lui apporter une jarre de vin en annonçant que c'était un hommage que rendait lord Severn à la beauté de sa belle-sœur.

— Tu crois qu'il est empoisonné ? demanda Liana à Gaby.

Le vin était doux et fruité, et elle en but plus qu'elle n'en avait eu l'intention.

— Je me sens bien lasse, tout à coup, dit-elle peu après.

Ce fut à ce moment-là que Severn surgit dans la pièce. Toutes les femmes se tournèrent vers le superbe géant blond ; lui n'avait d'yeux que pour Liana.

Gaby observait celle-ci avec un sentiment de panique croissant. Les paupières de sa maîtresse se fermaient et sa tête dodelinait.

— Que se passe-t-il ? s'exclama-t-elle.

— Elle va dormir, c'est tout, répondit Severn en l'écartant pour soulever Liana dans ses bras.

— Milord ! s'étrangla Gaby. Vous ne pouvez pas...

— C'est ce qu'on va voir, répliqua Severn en emportant Liana dans l'escalier en colimaçon.

Il ne s'arrêta pas à l'étage supérieur où se trouvait la chambre de la dame, mais gravit encore un escalier très étroit qui débouchait sur une massive porte en chêne bardée de fer. Jetant Liana sur son épaule, il engagea une clé dans la serrure.

La pièce, minuscule, avait une autre porte qui donnait sur les remparts. Elle servait généralement d'abri aux gardes, parfois de cachot.

Severn s'arrêta sur le seuil, le temps que ses yeux s'habituent à la pénombre. Rogan gisait sur le lit, profondément endormi. Pendant une seconde, Severn s'interrogea. Ne commettait-il pas une erreur ? Puis des puces se mirent à grimper le long de son dos et il conclut qu'il agissait sagement. Il déposa Liana sur le lit aux côtés de son frère.

— Voilà, dit-il en contemplant les deux silhouettes endormies. Vous resterez enfermés jusqu'à ce que vous entendiez raison.

16

Le lendemain matin, Liana eut du mal à se réveiller. Les paupières lourdes, elle s'étira voluptueusement. Le matelas était si confortable, les couvertures si chaudes...

— Si tu veux manger, tu ferais bien de te dépêcher.

Elle ouvrit les yeux. Rogan, assis à une petite table, dévorait du poulet, du fromage et du pain.

— Pourquoi m'as-tu amenée ici ?... Le vin ! Tu m'as droguée !

— Pas moi, mon frère. Mon frère, dont les jours sur cette terre sont comptés, a drogué ce vin. Et il nous a enfermés tous les deux pendant que nous dormions.

Liana se redressa pour examiner la petite pièce : un lit, une table, deux chaises, un chandelier.

— Il nous a trahis, dit-elle d'une voix sourde. Il va nous livrer aux Howard.

— Mon frère peut parfois être stupide ou entêté, mais ce n'est pas un traître.

— Alors pourquoi a-t-il fait une chose pareille ?

Rogan s'abîma dans la contemplation de son pilon de poulet.

Liana quitta le lit.

— Pourquoi nous a-t-il drogués et enfermés ensemble ? insista-t-elle.

— Qui sait ? Mange.

Liana, prise de colère, se jeta sur la porte qu'elle cogna de ses poings en hurlant qu'on la relâche. Elle alla ensuite aux deux étroites meurtrières et cria de plus belle, sans plus de résultat. Finalement, elle se tourna vers Rogan.

— Comment peux-tu manger ? Combien de temps allons-nous rester prisonniers ? Comment allons-nous sortir d'ici ?

— Mon père a bâti ce cachot. Il est impossible d'en sortir.

— Alors, il va falloir attendre que ton frère se décide à nous ouvrir ? Mais pourquoi ai-je accepté d'entrer dans une famille pareille ? Vous êtes donc tous complètement fous ?

Rogan lui adressa un regard de glace et Liana regretta aussitôt ses paroles.

— Tu pourras retourner chez ton père dès que nous serons sortis d'ici.

Il repoussa sa chaise pour aller se planter devant une des meurtrières. Elle vint à ses côtés.

— Rogan, je...

Il s'éloigna.

La journée s'écoula dans un silence chargé d'orage. Quand la nuit fut venue, Liana faillit protester en voyant Rogan s'allonger à ses côtés. Bah, le lit était assez grand, elle ne le toucherait pas, voilà tout.

A l'aube, cependant, elle se réveilla dans ses bras. Oubliant querelles et disputes, elle baisa ses douces lèvres.

Rogan se réveilla pour l'embrasser avec fougue. Aussitôt pris de frénésie, ils s'arrachèrent leurs vêtements à la hâte. Ils jouirent ensemble très vite avec une fureur décuplée par deux semaines de privation.

Ils restèrent enlacés, la peau luisante de sueur. De longues minutes passèrent, silencieuses.

— J'ai vu le fantôme, déclara finalement Liana.

— Dans la chambre en dessous ?

— C'est elle la dame que j'ai prise pour Iolanthe. Tu te souviens ? Je t'ai dit qu'elle était bien plus vieille que Severn. C'est elle qui m'a parlé de Jeanne Howard.

Il ne répondit pas et Liana se tourna dans ses bras pour le dévisager.

— Tu l'as vue, toi aussi, n'est-ce pas ?

— Bien sûr que non. Les fantômes n'existent pas. C'est juste une...

— Une quoi ? Quand l'as-tu vue ? Que faisait-elle ?

— Une tapisserie. Une femme avec une licorne.

— En as-tu parlé à quelqu'un d'autre ?

— Pas jusqu'aujourd'hui.

Entendant cet aveu, Liana éprouva un sentiment de triomphe.

— Quand l'as-tu vue ? Que t'a-t-elle dit ?

— C'était après, fit-il d'une voix étrangement douce, qu'Oliver Howard eut enlevé... l'eut enlevée.

— Jeanne.

— Oui, cette femme. Cette femme qui est venue me dire qu'elle voulait vivre avec Howard et qu'elle portait son bâtard. Elle m'a demandé d'arrêter la guerre. J'aurais dû tuer cette chienne de mes propres mains.

— Mais tu n'as pas pu.

— Je ne l'ai pas fait, c'est tout. Je l'ai libérée pour obtenir des vivres — cela faisait plus d'un an que nous combattions... Un matin très tôt, j'essayais un arc et le vent a emporté ma flèche dans cette chambre. Du moins, c'est ce que j'ai cru à ce moment-là. J'ai aussi cru entendre un cri de femme. Je suis monté. Personne ne vivait à cet étage depuis des années à cause de cette histoire de fantôme. Mon père la maudissait quand il avait des invités car elle apparaissait toujours et les terrorisait.

— Avais-tu peur quand tu es monté chercher ta flèche ?

— J'étais trop furieux à cause des Howard pour me soucier d'un fantôme. Je venais de perdre deux de mes frères et nous ne pouvions nous permettre de gaspiller la moindre flèche.

— Elle était là ?

Rogan eut un sourire en coin.

— Ce n'était pas ainsi que je m'imaginais les fantômes. Elle semblait si... réelle. Elle tenait ma flèche et elle m'a réprimandé en disant que j'avais failli la toucher. Sur l'instant, il ne m'est même pas venu à l'idée que j'avais tiré dans la direction opposée au château.

— De quoi avez-vous parlé ? De Jeanne ?

— Oui. Elle m'a dit que mon épouse n'était pas la bonne.

— Comment cela ?

— Je n'en sais rien. Quand j'étais avec elle, ça semblait clair mais dès que je l'ai quittée, je n'y ai plus rien compris. A cause du poème, sans doute.

Liana roula de grands yeux.

— Quel poème ?

— Cela fait des années que je n'y avais plus pensé. En fait, c'est plutôt une énigme. Voyons...

« *Quand rouge plus blanc noir égaleront*
Quand noir et or s'uniront
Et, avec rouge, se fondront
Alors elle et lui sauront. »

Blottie dans les bras de Rogan, Liana réfléchit à l'énigme.

— Qu'est-ce que cela veut dire ?

— Je n'en ai aucune idée. Parfois, je retournais ça dans ma tête avant de dormir, mais je n'y ai jamais rien compris.

— Qu'en pense Severn ? Ou Zared ?

— Je ne leur ai jamais demandé.

Elle le dévisagea.

— Jamais ? Mais cela pouvait peut-être concerner les registres de la paroisse. La dame est ta grand-mère. S'il y a quelqu'un qui sait où ils se trouvent, ce doit être elle.

Il fronça les sourcils.

— C'est un fantôme. Elle est morte depuis des années. Peut-être ne l'ai-je même jamais vue. Peut-être cette énigme n'était-elle qu'un rêve.

— Je n'ai pas rêvé cette histoire entre Jeanne Howard et toi. C'est la dame qui m'a parlé de sa beauté et de l'amour que tu éprouvais pour elle.

— J'ai à peine connu cette garce et je ne me souviens pas qu'elle était si belle que cela. En tout cas, sa beauté n'avait rien de comparable à celle de Iolanthe.

Liana tira les couvertures sur ses seins nus et s'assit dans le lit.

— Oh, maintenant, c'est Iolanthe que tu veux ! Ainsi, tu aurais la fortune *et* la beauté.

Le beau visage de Rogan refléta sa confusion.

— Au diable Iolanthe ! Je suis sûr que c'est elle qui a eu l'idée de nous enfermer ici.

— Pourquoi ? Dans l'espoir que je te pardonnerais d'avoir clamé devant tes hommes que j'étais laide ?

Rogan se redressa d'un bond, suffoqué.

— Je n'ai jamais dit une chose pareille !

— Tu l'as dit ! Tu as dit que tu m'avais épousée pour mon argent et non pour mes conseils ou ma beauté.

La confusion de Rogan s'accrut.

— C'était la vérité. Je ne t'avais même pas vue avant le mariage, sauf à l'étang, mais alors j'ignorais qui tu étais. Comment aurais-je pu t'épouser pour autre chose que pour ton argent ?

Liana ravala ses larmes.

— Je t'ai épousé parce que je pensais que... tu avais envie de moi. Tu m'as embrassée alors que tu ne savais pas si j'avais de l'argent.

Rogan comprit pourquoi il n'avait jamais

fourni le moindre effort pour saisir les subtilités de l'esprit féminin.

— Je t'ai aussi embrassée quand j'ai su que tu étais riche. (Sa voix enflait à mesure qu'il parlait. Il quitta le lit.) Je t'ai embrassée après que tu t'es interposée entre les paysans et moi. Je t'ai embrassée après que tu m'as traîné voir une farce qui faisait de moi un imbécile. Je t'ai embrassée...

— Parce que je suis ta femme, et pour nulle autre raison. Tu as dit à tout le monde que tu me trouvais laide. Peut-être ne suis-je pas aussi belle que Iolanthe ou même que Jeanne, mais certains hommes m'ont affirmé qu'ils avaient plaisir à me regarder.

Exaspéré, Rogan leva les mains au ciel.

— Tu n'es pas trop vilaine quand tu ne pleurniches pas.

Cette fois, elle éclata en sanglots.

Devant un tel spectacle, Rogan n'éprouva tout d'abord que de la colère. Elle l'accusait, mais de quoi ? Apparemment, il aurait eu tort de dire ce qu'il avait dit. Or c'était la vérité, la simple vérité, et il l'avait clamée pour qu'elle cesse de s'immiscer entre ses hommes et lui. Du diable si cela signifiait quoi que ce soit sur sa beauté ou sur le désir qu'il avait d'elle ! Ne venait-il pas de prouver à l'instant même à quel point il la désirait ? Enfer et damnation, il n'avait pas touché une autre femme depuis deux semaines !

Son courroux était parfaitement justifié. C'était lui qu'on aurait dû réconforter. Tandis qu'elle continuait à hoqueter, cependant, quelque chose en lui s'adoucit. Enfant, il avait pleuré, lui aussi, et ses frères s'étaient contentés de rire et de le battre.

Avec une maladresse qu'il n'avait jamais éprouvée, il s'assit auprès d'elle sans oser la toucher.

— Dis-moi... ce qui ne va pas, fit-il, hésitant.

Elle pleura encore plus fort.

Il ne savait plus par quel bout la prendre. Il restait là à la contempler. Au bout d'un moment, il se décida à la soulever et à la serrer contre lui.

— Qu'est-ce qui ne va pas ?

— Tu me trouves laide. C'est vrai, je ne suis pas aussi belle que toi, ou Severn, ou Zared, ou Iolanthe, mais des troubadours ont composé des odes pour célébrer ma beauté.

Il faillit lui dire que c'était le métier des troubadours d'écrire n'importe quoi pour de l'argent, mais il eut la sagesse de se retenir à temps.

— C'est juste, je suis très beau. Mais Severn ? Tu sais quoi ? Je te trouve plus jolie qu'avant.

Liana renifla et leva la tête pour le regarder.

— Que veux-tu dire ?

Il caressa sa chevelure blonde.

— A l'église, tu me donnais l'impression d'être une pâle petite chose effarouchée... Tu ne me semblais pas différente des autres. Mais maintenant... (Il la regarda dans les yeux.) Maintenant, je te trouve assez plaisante à regarder. J'ai... pensé à toi ces dernières semaines.

— J'ai pensé à toi chaque minute de chaque jour ! (Elle l'étreignit.) Oh, Rogan, tu peux me dire n'importe quoi, que je t'ennuie, que je te gêne, que je suis insupportable mais, je t'en prie, ne me dis pas que je suis laide !

Il la serra contre lui.

— Il ne faut jamais confier ses secrets à un autre. Il les utilisera contre toi.

— Mais j'ai confiance en toi.

Pour Rogan, cette confiance était un nouveau fardeau, une nouvelle responsabilité. Il l'étudia longuement.

— Je te dirai que tu es la plus belle des femmes si tu ne me rabaisses pas devant mes hommes.

Ce fut au tour de Liana d'être choquée.

— Jamais je ne ferais une chose pareille !

— Tu as contredit mes ordres pour les paysans.

— Tu fouettais des innocents.

— Tu as tenté de mettre le feu à mon lit.

— Tu dormais avec une autre femme !

— Tu m'as séduit avec tes jolis sourires et tes chansons pour me détourner de mon devoir.

Elle lui dédia un sourire éclatant car elle était convaincue à présent d'avoir eu raison de l'épouser.

— Et tu m'as désobéi devant mes hommes, conclut-il.

— Quand cela ?

— Le matin de l'attaque.

— Je ne faisais que...

— ... te mêler de ce qui ne te regardait pas, dit-il sèchement. Si j'avais été un tout petit peu plus ivre, tu aurais pu...

Il s'arrêta.

— J'aurais pu quoi ?

L'expression de Rogan changea et Liana comprit qu'il lui cachait quelque chose.

— Qu'aurais-je pu faire ?

Rogan alla se planter devant une meurtrière. Elle s'enveloppa dans une couverture et le suivit.

— J'aurais pu quoi ? répéta-t-elle.

Rogan grimaça.

— Si jamais je capture un espion des Howard et que j'aie besoin de le faire parler, je te l'enverrai.

— J'aurais pu quoi ?

— Être enlevée ! aboya-t-il en lui tournant le dos.

— Les Howard en avaient donc après moi ? chuchota-t-elle.

Rogan enfila ses braies.

— Il semble que les Howard veulent toujours ce qu'ont les Peregrine : nos terres, nos châteaux, nos femmes.

— On pourrait leur offrir les Journées. (Elle l'enlaça.) Tu étais si furieux, ce matin-là, parce que les Howard avaient menacé de m'enlever ? Oh, Rogan, tu m'aimes donc *vraiment* ?

— Je n'ai pas de temps à perdre avec l'amour. Habille-toi. Severn pourrait arriver.

Elle laissa tomber sa couverture et pressa ses seins nus contre son torse.

— Rogan, je t'aime.

— Pff ! Tu ne m'adresses pas la parole pendant des semaines, tu fais de la vie de chacun un enfer ! Même dans la chambre de Zared, il y a des rats maintenant. Et j'ai tellement maigri à cause du manque de nourriture que mon étalon ne me reconnaît plus. Ma vie était bien plus agréable quand aucune femme ne me disait qu'elle m'aimait.

Tout en disant cela, il la serrait très fort contre lui.

— Severn m'a enseigné quelque chose aujourd'hui, dit-elle. Je te jure que plus jamais je ne t'abandonnerai. Si tu me fais du mal — et je sais avec certitude que cela arrivera souvent —, je promets de te dire pourquoi je suis en colère. Plus jamais je ne te refuserai l'entrée de ma chambre.

— Ce n'est pas moi qui compte, mais les hommes ont besoin de manger correctement...

Elle se dressa sur la pointe des pieds pour l'embrasser.

— Pour moi, c'est toi qui comptes. Rogan, je ne te trahirai jamais comme Jeanne l'a fait. Même si les Howard devaient m'enlever, je t'aimerais toujours.

— Les Howard n'enlèveront plus jamais une Peregrine.

— Oh, parce que je suis une Peregrine, maintenant ?

— Une Peregrine un peu singulière, mais une Peregrine quand même.

Elle se blottit contre lui et ne vit pas le sourire qu'il dissimula dans ses mèches blondes. Ils restèrent ainsi un long moment, seuls au monde.

Soudain, il s'écarta, prenant le visage de Liana entre ses grandes mains.

— Je crois que mon idiot de frère nous a enfermés ici pour que tu nettoies sa chambre et que tu ailles parler aux boulangers et aux meuniers.

— Oh ? Et qui va donc me persuader d'accomplir les désirs de Severn ?

— Je crois que je sais qui. Tu as dit à tout le monde que nous avions passé une journée entière au lit. Il est temps que ce mensonge n'en soit plus un.

Ils firent l'amour en prenant tout leur temps. Encore novice, Liana ne se rendait pas compte de l'attention avec laquelle Rogan guettait la moindre de ses réactions, cherchant à la combler de plaisir.

Ils demeurèrent longtemps enlacés.

— Allons-nous pendre ton frère ou bien lui baiser les pieds ? chuchota Liana.

— Le pendre, déclara fermement Rogan. S'il y avait une attaque...

Liana le caressa avec sa cuisse.

— S'il y avait une attaque, tu serais trop faible pour te battre.

— Tu n'as donc aucun respect ? Tu mérites une bonne punition.

— Et qui me la donnera ? demanda-t-elle, insolente. Sûrement pas l'aîné des Peregrine qui est complètement épuisé.

— Je vais te montrer qui est épuisé, dit-il en roulant sur elle.

Il y eut un choc sur le sol. Immédiatement, Rogan fit à Liana un bouclier de son corps, puis il regarda ce qui avait provoqué ce bruit.

— Ah, mon maudit frère nous envoie enfin à manger !

Il alla ramasser le ballot.

— Tu t'intéresses plus à la nourriture qu'à moi ? demanda-t-elle.

— Pour le moment, oui.

Ils passèrent la journée au lit. Liana l'incita à lui parler de sa vie, de son enfance, de ses rêves. Elle avait l'impression qu'il s'épanchait pour la première fois.

Vers le crépuscule, elle émit l'idée d'utiliser une partie de sa dot pour agrandir le château de Moray. Horrifié, Rogan en resta sans voix.

— Ce n'est pas une terre Peregrine, dit-il enfin. Les Howard ont pris...

— Oui, oui, je sais. Mais vous vivez ici maintenant depuis deux générations. Pour nos enfants, ce sera la troisième. Et s'il fallait encore cinq générations pour que les Peregrine récupèrent leurs terres ? Faudra-t-il qu'ils vivent tous sous des toits qui s'écroulent ? Qu'ils s'entassent dans un endroit aussi minuscule ? Nous pourrions ajouter une aile... un joli édifice, avec des boiseries aux murs. Et une chapelle et...

— Non, non et non ! s'exclama Rogan en jaillissant du lit. Je ne gaspillerai pas un sou dans ce château ridicule. Je veux reprendre les terres que nous ont volées les Howard.

— Tu comptes donc dépenser jusqu'au dernier penny que je t'ai apporté pour faire la guerre ? (Les yeux de Liana étincelaient.) Tu ne m'as donc épousée que pour t'offrir ta guerre.

Rogan ouvrit la bouche pour lui dire que c'était exactement cela, mais son regard changea.

— Je t'ai épousée, dit-il avec douceur, parce que ta beauté surpasse celle de toutes les autres femmes, y compris ma première épouse.

Liana le dévisagea, muette de stupeur, puis elle lui sauta au cou.

— Oh, mon magnifique mari, je t'aime tant !

Rogan l'étreignit avec force.

— Je dépenserai mon argent comme je le jugerai bon, martela-t-il.

— Naturellement... et en obéissante épouse, je ne te contredirai jamais. Laisse-moi tout de même te faire part de mes projets.

Il grogna.

— D'abord, tu m'enlèves mes femmes, ensuite

tu m'encombres d'une flopée de bâtards aux cheveux rouges et maintenant tu te proposes de m'expliquer comment dépenser cet argent qui m'a coûté tant de peine !

— Tant de peine ! Tu n'as même pas assisté au festin de noces que j'avais préparé si amoureusement. Et tu as insulté ma belle-mère.

— Elle l'avait cherché. Cette femme mérite une bonne fessée.

— Que tu aimerais lui donner ? s'enquit Liana en haussant les sourcils.

— Je n'ai aucune envie de poser la main sur elle. Et maintenant, à table. Mon frère — que le diable l'emporte ! — a daigné nous envoyer sa manne.

Ils passèrent la nuit dans les bras l'un de l'autre. Avant de s'endormir, Rogan marmonna qu'il allait réfléchir à d'éventuels travaux. Liana eut l'impression d'avoir remporté une formidable victoire.

Quelque chose la réveilla au matin. Rogan était assis dans le lit, le regard fixé droit devant lui. C'était un regard de très mauvais augure. Elle se redressa à son tour. La porte de la chambre était ouverte. Elle n'aurait su dire pourquoi cette vision la déprimait autant.

— Nous pourrions la refermer, murmura-t-elle.

— Non, dit Rogan. Je dois affronter le ridicule devant mes hommes.

Pas une seule fois, Liana n'avait songé à la réaction de ses guerriers. Qu'allaient-ils penser d'un chef qui, à cause d'une dispute avec sa femme, avait été enfermé dans un cachot ?

Soudain, Gaby se précipita dans la chambre,

volubile. Apparemment, Severn avait fait courir la rumeur selon laquelle Rogan avait ordonné qu'on enferme sa femme avec lui dans ce cachot afin qu'il puisse la châtier tout à loisir. La réputation de Rogan était intacte.

— Et la mienne ? protesta Liana.

— Ils croient que vous allez enfin devenir une meilleure épouse, annonça Gaby.

— Une meilleure épouse ? s'indigna Liana.

A contrecœur, la jeune femme quitta le cachot avec son mari. Elle avait appris que ce qui était important pour une femme ne l'était pas nécessairement pour un homme. Rogan ne l'avait jamais trouvée laide.

D'une certaine manière, se disait-elle, c'était comme si, arrivés devant un pont, ils avaient réussi à le traverser ensemble. Liana ne voyait plus aucun obstacle se dresser devant eux.

17

Pendant six longues et idylliques semaines, Liana fut la plus heureuse des créatures de Dieu. Si Rogan et elle avaient craint les sarcasmes de ses hommes, ils n'avaient en revanche pas prévu que ceux-ci seraient on ne peut plus ravis d'avoir de nouveau d'excellents mets sur leur table et plus aucun rat dans leur lit et qu'ils se moqueraient bien de savoir ce qui avait provoqué ce changement.

Et les changements ne manquèrent pas au château. Les hommes, plutôt que de la critiquer ou de l'ignorer, saluaient à présent Liana avec respect. Severn redoublait de gentillesse à son égard et Iolanthe venait dîner avec eux.

Quant à Rogan, son regard la cherchait à chaque seconde. Il ne retournait dans sa chambre noire que pour aller y chercher quelque chose et passait à présent toutes ses soirées au solarium. Severn, au lieu de le lui reprocher, commença à se joindre à eux, ainsi que Zared et Io.

Un beau matin, Liana se rendit compte qu'elle allait être mère. Elle qui redoutait d'être malade les premiers temps se sentait dans une forme éblouissante. Elle avait seulement du mal à rentrer dans ses robes.

Elle posa les mains sur son ventre arrondi et se mit à rêver à un petit enfant aux cheveux rouges.

— Milady ? dit Gaby derrière elle. Vous allez bien ?

— Très bien. Merveilleusement bien. Je n'ai jamais été aussi bien. Que fais-tu ?

Gaby avait un panier plein d'herbes sous le bras.

— Lord Rogan et Baudoin ont fait de la lutte et ils ont roulé dans un buisson d'orties. Je vais leur préparer une infusion pour les soulager.

Liana grimaça. Près du château de son père poussait une plante qui les soulagerait bien mieux que celles qu'avait cueillies Gaby. Il en poussait aux environs du château. A quelle distance ? Deux lieues ? Quatre ? Avec un bon cheval, elle pourrait y aller et être de retour avant le crépuscule. Et, ce soir, tandis qu'elle lui appliquerait l'onguent, elle annoncerait à Rogan la venue de l'enfant.

Elle renvoya Gaby. Comment quitter le château ? Rogan lui avait donné des ordres très stricts : interdiction de franchir les remparts, même si tous les chevaliers l'escortaient.

Liana baissa les yeux vers sa robe de brocart et sourit. Fouillant dans un coffre, elle en sortit les habits de paysanne qu'elle avait revêtus pour aller à la foire. Il ne lui restait plus qu'à dissimuler ses cheveux, à baisser la tête et à voler un cheval.

Une heure plus tard, elle galopait vers l'est, grisée de sentir le vent sur son visage. Elle rit aux éclats en pensant à l'enfant qu'elle portait.

Toute à son bonheur, elle ne vit ni n'entendit les cavaliers qui surgirent soudain des arbres et l'encerclèrent.

— Voyez-moi ça ! s'écria l'un des cinq hommes. Une paysanne sur une bête pareille !

Liana comprit immédiatement qui étaient ces inconnus. Richement vêtus, ils avaient l'arrogance propre à ceux qui appartiennent à une puissante maison. Des Howard ! Elle n'avait plus qu'un espoir : qu'ils ne devinent pas son identité.

— J'ai volé le cheval, fit-elle d'une petite voix plaintive. Oh, je vous en prie, ne le dites pas à ma maîtresse !

— Et que nous donneras-tu en échange de notre silence, maraude ? s'esclaffa un jeune homme.

— Tout ce que vous voulez, messire, oh, tout ce que vous voulez ! dit-elle, des larmes dans la voix.

Un nouvel arrivant apparut derrière eux, les tempes grisonnantes. Une sorte de rictus gâchait la régularité de ses traits.

— Laissez-la et prenez le cheval ! ordonna-t-il

d'un ton qui n'admettait pas de réplique. Cette bête appartient aux Peregrine, il me la faut.

Malgré elle, Liana lui jeta un regard perçant. Se pouvait-il que ce fût Oliver Howard, l'homme qui avait enlevé la première épouse de Rogan ? Elle baissa la tête et voulut descendre de selle, mais deux hommes la saisirent et profitèrent de l'aubaine pour la tripoter sans vergogne. Elle se débattit furieusement... et sa capuche tomba, libérant sa longue chevelure blonde.

— Mon Dieu ! s'exclama l'un des hommes en touchant une de ses mèches. Cette petite voleuse est accorte !

— Amenez-la-moi ! ordonna leur chef.

Les bras tordus dans le dos, Liana fut conduite devant la monture de l'homme. Elle garda les yeux baissés.

— Regardez-moi ! commanda-t-il. Regardez-moi, ou vous le regretterez !

D'un air de défi, parce qu'elle ne voulait pas montrer sa peur, Liana le fixa droit dans les yeux. Il l'étudia à peine avant de rejeter sa tête en arrière pour rugir de rire.

— Eh bien, lady Liana, laissez-moi me présenter. Je suis Oliver Howard. Ma chère, vous m'offrez sur un plateau ce à quoi j'ai consacré ma vie : la perte des Peregrine.

— Rogan ne se rendra jamais ! s'écria-t-elle.

— Même pas pour vous récupérer ?

— Il ne s'est pas rendu pour Jeanne, il ne le fera pas pour moi, dit-elle avec une conviction qu'elle était loin d'éprouver.

Intérieurement, elle tremblait. Quelle serait la réaction de Rogan lorsqu'il apprendrait sa capture ? Allait-il croire qu'elle le trahirait comme l'avait trahi Jeanne bien des années auparavant ?

— Emmène-la, dit Oliver à un de ses hommes. Tu répondras d'elle sur ta vie.

Abattue, Liana ne résista pas. Ce qui se passait était entièrement sa faute.

L'homme qui la hissa sur la croupe de sa monture lui chuchota à l'oreille :

— Les Howard ont beaucoup de succès avec les femmes des Peregrine. Allez-vous en épouser un ? Allez-vous divorcer comme l'autre et devenir une Howard ?

Elle ne prit même pas la peine de répondre.

— Bah, peu importe, se rengorgea-t-il. Lord Oliver fera croire à votre mari que vous êtes devenue une Howard. Et nous tiendrons enfin la victoire.

Liana se dit que Rogan ne croirait jamais qu'elle l'avait trahi. Mais, au fond d'elle-même, elle avait peur.

Ils chevauchèrent pendant deux jours. Ils s'arrêtèrent tard dans la nuit et l'attachèrent à un arbre. Oliver Howard ordonna qu'on poste un garde.

— Un, seulement ? le railla-t-elle. Pourquoi pas deux ou trois ?

Oliver ne sourit pas.

— Vous êtes une Peregrine et les Peregrine sont des suppôts de l'enfer. J'ignore quels tours démoniaques vous cachez dans votre sac.

Il lui tourna le dos pour gagner une des trois petites tentes dissimulées parmi les arbres.

Il plut énormément cette nuit-là. Les sentinelles qui la surveillaient se relayaient toutes les heures. Elle dut supporter ce déluge toute la nuit.

Au matin, elle était trempée, frigorifiée et épuisée. Elle passa toute la journée dans un état de semi-somnolence et ne retrouva ses esprits qu'au coucher du soleil, quand ils arrivèrent en vue de ce que Rogan nommait le domaine des Peregrine.

Ils aperçurent les tours à plus d'une lieue de distance et, à mesure qu'ils approchaient, Liana sortit de sa torpeur. Jamais encore elle n'avait vu forteresse plus imposante. Six tours gardaient le mur extérieur et le tunnel qui menait à un second mur d'enceinte.

La seconde enceinte était composée de formidables remparts et de tours d'une taille telle que Liana les contempla, bouche bée. Derrière, elle en aperçut d'autres ainsi que des bâtiments aux toits de tuile.

Ils arrivèrent à un pont de bois enjambant des douves aussi larges qu'un fleuve. En temps de guerre, ce pont pouvait être aisément relevé. Ils franchirent ensuite un second pont de pierre, puis un troisième en bois avant d'arriver au tunnel. Au-dessus d'eux, Liana distingua une multitude de meurtrières par lesquelles on pouvait déverser de l'huile bouillante sur d'éventuels assaillants.

Après avoir passé de nouvelles douves, le cortège emprunta un portail flanqué de deux tours épaisses. Liana vit d'autres meurtrières et les pointes acérées d'une herse en fer.

Ils débouchèrent sur une immense place herbeuse. Des maisons solidement charpentées s'adossaient au mur d'enceinte. Tout, ici, respirait la propreté et la prospérité.

Ils traversèrent encore un tunnel et parvinrent

enfin dans une superbe cour intérieure. Les édifices étaient tous en pierre et des vitres garnissaient les fenêtres. Des gens s'affairaient en tous sens.

Liana contemplait tout cela, abasourdie. Jamais, même dans ses rêves les plus fous, elle n'aurait imaginé pareil endroit. Ainsi, voilà donc ce pour quoi combattaient les Peregrine. Voilà ce qui avait causé la mort de tant de gens depuis trois générations. Telle était la raison de la haine des Peregrine pour les Howard.

Elle commençait à mieux comprendre Rogan. Pas étonnant qu'il méprisât Moray Castle ! On aurait pu élever trois châteaux pareils avec leurs remparts dans la seule cour intérieure de celui-ci.

Oui, c'est bien ici le domaine de Rogan, pensa-t-elle. Un domaine digne de lui, de sa prestance et de sa force.

— Emmenez-la dans la tour nord-ouest ! ordonna Oliver Howard.

Deux hommes la firent descendre de selle et la poussèrent à travers la cour vers un escalier en colimaçon. Au sommet, l'un d'eux déverrouilla une massive porte en chêne bardée d'acier. Liana fut poussée dans une petite pièce. Elle distingua un matelas posé sur un cadre en bois, une table et une chaise ainsi qu'un cabinet de toilette attenant. Par la seule fenêtre qui donnait vers le nord, elle aperçut les centaines de mètres de remparts qui encerclaient le domaine et sur lesquels des hommes en nombre impressionnant montaient la garde.

— Contre les forces dérisoires des Peregrine, dit-elle amèrement.

La tête lui tourna. Elle se sentait épuisée après

la nuit qu'elle avait passée attachée à un arbre sous la pluie. S'ajoutait à cela l'émotion d'avoir été enlevée. Elle se coucha, s'enroula dans la couverture en laine et ne tarda pas à s'endormir.

Elle se réveilla très tard le lendemain matin. D'un pas incertain, elle gagna le cabinet de toilette. En revenant, elle éprouva un léger malaise et se tâta le front. Sa peau lui parut brûlante. Quelqu'un était venu dans la chambre : il y avait de l'eau, du pain et du fromage sur la table. Elle but, mais bouda la nourriture.

Puis elle se mit à cogner sur la porte.

— Je dois parler à Oliver Howard ! cria-t-elle.

Personne ne répondit.

Elle se laissa glisser sur le sol glacial. Il fallait qu'elle soit réveillée la prochaine fois qu'on entrerait dans la chambre. Il fallait qu'elle parle à Oliver Howard pour le persuader de la relâcher. Si Rogan et Severn donnaient l'assaut à une telle place forte, ils courraient à leur perte.

Elle s'endormit. Quand elle se réveilla, baignée de sueur, elle était de nouveau dans son lit. Quelqu'un était venu. La démarche titubante, elle gagna la table et but un peu d'eau. Elle était si faible qu'elle eut du mal à soulever le pot. Elle s'effondra sur le lit.

On la secouait sans ménagement. Elle ouvrit les paupières à grand-peine et découvrit Oliver Howard penché sur elle.

— Votre mari ne semble avoir aucune envie de vous récupérer, dit-il, féroce. Il a laissé toutes mes demandes de rançon sans réponse.

— Notre mariage a été arrangé. Mon époux doit être ravi d'être débarrassé de moi. Si vous posez des questions au village, vous entendrez parler des horreurs que j'ai dû faire à cause de lui.

— Je sais déjà tout. Je sais même comment il s'est rendu seul et sans armes à la foire du village. Si je l'avais su à ce moment-là, je l'aurais tué de mes propres mains comme il a tué mes frères.

— Et comme vous avez tué les siens ! Relâchez-moi ou tuez-moi, ajouta-t-elle. Cela m'importe peu. Mais décidez-vous vite.

Ainsi, les Peregrine n'auraient pas le temps de monter une attaque.

— Je veux d'abord savoir s'il ne tient vraiment pas à vous.

Oliver fit un signe à un de ses hommes. Liana vit les ciseaux étinceler à la lueur de la chandelle.

— Non ! s'exclama-t-elle en essayant de se débattre.

Des pleurs brûlants ruisselèrent sur ses joues tandis que l'homme coupait ses longs cheveux à hauteur d'épaule.

Une fois seule, elle pleura à chaudes larmes.

« Il ne m'aimera plus, il ne m'aimera plus », répétait-elle sans cesse. A l'aube, elle sombra dans un sommeil agité. Quand elle se réveilla, elle était trop faible pour aller boire un peu d'eau. Elle se rendormit.

A son réveil, elle sentit un linge mouillé posé sur son front.

— Calmez-vous, chuchota une voix douce.

Liana ouvrit les yeux pour voir une femme aux cheveux bruns parsemés de fils gris et au regard doux.

— Qui êtes-vous ?

La femme mouilla le linge et le passa sur le visage en sueur de Liana.

— Tenez, avalez ça. (Elle tint une cuillère devant ses lèvres tout en lui soulevant la nuque pour l'aider.) Je suis Jeanne Howard.

— Vous ! fit Liana en s'étranglant. Laissez-moi ! Vous êtes une traîtresse, une menteuse, un démon de l'enfer !

La femme esquissa un sourire désabusé.

— Et vous êtes une Peregrine. Pouvez-vous boire un peu de bouillon ?

— Je ne veux pas de votre bouillon !

Jeanne contempla Liana.

— Oui, vous êtes bien digne de Rogan. Avez-vous réellement mis le feu à son lit ? Et porté ce voile de pièces sur votre visage ? Vous a-t-on vraiment enfermée dans un cachot avec lui ?

— Comment savez-vous tout cela ?

Avec un soupir, Jeanne se leva et se dirigea vers une table où était posé un petit pichet en fer.

— Ignorez-vous la haine farouche que se vouent les Howard et les Peregrine ? Ils y consacrent toutes leurs forces, toutes leurs ressources. Ils s'épient, ils se guettent, ils s'espionnent et ils savent tout ce qu'il y a à savoir les uns sur les autres.

Liana, en dépit de sa fièvre et de sa faiblesse, étudiait Jeanne. Voilà la femme qui était responsable de cette folie ! Elle n'avait rien de très extraordinaire : une taille moyenne, des cheveux bruns...

Des cheveux ! pensa Liana en levant la main vers sa nuque. Incapable de se retenir, elle se remit à pleurer.

Jeanne revint, un gobelet à la main, et la regarda avec pitié. Elle s'assit auprès d'elle.

— Tenez, prenez ceci. Il faut que vous avaliez

quelque chose. Vos cheveux repousseront. Il existe des tortures bien pires.

— Mes cheveux étaient ma seule beauté. Rogan ne m'aimera plus jamais.

— Vous aimer ? Oliver le tuera probablement, alors peu importe de savoir si Rogan est ou non capable d'amour.

La colère donna des forces à Liana. D'un revers de la main, elle envoya le gobelet voler à travers la pièce.

— Sortez d'ici ! C'est à cause de vous que nous en sommes là. Si vous n'aviez pas trahi Rogan, il ne serait pas ce qu'il est à présent.

Avec lassitude, Jeanne ramassa le gobelet, le posa sur la table et revint auprès de Liana.

— Si je pars, personne ne viendra vous voir. Oliver a ordonné que personne ne vous soigne. Mais ses hommes n'ont pas osé m'empêcher d'entrer.

— Parce que Oliver est prêt à tuer pour la femme qu'il aime ? demanda méchamment Liana. La femme qui a trahi mon mari ?

Jeanne alla jusqu'à la fenêtre. Quand elle se retourna vers Liana, elle parut plus âgée de plusieurs années.

— Oui, je l'ai trahi. Et mon unique excuse est que j'étais une fille stupide et naïve. On m'a offerte en mariage à Rogan alors que je n'étais qu'une enfant. Je nourrissais de si grands rêves à propos du mariage. J'ai été orpheline très tôt. En tant que pupille du roi, j'ai grandi parmi des nonnes, sans amour, sans affection, sans attention. Je pensais que le mariage me donnerait un peu d'amour ou, à défaut, un foyer.

Elle observa une pause avant de reprendre d'un ton moins oppressé :

— Vous n'avez pas connu les frères aînés. Après notre mariage, ils ont fait de ma vie un enfer. Pour eux, je ne représentais que le moyen de financer leur guerre contre les Howard, rien de plus. Quand je parlais, personne ne m'écoutait, si je donnais un ordre à un serviteur, il ne m'obéissait pas. Et je vivais dans une crasse inimaginable.

La colère de Liana se dissipait peu à peu. Les paroles de Jeanne avaient un accent de vérité.

— Rogan venait parfois me rejoindre la nuit... quand il en avait assez de se vautrer dans les bras d'autres femmes. C'était affreux, murmura-t-elle. J'étais moins que rien pour ces hommes. Je n'existais pas. Ils ne m'adressaient jamais la parole, ne faisaient même jamais allusion à moi ; si j'avais le malheur de me trouver sur le passage de l'un d'entre eux, il me poussait de côté. Et la violence ! (Elle frissonna.) Pour attirer l'attention de leurs frères, ils se lançaient des haches à la tête. Je n'ai jamais compris comment ils avaient pu vivre si vieux.

» Quand j'ai entendu dire que vous aviez mis le feu au lit de Rogan, j'ai pensé que vous aviez eu raison. Voilà une façon d'agir qu'il pouvait comprendre. Un de ses frères aurait pu en faire autant.

Liana demeura silencieuse. Elle aussi avait connu cette impression de ne pas exister. Oui, elle avait fait ce qu'il fallait avec Rogan, mais en aurait-elle été capable si ses frères aînés avaient été là, eux aussi ? Non, se reprit-elle soudain, révoltée, pas question de pactiser avec cette traîtresse !

— Et cela... (elle fit un geste pour englober le château et le domaine)... cela valait bien votre trahison, n'est-ce pas ? Deux frères ont été tués en essayant de vous retrouver. Etes-vous heureuse d'avoir leurs morts sur la conscience ?

Jeanne se mit en colère.

— Ces hommes ne sont pas morts pour moi ! Ils n'auraient même pas pu me reconnaître au milieu d'autres femmes. Ils sont morts parce qu'ils se battaient contre les Howard. Quand j'étais chez les Peregrine, je n'entendais parler que d'une chose : la vilenie des Howard. A présent, je n'entends parler que de la vilenie des Peregrine. Cette querelle ne cessera donc jamais ?

— Votre trahison n'a rien fait pour apaiser les esprits.

Jeanne se calma.

— C'est exact, mais Oliver s'était montré si gentil avec moi et cette demeure... Il y avait de la musique et des rires, des baignoires emplies d'eau parfumée et des servantes qui faisaient la révérence devant moi. Et Oliver était si attentionné et si...

— Si attentionné que vous avez conçu un enfant.

— Après Rogan et ses manières bestiales, c'était une joie que d'être au lit avec Oliver. Dormez à présent. Je reviendrai dans la matinée.

— N'en faites rien ! Je peux me débrouiller seule.

— Comme vous voulez, dit Jeanne avant de quitter la pièce.

Liana s'endormit aussitôt.

Elle resta seule pendant trois jours. Sa fièvre empira dans cette chambre glacée. Elle ne mangeait ni ne buvait, gisant dans son lit, incapable de dormir vraiment, frissonnant.

Le troisième jour, Jeanne revint. Liana la distingua à peine à travers le brouillard qui voilait son regard.

— C'est bien ce que je craignais ! s'exclama Jeanne. Ils m'ont menti. Ils me disaient que vous alliez parfaitement bien. (Elle appela le garde.) Portez-la et suivez-moi ! ordonna-t-elle.

— Lord Oliver a donné l'ordre qu'elle ne bouge pas d'ici, protesta l'homme.

— Et moi, j'annule cet ordre.

Liana eut vaguement conscience des bras puissants qui la soulevaient. « Rogan », murmura-t-elle. Quelques instants plus tard, elle émergea brièvement de sa léthargie en sentant les mains douces des suivantes de Jeanne qui la déshabillaient, essuyaient la sueur sur son corps et la couchaient sur un moelleux matelas.

Pendant trois jours, elle ne vit que Jeanne et ne lui adressa pas une seule fois la parole. Puis le quatrième jour, sa résolution s'effondra. Sa fièvre était tombée, mais elle se sentait sans force.

— Comment va mon enfant ? chuchota-t-elle.

— Très bien, et il grandit chaque jour. Il faut plus qu'une petite fièvre pour abattre un Peregrine.

— Il faut la trahison d'une femme.

Jeanne posa son aiguille et se dirigea vers la porte.

— Revenez ! s'écria Liana. Je vous demande pardon. Vous avez été très bonne avec moi.

Jeanne pivota et versa un liquide dans un bol en bois qu'elle tendit à Liana.

— Buvez. C'est infect, mais vous en avez besoin.

Docile, Liana avala l'amère décoction.

— Que s'est-il passé depuis ma capture ? Rogan a-t-il attaqué ?

Jeanne pesa ses mots avant de répondre.

— Rogan a adressé un message déclarant qu'Oliver pouvait vous garder.

Liana en resta pétrifiée.

— J'ai bien peur qu'Oliver ne se soit emporté, ajouta Jeanne. Il a alors ordonné qu'on vous coupe les cheveux et qu'on les envoie à Rogan.

Liana détourna les yeux pour échapper à la pitié qu'elle lisait dans le regard de Jeanne.

— Je vois. Mais même quand il a reçu mes cheveux, cela n'a rien changé, n'est-ce pas ? Que va faire votre mari, à présent ? Me renvoyer morceau par morceau aux Peregrine ? Une main aujourd'hui ? Un pied demain ?

— Bien sûr que non !

En vérité, c'était exactement la menace qu'avait proférée Oliver. Mais Jeanne savait qu'il ne s'agissait que d'une menace. Elle était furieuse contre son mari, lui reprochant d'avoir enlevé lady Liana. Maintenant que Rogan refusait de mordre à l'hameçon, Oliver ne savait plus trop quelle décision prendre.

— Qu'allez-vous faire de moi ? chuchota Liana en se redressant dans le lit.

Jeanne lui tendit une robe de velours pour couvrir son corps nu et opta pour la franchise.

— Je l'ignore. Oliver parle de s'adresser au roi

pour demander l'annulation de votre mariage afin de vous donner à son jeune frère.

Liana refusa de pleurer.

— C'est une bonne chose que Rogan n'ait pas risqué sa vie ni celle de ses frères pour venir me chercher.

— Dans la mesure où il ne lui reste plus qu'un seul frère, fit Jeanne, sarcastique, je le comprends.

— Oh, s'ils attaquaient, je suis certaine que le jeune Zared se joindrait à eux.

Jeanne lui lança un regard perçant.

— *Le* jeune Zared ? J'en doute. Même les Peregrine respectent encore quelques valeurs. (Elle scruta Liana avec surprise.) Personne ne vous a donc dit que Zared est une fille ? L'habillent-ils encore en garçon ?

Liana cligna des paupières.

— Une fille ? Zared est une fille ?

Elle se souvint de Zared écrasant la tête d'un rat avec son poing ; de Zared apparaissant dans sa chambre au milieu de la nuit. Liana ouvrit de grands yeux. Puis elle se souvint de sa colère quand elle avait appris que Zared avait dormi avec trois femmes. Ah, Severn et Rogan s'étaient bien moqués d'elle !

— Non, dit Liana, les dents serrées. Personne n'a pris la peine de me dire que Zared est une fille.

— Elle n'avait que cinq ans lors de mon séjour chez eux. Et je crois que tous les frères étaient gênés que leur père ait engendré une fille. Pour eux, la responsable ne pouvait être que sa quatrième épouse : cette femme si timide, si effarouchée et... si riche. J'ai essayé de m'occuper de

Zared. Mal m'en a pris. Elle est aussi féroce que ses frères.

— Quant à moi, j'ai été encore plus stupide, car je n'ai jamais rien deviné.

Et ils n'avaient pas pris la peine de l'éclairer. Ils l'avaient délibérément tenue à l'écart. Elle n'avait jamais été une Peregrine. Et maintenant, ils ne voulaient surtout pas la voir revenir.

Elle regarda Jeanne.

— Il n'y a pas eu la moindre réaction depuis qu'ils... qu'ils ont reçu mes cheveux ?

Jeanne fronça les sourcils.

— On a vu Rogan et Severn chasser... et boire ensemble.

— Oh, vous pouvez le dire : ils célébraient ma disparition. Je pensais...

Elle ne voulait pas dire ce qu'elle pensait. Elle pensait qu'ils en étaient venus sinon à l'aimer, du moins à avoir besoin d'elle.

Jeanne lui prit la main.

— Tels sont les Peregrine, différents. Ils ne s'attachent qu'aux leurs. Pour eux, les femmes ne sont qu'un moyen d'obtenir de l'argent, et rien de plus. Je ne veux pas me montrer cruelle, mais il est de mon devoir de vous ouvrir les yeux : les Peregrine ont votre dot, à quoi leur serviriez-vous ? J'ai appris comment vous avez essayé de nettoyer leur château, de leur donner de la nourriture décente, mais ces hommes s'en contrefichent. Les pluies de la semaine dernière ont à moitié rempli leurs douves et on dit qu'il y a déjà trois chevaux morts qui flottent dans cette fange.

Comment avait-elle pu se leurrer à ce point et croire que Rogan tenait à elle ?

— Et les Journées ? murmura-t-elle.

— Elles sont revenues.

Liana inspira profondément.

— Alors, qu'allez-vous faire de moi, à présent ? Mon mari ne veut pas de moi, pas plus que ma belle-mère, je pense. J'ai bien peur que mon sort ne repose entre les mains de votre mari.

— Oliver n'a encore pris aucune décision.

— Rogan et Severn doivent bien rire. Ils se sont débarrassés de moi, ont gardé ma dot et ont chargé leur ennemi du fardeau d'une femme inutile et laide.

En dehors de ce dernier adjectif, cela semblait assez bien résumer la situation, pensa Jeanne. Elle savait ce que Liana ressentait. Au cours des premières semaines qui avaient suivi son enlèvement, elle avait connu des moments déchirants. Elle n'aimait pas Rogan ni ses redoutables frères, mais elle avait souffert en apprenant les morts qui étaient survenues à cause d'elle. Elle avait même craint que Rogan ne survive pas aux flèches d'Oliver.

Et puis, il y avait eu Oliver. Il n'aurait jamais imaginé tomber amoureux de la femme de son pire ennemi. Veuf depuis un an, sans enfants, il se sentait seul, cependant, tout comme Jeanne. Ils avaient éprouvé une attirance irrésistible l'un pour l'autre. D'abord méfiante, Jeanne avait voulu se montrer loyale envers un mari si peu prévenant avec elle. Mais, très vite, la douceur d'Oliver l'avait touchée. Tandis qu'au-dehors la guerre faisait rage, Jeanne se blottissait dans ses bras.

En apprenant qu'elle portait son enfant, Oliver était devenu furieusement jaloux. Sa haine des Peregrine s'était encore accrue. Jeanne l'avait supplié de la laisser aller trouver Rogan pour lui demander l'annulation de son mariage. La seule idée l'avait mis en rage. Et l'avait terrifié. La laisser retourner chez les Peregrine était hors de question. Il était persuadé que Rogan l'assassinerait.

Mais, défiant Oliver et prenant un énorme risque, Jeanne était partie. Le château étant assiégé, elle avait dû recourir à un stratagème. Par une nuit sans lune, ses suivantes l'avaient aidée à descendre le long de la muraille. Un homme grassement payé lui avait fait traverser les premières douves sur sa barque. Puis, après une course folle, elle était arrivée au deuxième fossé où l'attendait un autre passeur. Elle avait dépensé une fortune pour soudoyer les gardes.

Portant un manteau de laine grossière sur sa robe, elle avait traversé le camp de Rogan sans encombre. Elle était même passée devant Severn et Zared sans qu'ils la reconnaissent. Quand elle s'était retrouvée face à Rogan, elle n'avait décelé aucune joie sur son visage. Il ne paraissait même pas soulagé : pourtant, sa présence pouvait mettre un terme à ce siège. Elle lui avait demandé de l'accompagner dans la forêt. Il avait accepté. Brièvement, elle lui avait tout expliqué : elle était tombée amoureuse d'Oliver et elle portait son enfant.

Pendant un instant, elle avait cru qu'il allait la tuer. Lui broyant le bras, il lui avait dit qu'elle était une Peregrine et qu'il ne la laisserait jamais à un Howard. A l'idée de ne plus jamais revoir Oliver et de finir ses jours dans la crasse de Moray Castle, elle s'était mise à pleurer. Elle lui avait juré qu'elle se donnerait la mort plutôt que de vivre avec lui.

Soudain, il l'avait lâchée.

— Allez-vous-en, avait-il crié. Que je ne vous revoie plus jamais !

Jeanne s'était mise à courir et ne s'était arrêtée qu'une fois à l'abri dans une hutte de paysans. Le lendemain, les Peregrine avaient levé le siège et, un mois plus tard, Jeanne avait appris que Rogan avait demandé au roi d'annuler leur mariage. Elle avait réussi à tenir Oliver dans l'ignorance de son entrevue avec Rogan. Mais, en dépit des années écoulées, planait toujours au-dessus de leurs têtes le fait qu'elle avait été autrefois l'épouse d'un Peregrine. Longtemps, Oliver avait scruté son fils aîné, et Jeanne l'avait une fois surpris à inspecter sa chevelure.

— Il n'a pas un seul cheveu rouge, avait-elle dit sèchement avant de le planter là.

Oliver avait été élevé dans la haine des Peregrine, et celle-ci ne faisait que croître. Les Peregrine avaient possédé avant lui tout ce qui lui appartenait : son château et sa femme.

Aussi avait-il encore essayé, après toutes ces années, de se venger d'eux en leur volant Liana. Mais, cette fois, Rogan refusait de se battre. Il ne voulait pas risquer la vie de son frère pour une femme à laquelle il ne tenait pas.

Jeanne regarda Liana.

— Je ne sais pas ce qui va se passer, dit-elle avec honnêteté.

— Moi non plus, répondit Liana dans un murmure.

18

Liana termina le dernier point de son dragon brodé et coupa le fil doré. Elle avait achevé une couverture entière en quelques semaines. Elle s'était forcée à travailler, à s'occuper les mains et l'esprit pour ne pas penser.

Depuis cinq longues semaines, elle était prisonnière des Howard. Dès qu'elle avait été capable de se déplacer sans aide, on lui avait donné une chambre d'invité ensoleillée et assez plaisante ainsi que tous les accessoires de couture dont elle avait besoin. Jeanne lui avait prêté deux de ses robes.

En dehors de Jeanne, Liana ne voyait personne hormis les serviteurs qui venaient faire le ménage dans sa chambre mais n'avaient pas l'autorisation de lui adresser la parole. Les premiers jours, elle avait arpenté la pièce jusqu'à en avoir mal aux jambes, puis elle s'était mise à coudre et à broder pour ne pas penser aux nouvelles que Jeanne lui apportait chaque soir.

Des espions surveillaient sans relâche les Peregrine et faisaient leur rapport à Oliver. Rogan s'entraînait avec ses hommes, chevauchait avec Severn et pourchassait les paysannes.

Oliver avait renouvelé ses menaces à Rogan, disant que Liana était amoureuse de son frère cadet. Pour toute réponse, Rogan avait demandé s'il serait invité au mariage.

Liana s'enfonça l'aiguille dans le pouce. Les

larmes lui montèrent aux yeux. Si elle échappait un jour aux Howard, elle espérait bien ne plus jamais revoir un Peregrine de sa vie. Elle espérait bien que tous jusqu'au dernier, jusqu'à ce garçon manqué de Zared, finiraient par se noyer dans leur fange.

Au début de la sixième semaine, Jeanne vint la trouver, la mine soucieuse.

— Oliver est plus enragé que jamais, dit-elle. Il veut provoquer Rogan en duel. (Elle se laissa lourdement tomber sur une chaise.) Il veut s'en remettre au jugement de Dieu.

— Voilà qui réglerait cette querelle une bonne fois pour toutes. Le vainqueur gagnera tout.

Jeanne enfouit le visage dans ses mains.

— Pour toi, c'est facile. Rogan est beaucoup plus jeune qu'Oliver, plus grand et plus fort. Ton mari sera vainqueur et le mien mourra.

Au cours des semaines écoulées les deux femmes étaient devenues très proches l'une de l'autre, au point que, sans le dire, elles se considéraient comme des amies. Liana la saisit par l'épaule.

— Je sais ce que tu ressens. Moi aussi, autrefois, j'ai cru aimer mon mari.

Soudain, un bruit fracassant retentit.

— Qu'est-ce que c'est ? demanda Jeanne en relevant la tête.

— L'homme qui nettoie le cabinet de toilette. (Liana se leva.) Laisse-nous ! ordonna-t-elle au vieillard bossu et borgne qui faisait maladroitement le ménage dans sa chambre depuis trois jours.

— Mais je n'ai pas fini, milady !

— Va-t'en ! ordonna-t-elle en le suivant des yeux tandis qu'il claudiquait vers la sortie.

Quand elles furent seules, elle se tourna vers Jeanne.

— Quelle a été la réaction de Rogan à la proposition de duel ?

— J'ignore si le défi a été lancé. Oliver n'est pas du tout certain de pouvoir vaincre Rogan. Oh, Liana, il faut arrêter cette folie !

— Alors, relâche-moi. Aide-moi à m'enfuir. Moi partie, la colère d'Oliver s'apaisera.

— Retourneras-tu auprès de Rogan ?

Liana détourna les yeux.

— Je ne sais pas. Je possède quelques domaines. Peut-être irai-je me réfugier dans l'un d'entre eux. Je finirai bien par trouver un endroit où je me sentirai chez moi, où je ne serai pas un fardeau pour qui que ce soit.

Jeanne se leva.

— Ma première loyauté va à mon mari. Je ne peux pas t'aider à t'enfuir. En ce moment, il n'apprécie pas que je te rende visite chaque jour. Non, dit-elle fermement, ce serait une terrible humiliation pour lui si je le trahissais.

Oui, pensa Liana, l'histoire des Howard et des Peregrine n'était qu'une longue litanie de trahisons.

Jeanne quitta brusquement la chambre comme si elle craignait de changer d'avis.

Le lendemain, Liana, nerveuse, sursautait au moindre bruit. Quand le verrou de la porte s'ouvrit, elle leva les yeux dans l'espoir de voir Jeanne, mais il ne s'agissait que du vieil homme de ménage. Déçue, elle reporta son attention sur son ouvrage.

— Emporte le plateau et va-t'en, dit-elle sèchement.

— Et où dois-je aller ? dit une voix si familière qu'elle en eut des frissons dans tout le corps.

Elle releva les yeux.

Debout devant la lourde porte, se tenait Rogan, un bandeau sur un œil, une bosse dans le dos et une jambe bandée.

Il arborait ce sourire exaspérant qui signifiait à Liana qu'elle avait le droit de lui sauter au cou.

Attrapant un gobelet, elle le lui lança à la tête. Il l'évita. Le projectile se fracassa sur la porte.

— Bâtard ! Satyre ! Menteur ! Canaille ! Tricheur ! Je ne veux plus jamais te revoir ! s'écria-t-elle en le bombardant avec tout ce qui lui tombait sous la main. Tu m'as laissée croupir ici. On m'a coupé les cheveux, mais tu t'en moques. Tu ne veux pas de moi. Tu n'as jamais voulu de moi ! Tu ne m'as jamais dit que Zared était une fille. Tu as dit à Oliver Howard de me garder. Tu chasses et tu bois avec Severn tandis que je suis emmurée dans cette chambre. Tu...

— C'était Baudoin, dit Rogan.

Ayant épuisé tous les projectiles, Liana se mit à arracher les couvertures du lit pour les lui expédier au visage. Elles volèrent gracieusement dans les airs avant d'atterrir en douceur à ses pieds.

— Tu mérites tout ce que t'ont fait les Howard ! s'écria-t-elle. Ta famille et toi, vous êtes pourris jusqu'à la moelle. J'ai failli mourir de la fièvre pendant que tu prenais du bon temps. Je suis sûre que tu t'en moques mais ils m'ont attachée une nuit entière à un arbre sous la pluie. J'aurais pu perdre l'enfant que je porte. Comme si tu t'en souciais. Tu n'as jamais...

— C'était Baudoin qui chassait au faucon. J'étais ici.

— Ah, voilà qui ressemble bien aux Peregrine : accuser quelqu'un d'autre. Ce pauvre innocent qui veille sur sa famille. Lui, il s'inquiéterait si on tondait sa femme. Il... (Elle s'arrêta, à court de munitions.) Ici ? Tu étais ici ?

Il y avait de la suspicion dans sa voix.

— Cela fait près de trois semaines que je te cherche. L'emplacement de ta chambre est un secret bien gardé.

Liana n'osait le croire.

— Comment as-tu pu passer inaperçu pendant tout ce temps ? Les Howard te connaissent.

— Pas aussi bien qu'ils le croient. Leurs espions ont vu Baudoin chasser et courir les filles, pas moi. J'étais ici, déguisé, trimant comme un esclave. J'ai passé des murs à la chaux, balayé les sols... et écouté.

— Tu as fait du ménage ? Et tu veux me faire croire ça ? Tu ne sais même pas par quel bout un balai s'utilise.

— Si j'en avais un entre les mains en ce moment, je saurais quel bout utiliser sur ton joli derrière.

C'était vrai ! Dieu tout-puissant, c'était vrai ! Il était vraiment venu ici pour elle. Les genoux de Liana cédèrent. Elle s'effondra sur le matelas nu, le visage entre les mains, et se mit à pleurer à chaudes larmes.

Rogan n'osait la toucher. Il resta planté là, au milieu des débris, à la contempler. Il avait cru ne jamais la revoir.

Le jour où elle avait été enlevée, il avait roulé dans les orties et sa peau était en feu. Liana devait lui avoir préparé un bain pour soulager sa douleur. Mais quand il avait surgi dans le solarium, il avait été accueilli par des femmes en pleurs. Entre deux sanglots, Gaby avait fini par lui dire que son épouse avait été enlevée par les Howard. Oliver Howard avait envoyé un message exigeant, en échange de la jeune femme, la reddition de Moray Castle.

Sans un mot, Rogan s'était enfermé dans leur chambre pour réfléchir à la stratégie qu'il fallait adopter. Il n'avait repris conscience que lorsque Severn et Baudoin l'avaient cloué au sol. La pièce était un vrai carnage. Aveuglé par la rage, il avait pris une hache et avait tout détruit.

Severn et Baudoin avaient dû défoncer la porte à coups de hache pour intervenir et empêcher qu'il ne se fasse du mal.

Quand Rogan avait enfin retrouvé ses esprits, il était si calme que Severn s'était mis en colère.

— On va attaquer ! s'était-il écrié. Nous avons assez d'argent à présent pour engager des mercenaires. Nous allons enfin chasser les Howard du château des Peregrine.

Rogan avait regardé son frère et l'avait vu allongé dans un cercueil... comme il avait vu Basil et James. Il devait mûrir soigneusement son plan, penser au moindre détail et garder la tête froide.

Pendant des jours et des jours, il avait épuisé ses hommes pour les préparer au combat qui s'annonçait, dormant peu, d'un sommeil lourd et sans rêves. En dépit de cette vie de brute, Liana lui manquait. Elle était la seule qui fût jamais parvenue à le faire rire, la seule qui osât le critiquer. Les autres femmes avaient trop peur de lui.

Elles n'avaient aucun courage. Elles ne mettaient pas le feu à son lit, ne portaient pas des pièces sur le visage, n'osaient pas l'interroger sur sa première épouse.

Il supervisait le chargement des machines de guerre quand un chevalier était venu lui apporter un coffret que les Howard avaient catapulté par-dessus les remparts.

Rogan avait brisé la serrure et découvert les cheveux de Liana. Par on ne sait quel miracle, il était parvenu à maîtriser sa fureur. Ses beaux cheveux soyeux dans la main, il s'était dirigé vers la tour.

Severn l'avait rattrapé.

— Où vas-tu ?

— C'est une affaire entre Oliver Howard et moi, avait déclaré calmement Rogan. Je vais le tuer.

— Parce que tu crois que Howard va accepter de te combattre d'homme à homme ? C'est un vieillard.

Rogan caressait les cheveux d'or.

— Il lui a fait du mal. Il le paiera de sa vie.

— Réfléchis ! Si tu te montres à la porte du château, Howard fera pleuvoir une grêle de flèches sur toi. Qu'adviendra-t-il alors de Liana ? Viens ! Aide-nous à préparer la guerre, à attaquer les Howard en règle.

— En règle ! Comme nous l'avons déjà fait il y a dix ans ? Nous étions cinq frères Peregrine à l'époque et les Howard nous ont quand même vaincus. Comment pouvons-nous espérer assiéger les Howard ? Je les vois déjà rire en nous regardant installer nos quelques tentes au pied de leurs remparts !

— Tu t'imagines que seul tu pourras réussir là où nous tous nous échouerons ?

Rogan, sans répondre, était monté s'enfermer dans sa chambre noire. Au bout de vingt-quatre heures, il en était ressorti avec un plan. En se rendant à la foire avec Liana, il avait vu avec quelle facilité les paysans franchissaient les murs du château ; ils allaient et venaient en toute liberté, alors que le moindre chevalier en armure n'aurait pu s'approcher à trois lieues sans être arrêté par des hommes en armes.

Rogan avait convoqué Severn et Baudoin. Pour la première fois, il considérait ce dernier comme un membre de la famille. Grâce à Liana, pensa-t-il. Elle lui avait donné le plus précieux des cadeaux : un autre frère. Rogan leur avait fait part de ses projets : il allait pénétrer dans la forteresse des Howard, vêtu en paysan.

Les cris de protestation de Severn avaient effrayé les pigeons réfugiés sous la meurtrière. Il avait hurlé, tempêté, menacé — en pure perte.

Baudoin, qui n'avait pas bronché pendant l'accès de fureur de Severn, avait finalement pris la parole.

— Il faudra te transformer complètement. Tu es trop grand, trop facilement reconnaissable. Gaby est capable de te faire un déguisement que même lady Liana ne pourra percer, avait-il dit, tutoyant Rogan.

Gaby, Baudoin et Rogan s'étaient attelés à la tâche pour métamorphoser l'aîné des Peregrine en un vieillard infirme, bossu et borgne. Severn, toujours aussi furieux, avait refusé son concours, mais Rogan avait réussi à le persuader de jouer un rôle dans son stratagème. Il savait que les espions des Howard les observaient et il voulait que Severn leur fasse croire que le maître des lieux se trouvait toujours à Moray Castle. Baudoin se ferait passer pour Rogan.

Au moment où ils s'étaient séparés dans la forêt, à quelques lieues de la forteresse des Howard, Severn lui avait étreint le bras, marque d'affection impensable avant la venue de Liana. Elle les avait adoucis.

— Ramène-la-nous, avait-il dit. Et... je ne veux plus perdre un seul frère.

— Ne t'inquiète pas. Prends soin de Zared.

Rogan, comme il l'avait prévu, avait franchi sans encombre les postes de garde et commencé à faire son trou dans le repaire de son ennemi juré.

Il n'avait pas tardé à constater à quel point sa feinte claudication était pénible. Quant aux sbires des Howard, ils ponctuaient souvent leurs ordres d'une bourrade ou d'un coup. Chaque fois, il gravait les traits de son tortionnaire dans sa mémoire, espérant bien le retrouver un jour au combat.

Il avait traîné un peu partout dans le château, portant du bois ou des seaux d'eau, dressant l'oreille. Les langues allaient bon train à propos des Peregrine. Chacun cherchait à expliquer pourquoi ils voulaient s'approprier ce qui appartenait de droit aux Howard. Certains disaient que Liana n'était pas assez bien pour le jeune frère d'Oliver. En entendant cela, Rogan avait brisé le manche d'un balai, ce qui lui avait valu d'être houspillé par un cuisinier irascible.

Il mangeait ce qu'il pouvait voler. Les Howard, grassement nourris par les biens des Peregrine, étaient si riches que la nourriture ne manquait pas. Il dormait dans des étables.

Enfin, la troisième semaine, alors qu'il allait abandonner tout espoir, un homme avait tapé sur sa bosse, l'envoyant rouler à terre.

— Viens avec moi, vieillard ! avait-il ordonné.

Rogan s'était péniblement redressé pour le suivre, imaginant la façon dont il allait le tuer tandis qu'ils gravissaient des escaliers. L'homme lui avait tendu un balai et avait déverrouillé une lourde porte.

— Entre ici et nettoie !

Sur le seuil, Rogan s'était pétrifié à la vue de Liana penchée sur un cadre de broderie, la tête recouverte d'une coiffe de coton blanc.

Elle avait levé les yeux.

— Eh bien, remue-toi, vieillard ! Tu as sûrement mieux à faire que d'admirer la prisonnière des Howard.

Il avait failli lui révéler son identité, mais la porte s'était rouverte derrière lui et il s'était précipité dans le cabinet de toilette. Entendant une voix de femme, il avait d'abord poussé un soupir de soulagement, puis Liana avait appelé cette femme Jeanne. Était-ce la Jeanne à laquelle il avait autrefois été marié ?

Quittant le cabinet de toilette, il s'était mis à flâner dans la chambre. Les deux femmes ne lui prêtaient pas la moindre attention. Il avait observé la dénommée Jeanne et s'était dit qu'il s'agissait peut-être de sa première épouse. Mais il n'en était pas certain. Leur mariage avait été très bref et de longues années s'étaient écoulées depuis. D'ailleurs, elle n'avait rien eu de bien mémorable.

Elles avaient parlé de lui et de son indifférence, ajoutant qu'il buvait, chassait et troussait les filles, se moquant bien que sa femme fût prisonnière. Il avait souri en comprenant que Liana attendait un enfant, avait froncé les sourcils quand il avait vu que Liana gobait tout ce que lui disait Jeanne. Les femmes n'avaient donc aucun sens de la loyauté ? Qu'avait-il jamais fait pour mériter pareille défiance. Il lui avait donné un toit, l'avait nourrie, avait abandonné ses autres femmes pour elle... Et il était venu se jeter dans la gueule du loup pour la sauver.

Morose, il n'avait pas jugé utile de lui révéler sa présence tandis qu'il continuait à préparer son évasion, graissant la patte de quelques gardes, gaspillant de l'argent qui aurait été mieux employé ailleurs.

Et maintenant, il lui faisait face, après avoir affronté les pires dangers pour elle, et elle ne lui en témoignait aucune reconnaissance.

— Pourquoi m'as-tu désobéi ? demanda-t-il, sinistre. Je t'avais donné l'ordre de ne jamais quitter le château.

Sa petite coiffe était si fine qu'il devinait le peu de cheveux qui lui restaient. Si jamais il mettait la main sur Oliver Howard, celui-ci connaîtrait une mort abominable.

Elle renifla bruyamment.

— Je voulais cueillir des herbes pour te soigner. Gaby m'avait dit que tu avais roulé dans des orties.

— Des orties ! Tu as provoqué toute cette histoire à cause d'un malheureux buisson d'orties ?

Liana commençait enfin à se rendre compte qu'il était effectivement venu la sauver, que tous les rapports des espions étaient faux. Elle bondit du lit et se jeta à son cou, l'embrassant à pleine bouche.

Il la serra si fort qu'il manqua lui briser les côtes.

— Liana, chuchota-t-il contre la tendre peau de son cou.

Elle lui caressait les cheveux, secouée de nouveaux sanglots.

— Tu ne m'avais pas oubliée, murmura-t-elle.

— Comment l'aurais-je pu ? (Puis sa voix changea.) Je ne peux pas rester plus longtemps. Ce soir, il n'y aura pas de lune. Je viendrai te chercher et nous partirons.

— Comment ?

Elle s'écarta pour le regarder. Qu'il était beau ! Même après des semaines de rude labeur dans la boue et la saleté, même avec ce déguisement, son visage était...

— Tu m'écoutes ?

— Mieux que cela, répondit-elle en se frottant contre lui.

— Ne fais pas confiance à Jeanne Howard.

— Mais elle m'a aidée ! Je crois même qu'elle m'a sauvé la vie. J'étais brûlante de fièvre et...

— Jure-le-moi ! fit Rogan avec férocité. Promets-moi de ne rien lui dire, et surtout pas que je suis ici. Elle a trahi ma famille une fois. Si elle me trahissait aujourd'hui, je n'y survivrais pas. Je ne puis combattre à moi seul tous les hommes de Howard. Jure-le-moi !

— Oui, chuchota Liana. Je le jure !

Les mains posées sur ses épaules, il lui lança un long regard.

— Je dois partir maintenant mais, ce soir, je

reviendrai te chercher. Attends-moi, et pour une fois, offre-moi ta loyauté. (Il eut un petit sourire.) Et nettoie cette chambre. J'ai appris à apprécier la propreté.

Et, sur un long baiser passionné, il disparut.

Liana s'adossa à la porte, perdue dans ses pensées. Il était venu pour elle. Il avait risqué sa vie pour elle. Il était venu seul. Pour elle.

Rêveuse, elle entreprit de ramasser tout ce qu'elle lui avait lancé au visage. Elle ne voulait pas que Jeanne découvre ce désordre.

Mais, à mesure que les heures s'écoulaient, l'idée de s'enfuir avec Rogan perdait de son romantisme. Et s'ils étaient pris ? Oliver Howard tuerait Rogan.

Quand le soleil se coucha, elle tremblait comme une feuille. Lentement, elle quitta le lit où elle était demeurée longtemps sans bouger. Elle se déshabilla, passa ses habits de paysanne, puis renfila sa robe de soie noire par-dessus. L'attente recommença.

Tous ses muscles tendus, elle ne quittait pas la porte des yeux. Elle entendit s'apaiser la rumeur du château à mesure que chacun allait se coucher. Une servante lui apporta son repas et alluma une chandelle. La gorge nouée, Liana fut incapable d'avaler la moindre bouchée.

Vers minuit, la porte s'ouvrit très doucement. La jeune femme se dressa, les yeux écarquillés.

Jeanne se glissa dans la chambre et se dirigea vers le lit, avant de sursauter en la découvrant debout.

— Je pensais que tu dormais.
— Qu'y a-t-il ? chuchota Liana.

— Je ne sais pas. Oliver est furieux et il a bu. J'ai surpris...

Elle regarda Liana. Elle ne tenait pas à révéler ce qu'elle avait surpris. Son mari était un homme intelligent, sauf quand il s'agissait des Peregrine. Alors, il perdait tout sens de la mesure, oubliait toute honnêteté, toute sensibilité. Elle avait entendu Oliver dire qu'il allait tuer Liana et livrer son cadavre à Rogan.

— Tu dois venir avec moi, dit Jeanne. Il faut te cacher.

— Non, dit Liana. Je dois rester ici pour attendre...

— Attendre quoi ? Que peux-tu bien attendre ?

— Rien, répondit vivement Liana. Personne ne sait que je suis ici, n'est-ce pas ? Comment pourrais-je attendre quoi que ce soit ? J'étais simplement assise à attendre que le temps passe.

Elle se tut, en proie à un effroyable dilemme. Elle ne pouvait dire à Jeanne qu'elle attendait Rogan. Jeanne pourrait le révéler à Oliver. Mais si elle partait, comment Rogan la trouverait-il ?

— Cette chambre est si agréable, reprit-elle. Je préfère rester ici. Je ne crois pas que je pourrais supporter d'être encore enfermée dans une pièce glaciale.

— Ce n'est pas le moment de penser au luxe et au confort ! Si tu désires sauver ta vie et celle de ton enfant, il faut que tu m'obéisses.

Liana comprit qu'elle n'avait pas le choix. Le cœur lourd, elle suivit Jeanne dans un dédale d'escaliers éclairés par des torches. Arrivées à l'air libre, elles traversèrent une petite cour et descendirent une volée de marches abruptes qui menaient sous les tours de garde. La cave était remplie d'énormes sacs de grain empilés jusqu'au plafond. C'était une pièce immense, sombre et nauséabonde dont l'unique meurtrière s'ouvrait au-dessus de leurs têtes.

— Tu ne vas pas m'enfermer ici ! protesta Liana.

— C'est le seul endroit où on ne viendra pas te chercher. On n'aura pas besoin de ce grain avant le printemps. J'ai apporté des couvertures et un vase de nuit.

— Qui le videra ? Le vieillard qui vient faire le ménage dans ma chambre me semble assez idiot pour qu'on lui fasse confiance.

— Pas cette fois. Je viendrai demain soir. Je ne peux faire confiance à personne. (Quand Oliver découvrirait la disparition de Liana, il allait sans doute offrir une récompense pour sa capture.) Je suis navrée. C'est un endroit horrible, mais il est sûr. Essaie de dormir. A demain.

Le bruit de la porte qui se fermait résonna longuement dans la pièce circulaire. Il y régnait une totale obscurité et ce froid particulier aux pierres qui ne sont jamais chauffées. Liana se fraya tant bien que mal un chemin parmi les sacs et trouva enfin les couvertures que Jeanne avait laissées. Elle se confectionna un lit de fortune qui, en dépit de ses efforts, resta des plus inconfortables.

Enfin installée, elle se mit à pleurer. Quelque part là-dehors, Rogan risquait sa vie pour la trouver. Elle priait le ciel pour qu'il ne commette pas une folie en découvrant sa disparition. Comment pourrait-il la trouver jamais ? En dehors de Jeanne Howard, personne, aucun garde, aucun serviteur, ne savait où elle était.

Jeanne ne vint pas le lendemain. Liana n'avait

ni nourriture, ni eau, ni lumière, ni chaleur. A mesure que la nuit approchait, elle perdait tout espoir. Rogan avait eu raison à propos de Jeanne : on ne pouvait se fier à elle. Liana se rappela soudain que c'était Jeanne qui lui avait dit que Rogan ne se souciait absolument pas d'elle. C'était Jeanne qui lui avait fait croire à la trahison de Rogan.

Jeanne revint la nuit du deuxième jour. Discrètement, elle ouvrit la porte de la cave et y pénétra.

— Liana ! appela-t-elle.

Celle-ci était trop épuisée et trop furieuse pour répondre.

Trébuchant parmi les sacs de grain, Jeanne tâtonna dans les ténèbres.

— Je t'ai apporté à boire, à manger et une autre couverture, dit-elle quand elle l'eut enfin dénichée.

Elle souleva ses jupes sous lesquelles elle avait dissimulé deux ou trois ballots. Avide, Liana se saisit de la gourde et but longuement. Puis, Jeanne lui tendit de la viande, du pain et du fromage.

— Je n'ai pas pu venir hier. Oliver se doute que j'ai quelque chose à voir avec ton évasion. Il a promis une forte récompense, ce qui fait que tout le monde espionne tout le monde. Je me méfie même de mes suivantes. J'ai feint d'être malade. J'ai demandé qu'on me donne à manger dans ma chambre pour pouvoir t'apporter quelque chose.

— Et je dois croire que tu as renoncé à ton repas pour moi ? demanda Liana, la bouche pleine.

Il faisait sombre et elle ne pouvait distinguer

le visage de Jeanne. Mais elle remarqua son hésitation avant qu'elle ne réponde.

— Il s'est passé quelque chose, n'est-ce pas ? dit Jeanne.

— Que veux-tu dire ? Je ne comprends pas. Je suis seule dans cette cave gelée. Je n'ai vu personne depuis deux jours.

— Et c'est bien ce qui t'a sauvé la vie. Tu es l'épouse de l'ennemi de mon mari et j'ai pris de gros risques pour que tu restes saine et sauve.

— Quels risques ? Tes mensonges ?

Liana regretta aussitôt d'avoir dit cela.

— Quels mensonges ? Parle, Liana ! Qu'as-tu entendu ?

— Rien du tout. Enfermée comme je le suis, comment aurais-je pu apprendre quoi que ce soit ?

Jeanne s'écarta d'elle. Ses yeux commençaient à s'habituer à l'obscurité et elle distinguait à présent les contours des sacs et la silhouette plus sombre de Liana. Elle inspira profondément.

— Très bien... je vais te dire la vérité, toute la vérité. Mon mari veut te tuer. Voilà pourquoi je t'ai fait quitter la chambre de la tour. Tu ne lui sers plus à rien. Il n'avait d'ailleurs pas vraiment l'intention de t'enlever. Tu t'es, pour ainsi dire, jetée dans ses bras et il t'a emmenée sous le coup d'une impulsion. Il espérait forcer Rogan à lui livrer Moray Castle.

» Je ne sais pas quoi faire de toi, à présent. Je ne peux me fier à personne. Oliver a juré de faire mettre à mort quiconque serait surpris en train de t'aider. Il se doute que tu es encore ici car, depuis ta disparition, les gardes surveillent et fouillent chaque paysan qui entre et sort du château. Ses hommes sont en train de passer la forêt voisine au peigne fin. (Elle s'interrompit.) Maudit soit ce Rogan ! s'exclama-t-elle soudain. Pourquoi n'a-t-il rien tenté pour te récupérer ? Je ne l'aurais jamais cru capable d'abandonner l'un des siens !

— Il ne m'a pas abandonnée ! dit Liana avant de se mordre la langue.

— Tu sais bel et bien quelque chose ! (Jeanne saisit Liana par les épaules.) Aide-moi à te sauver la vie ! Ce n'est qu'une question de temps avant qu'Oliver fasse fouiller cette cave. Je ne pourrai pas te sauver si on te découvre.

Liana refusa de parler. Rogan lui avait fait jurer de ne pas placer sa confiance en Jeanne. Elle comptait tenir sa promesse.

— Très bien, fit Jeanne avec lassitude. Comme tu veux. Je vais essayer de te sortir de là aussi vite que possible. Sais-tu nager ?

— Non.

Jeanne soupira.

— Je ferai de mon mieux.

Elle s'en fut.

Cette nuit-là, Liana ne dormit pas. Elle ne pouvait pas avouer à Jeanne la présence de Rogan dans ces murs ni qu'il avait un plan pour son évasion.

D'un autre côté, il était possible que Jeanne dise la vérité. Elle risquait d'être découverte d'un moment à l'autre. S'ils s'emparaient d'elle, Rogan se contenterait-il d'assister passivement à sa mise à mort ? Non, il tenterait quelque chose et Oliver Howard les tuerait tous les deux.

Au matin, la rumeur qui grondait dans le château la surprit. Ahanant sous l'effort, elle parvint à empiler suffisamment de sacs pour atteindre la meurtrière et observer ce qui se passait dans la cour.

Il y régnait une intense activité. Des hommes et des femmes couraient et criaient. On ouvrait des portes, on sortait des chevaux des écuries, on déchargeait des chariots.

Elle n'eut plus aucun doute : on la cherchait.

Soudain, elle aperçut un veillard infirme qui traînait la patte.

— Rogan, murmura-t-elle en le fixant avec toute l'intensité dont elle était capable, comme si cela pouvait le faire venir vers elle.

Et cela parut fonctionner, car il traversa lentement la cour. Le cœur battant, elle le regardait approcher. Encore quelques mètres et elle pourrait tenter de l'appeler. La meurtrière s'ouvrait au niveau du sol. Encore trois pas et il serait à portée de voix. Elle ouvrit la bouche.

— Hé ! toi, vieil homme ! Tu peux encore te servir de tes mains. Enlève-moi ce chariot de là ! ordonna un chevalier à Rogan.

Les larmes montèrent aux yeux de Liana tandis qu'elle voyait Rogan se hisser maladroitement sur le chariot et lancer les chevaux en avant. Elle se laissa tomber sur les sacs de grain et s'abandonna à ses pleurs. Jeanne lui avait dit la vérité. Oliver Howard était en train de mettre le château sens dessus dessous pour la retrouver. Et s'ils ne la trouvaient pas aujourd'hui, ce serait chose faite demain.

Une voix dans sa tête lui disait qu'il fallait faire confiance à Jeanne, que sa seule chance était de lui avouer la présence de Rogan et qu'il avait un plan. Si elle ne faisait pas confiance à Jeanne, elle était certaine de mourir. Si elle lui faisait confiance, il existait une petite chance pour que Rogan et elle s'en sortent.

Quand Jeanne la rejoignit cette nuit-là, son indécision lui donnait de violents maux de tête.

— J'ai arrangé quelque chose, annonça Jeanne. J'ignore si cela va marcher, mais c'est ce que j'ai trouvé de mieux. Je n'ose me fier à aucun des hommes de mon mari. Et je crains même que l'une de mes femmes ne me trahisse. Viens avec moi. Il n'y a pas une minute à perdre.

— Rogan est ici ! s'exclama Liana d'une voix étranglée.

— Ici ? Dans cette pièce ?

La voix de Jeanne était emplie de crainte.

— Non. Il est dans l'enceinte. Il est venu me voir dans la chambre de la tour. Il disait avoir un plan et il comptait m'emmener le soir où tu m'as fait venir ici.

— Où est-il ? Vite ! Des gens attendent pour te sauver et l'aide de ton mari nous serait d'un immense secours.

Liana planta ses doigts dans les bras de Jeanne.

— Si tu nous trahis, je jure devant Dieu que je te hanterai pour le restant de tes jours !

Jeanne se signa.

— Si tu es prise, ce sera parce que tu as perdu un temps précieux à me menacer. Où est-il ?

Liana décrivit le déguisement de Rogan.

— Je l'ai vu. Il doit vraiment tenir à toi pour avoir pris le risque de venir seul ici. Attends-moi, je reviens te chercher.

Liana se rassit sur sa pile de sacs. A présent,

elle n'allait pas tarder à savoir si elle avait pris la bonne décision. Dans le cas contraire, elle n'était qu'une morte en sursis.

19

L'air furieux, Jeanne fit irruption dans la salle des communs, suivie par deux dames vêtues de soie. Le sol était couvert de paillasses de foin où les hommes dormaient en compagnie des chiens. Certains jouaient aux dés dans un coin, un autre lutinait une serve.

— Mes latrines sont bouchées, annonça-t-elle. Je veux quelqu'un pour les nettoyer. Tout de suite.

Ceux qui étaient réveillés se redressèrent à sa vue, mais personne ne se porta volontaire pour l'écœurante besogne.

— J'enverrai quelqu'un... commença un chevalier.

Jeanne avait déjà repéré Rogan assis contre un mur dans ses hardes puantes. Elle sentait son regard sur elle.

— Celui-ci conviendra. Viens avec moi.

Elle tourna les talons, espérant qu'il la suivrait. Ce qu'il fit. Elle attendit qu'ils soient dans la pénombre d'un bâtiment pour faire signe à ses deux suivantes de la laisser avant de se tourner vers Rogan.

Avant qu'il ne puisse réagir, elle lui arracha son bandeau.

— C'est vous ! murmura-t-elle. Je n'arrivais

pas à le croire. Je n'arrivais pas à croire qu'un Peregrine se soucie de la vie d'une femme !

Rogan lui saisit le poignet et le tordit cruellement.

— Où est-elle, chienne ? Si elle est blessée, je te ferai ce que j'aurais dû te faire il y a des années.

— Lâche-moi ou tu ne la reverras plus.

Rogan n'eut d'autre choix que de lui obéir.

— Que lui as-tu fait pour qu'elle te parle de moi ? J'aurai plaisir à te tuer si...

— Gardez vos douces paroles pour plus tard, le coupa Jeanne. Elle est cachée pour le moment et je veux la faire évader, mais j'ai besoin d'aide. Elle ne sait pas nager, aussi faudra-t-il qu'elle prenne une barque pour franchir les deux douves. Vous devez traverser avec elle. Gagnez le mur de la tour est. Une corde y pendra. Traversez la cour extérieure vers le nord-ouest. Il y aura une autre corde sur ce mur et une barque vous attendra en bas. Liana vous y rejoindra. Je l'aiderai à arriver jusque-là. Après, ce sera à vous de jouer.

— Et je dois vous croire ? Les hommes de Howard doivent déjà être en embuscade.

— Mes femmes occuperont les gardes sur les remparts. Vous devez me croire. Il n'y a pas d'autre solution.

— Si vous me trahissez encore, je...

— Partez ! commanda Jeanne. Vous perdez un temps précieux.

Rogan la quitta précipitamment, sans oublier toutefois de claudiquer, au cas où on l'observerait. Il ne s'était jamais senti aussi vulnérable de sa vie. Son sort et celui de Liana reposaient entre les mains d'une menteuse et d'une traîtresse. Vingt hommes le guettaient sûrement pour le tuer à la tour nord-est. Mais une petite voix lui disait que c'était là leur unique chance. Cela faisait plusieurs jours qu'il cherchait Liana en vain. Il n'avait pas connu plus de succès que les hommes de Howard.

Personne ne l'attendait à la tour... Il aperçut une corde oscillant dans le vide. Il arracha son bandeau, se débarrassa du coussin de paille qui lui servait de bosse et libéra sa jambe de ses bandages. Il sortit un couteau de ses vêtements crasseux et entama l'ascension, la lame entre les dents.

Il ne vit aucune sentinelle au sommet. Silencieusement, il se laissa glisser de l'autre côté de la muraille.

Il traversa la deuxième cour à toutes jambes, le dos courbé avant de se fondre dans l'ombre du mur d'enceinte. Soudain, il entendit des rires. Deux gardes passèrent tout près de lui sans le remarquer. Ils ne virent pas non plus la corde qui se balançait.

Rogan devait encore franchir ce mur avant d'atteindre les douves. Il ne perdit pas de temps et grimpa aussi vite et aussi discrètement que possible. Parvenu au faîte, il se fit tout petit en entendant une voix d'homme, suivie par un gloussement de femme. Quand le couple fut passé, il effectua un rétablissement sur les remparts.

La corde suivante se trouvait un peu plus loin. Rogan descendit rapidement. Dans l'ombre, cachée parmi des roseaux, il trouva une barque munie de deux rames. Il se tapit à l'intérieur et attendit, les yeux fixés sur le mur au-dessus de lui.

Un long, très long moment s'écoula avant qu'il ne distingue des ombres au sommet du mur, près de la corde. Il commençait à perdre espoir. Cette chienne avait effectivement laissé les cordes et la barque, mais amènerait-elle Liana ?

Retenant son souffle, Rogan observa les deux têtes là-haut sur la muraille. On aurait dit qu'elles parlaient. Ah, les femmes ! pensa-t-il. Il fallait toujours qu'elles jacassent. Elles parlaient quand un homme essayait de coucher avec elles. Elles parlaient quand un homme leur donnait un cadeau... Mais, pire que tout, elles parlaient quand elles se trouvaient sur des remparts truffés de gardes en armes.

Puis tout se précipita. Une des femmes leva la main comme si elle allait frapper l'autre. Rogan courait déjà vers le mur. Il y eut un cri au-dessus de sa tête, puis le vacarme d'hommes accourant au pas de charge. Les mains sur la corde, Rogan entamait sa montée quand Jeanne hurla :

— Non ! Sauvez-vous ! Liana est morte. Vous ne pouvez plus rien pour elle.

Rogan s'éleva. Il était à deux mètres du sol quand il retomba violemment. Quelqu'un avait coupé la corde.

— Va-t'en, fou que tu es, entendit-il Jeanne hurler.

Puis sa voix fut étouffée comme si une main l'avait bâillonnée.

Rogan n'eut guère le temps de penser car une grêle de flèches s'abattit sur lui. Plutôt que de courir vers la barque qui aurait fait une cible trop visible, il plongea dans les douves. Il nagea le plus longtemps possible sous l'eau. Quand il émergea, les flèches sifflèrent autour de lui avant de s'enfoncer dans l'eau avec de petits claquements sourds.

Il atteignit la rive et courut, toujours voûté, sur la bande de terre nue qui séparait les deux douves. Des gardes endormis commençaient à réagir à l'agitation qui régnait de l'autre côté du fossé. Du haut de leurs remparts, ils virent un homme escalader le pont-levis. Ils bandèrent leurs arcs.

Rogan plongea au moment où une flèche lui déchirait le dos. L'eau était glacée. Fort heureusement, la flèche avait glissé, entaillant la peau sur quelques centimètres. Il se mit à nager à toute allure, vers le petit lac qui alimentait les deux douves. Il était bon nageur, mais il perdait beaucoup de sang. Quand, enfin, il atteignit la rive, il se hissa hors de l'eau et resta de longues minutes dans les fougères à tousser et à cracher. Il avait les poumons en feu et le dos en sang.

Entendant les sabots des chevaux des Howard derrière lui, il s'enfonça dans la forêt. Il joua au chat et à la souris avec les soldats pendant le restant de la nuit et la plus grande partie du jour suivant.

Au crépuscule, il sauta sur un chevalier isolé, lui trancha la gorge et vola son cheval. Les autres le pourchassèrent, mais Rogan fouetta sa monture et parvint à les distancer. A l'aube, le cheval s'effondra, épuisé. Il l'abandonna et se mit à marcher.

Le soleil était haut dans le ciel quand il aperçut les toits de Moray Castle. Il continua à marcher, trébuchant sur les pierres. Après tant d'efforts et des semaines de contrainte, ses muscles cédaient enfin.

Un de ses hommes sur les remparts l'aperçut et, quelques minutes plus tard, Severn galopait comme un fou à sa rencontre. Il bondit de son cheval au galop et étreignit Rogan à l'instant où celui-ci allait tomber.

En sentant le sang qui lui coulait sur les mains, Severn fut persuadé que son frère agonisait. Il voulut l'entraîner vers son cheval.

— Non, dit Rogan en se libérant. Laisse-moi.
— Te laisser ? Par tout ce qui est sacré, tu as traversé l'enfer. On a cru que Howard t'avait tué hier soir.
— Il m'a tué, murmura Rogan en se détournant.

Severn vit enfin la blessure dans son dos. Elle était profonde et saignait toujours, mais elle n'était pas mortelle.

— Où est-elle ?
— Liana est morte.

Severn s'assombrit. Il commençait à peine à apprécier cette femme. Elle provoquait des tas d'embêtements, comme toutes les femmes, mais ce n'était pas une couarde. Il prit son frère par les épaules.

— Nous t'en trouverons une autre. Nous te trouverons une beauté... et si tu en veux une qui mette le feu à ton lit, nous la trouverons aussi. Dès que nous...

Severn ne s'attendait pas à ce qui suivit. Rogan fit volte-face et, d'un coup de poing à la mâchoire, l'envoya rouler à terre.

— Sombre idiot, fit Rogan en se plantant au-dessus de lui. Tu n'as jamais rien compris. Toi avec ta garce hautaine enfermée dans sa chambre, tu l'as toujours combattue. Tu as fait de sa vie un enfer.

— Moi ? (Severn se massa le menton. Il voulut se lever mais un regard vers son frère l'en dissuada.) Ce n'était pas moi qui dormais avec d'autres femmes. Ce n'était pas...

Il s'arrêta car toute colère semblait avoir abandonné Rogan. Celui-ci se détourna et marcha vers la forêt.

Severn se leva et le suivit.

— Je ne voulais pas insulter sa mémoire. Je l'aimais bien, mais elle est morte, et il y a d'autres femmes. Au moins, celle-ci ne t'a pas trahi comme la première. Elle ne t'a pas trahi, hein ? Ou bien est-ce pour cette raison que tu es aussi furieux ?

Rogan lui fit face, le visage ruisselant de larmes. Severn en resta muet. Rogan n'avait jamais pleuré, même pas à la mort de leur père et de leurs frères.

— Je l'aimais, murmura Rogan. Je l'aimais.

Severn était trop gêné pour continuer à contempler ce spectacle.

— Je te laisse le cheval, marmonna-t-il. Rentre quand tu seras prêt.

Il s'en fut très vite.

Rogan se laissa tomber sur un rocher, le visage enfoui entre les mains pour s'abandonner à ses larmes. Il l'avait aimée. Il avait aimé ses rires, ses sourires, ses colères, le plaisir qu'elle éprouvait pour les choses les plus infimes, les plus ridicules. Elle avait amené la joie dans sa vie qui, jusque-là, n'était faite que de haine. Elle lui avait donné des vêtements sans poux ni puces, de la nourriture qui n'ébréchait pas les dents. Elle était parvenue à faire sortir cette pimbêche de Iolanthe de son repaire. Et, sans même le savoir, elle avait amené Zared à demander à Rogan de lui acheter des vêtements de femme.

Et maintenant, elle était partie. Tuée par cette querelle avec les Howard.

Sa mort aurait dû accroître sa haine, mais ce n'était pas le cas. Que lui importaient les Howard ? Il voulait qu'on lui rende Liana, sa douce, sa merveilleuse Liana qui lui lançait des objets à la tête quand elle était furieuse et qui l'embrassait quand elle était contente.

— Liana, murmura-t-il avant de sangloter de plus belle.

Il n'entendit pas les pas dans les fourrés et il était trop abîmé dans son chagrin pour lever les yeux quand une main douce lui effleura la joue.

Liana s'agenouilla devant lui et écarta ses mains de son visage. Elle vit ses larmes et, à son tour, eut envie de pleurer.

— Je suis là, mon amour, murmura-t-elle avant d'embrasser ses paupières et ses joues. Je suis saine et sauve.

Rogan était comme foudroyé.

Liana lui sourit.

— N'as-tu donc rien à me dire ?

Il l'attira contre lui, puis roula furieusement dans l'herbe avec elle. Petit à petit, ses larmes se transformaient en rugissements de rire. Ses mains palpaient son corps comme s'il voulait s'assurer qu'elle était bien réelle.

Enfin, il s'arrêta, couché sur le dos, Liana assise sur lui, la serrant si fort qu'elle avait du mal à respirer.

— Comment ? demanda-t-il. Cette chienne...

Elle posa l'index sur ses lèvres.

— Jeanne, corrigea-t-elle, nous a sauvé la vie. Elle savait que l'une de ses femmes la trahissait et, au moment de venir me chercher, elle a surpris un geste qui lui a fait comprendre de qui il s'agissait. Elle m'a fait partir seule d'un côté et elle a emmené cette traîtresse avec elle à ta suite. La femme l'a prise pour moi et elle a essayé de la poignarder. Jeanne l'a tuée tandis que j'étais en sécurité un peu plus loin sur le mur. Elle t'a dit que j'étais morte, car c'était le seul moyen de te faire partir.

Elle caressa la joue de Rogan avant de poursuivre :

— Je t'ai vu nager. Si les Howard n'avaient pas été si occupés à te donner la chasse, ils m'auraient vue. Jeanne avait fait préparer des chevaux. Ce qui fait que je n'ai jamais été très loin derrière toi mais tu galopais si vite que je n'ai pas pu te rattraper.

Sa capuche de paysanne était tombée durant leurs ébats ; ses cheveux arrivaient à peine à ses épaules. Rogan les toucha.

— Tu les trouves laids ? demanda-t-elle d'une toute petite voix.

Il la contempla, les yeux inondés d'amour.

— Il n'y a rien de laid en toi. Tu es la plus belle femme du monde et je t'aime, Liana. Je t'aime de tout mon cœur et de toute mon âme.

Elle avait retrouvé le sourire.

— Tu me laisseras rendre la justice ? Et agrandir le château ? Mettras-tu un terme à cette guerre avec les Howard ? Comment allons-nous appeler notre fils, mon amour ?

Rogan sentit les premiers frémissements de la colère l'envahir puis il éclata de rire.

— La justice est l'affaire des hommes. Je n'ajouterai pas une pierre à ce tas de cailloux. Les Peregrine combattront toujours les Howard. Et mon fils s'appellera John, comme mon père.

— Ou Gilbert, comme le mien.

— Pour qu'il devienne aussi paresseux ?

— Tu préférerais qu'il passe sa vie à mettre enceintes toutes les paysannes de la région et qu'il enseigne à ses enfants la haine des Howard ?

— Oui, répondit Rogan, l'étreignant toujours et contemplant le ciel. Nous sommes peut-être rarement d'accord sur quoi que ce soit, mais il y a bien un sujet sur lequel nous nous retrouvons. Enlève tes hardes, sorcière.

Elle leva le menton pour le fixer droit dans les yeux.

— Comme toujours, je vous obéis, milord.

Il voulut dire quelque chose mais elle l'embrassa et il ne prononça plus un son intelligible pendant plusieurs heures.

4274

Composition
CHESTEROC

Achevé d'imprimer en Italie
par  GRAFICA VENETA
le 15 aout 2010.

Dépôt légal aout 2010.
EAN 9782290020852

ÉDITIONS J'AI LU
87, quai Panhard-et-Levassor, 75013 Paris

Diffusion France et étranger : Flammarion